KB242246

마녀가 된 엘레나

현 대 문 학 | 창 작 선

마녀가 된 엘레나

양유정 창작집

현대문학

| 목 차 |

지평리

1

가도 가도 끝이 보이지 않는 이 산하.

대체 몇 개의 산을 더 넘고 몇 명의 낙오자가 더 생기고, 몇 백 명이 더 죽어나가야 우리가 이 지옥을 벗어날 수 있을까.

첸陳은 그렇게 생각하고 있었다.

그는 온통 하얗게, 끝도 없이 펼쳐져 있을 무수한 산들을 떠올리다가 앞에서 걸어가는 동료의 발을 내려다보곤 했다. 그 주위에는 아무런 의미도 없는 많은 발들이 있었고, 그 발들은 논두렁 옆의 오솔길을 온통 이상한 모양의 발자국으로 만들어놓았다.

'눈이 많이도 오는구나, 정말.'

첸은 꼬박 이틀 간을 이렇게 걷고 있었다. 그런데 그 이틀 동안 잠시도 쉬지 않고 눈이 내렸다. 우리가 밥을 먹었던가? 첸은 잘 생각이 나지 않았다. 잠을 잠깐 잤던 기억은 있었다. 하지만 채 한 시간을 못 잤을 것이다. 그것은 벌써 삼 일째가 되었다. 그러니 모든 병사들은 지금 제정신이 아니었고 수많은 발자국을 만들고는 있어도 지금 그들이 어디에 와 있는지, 어디로 향하고 있는 것인지, 또 이 말도 되지 않는 행군이 언제쯤 끝나게 될 것인지 그 누구도 알고 있지를 못했다. 이들은 자신이 처한 상황이 꿈속인지, 아니면 현실인지 그것도 아니면 먼 미래에 일어날 일들인지조차 알지 못했다.

아마 엄청나게 많은 낙오자가 생겼으리라.

아니, 어쩌면 이 행렬이 주력부대에서 멀어진 낙오부대의 일부일지도 모른다고 첸은 생각했다. 전투가 시작될 때만 해도 첸은 계곡을 가득 메운 채 지휘관의 말을 듣고 있던 만여 명의 병사들을 봤었다. 눈에 들어오지 않는 계곡들이 주변에는 즐비했으니 모두 합친다면 수만 명은 됐으리라. 하지만 지금은 기껏해야 천여 명에 불과할 뿐이잖은가. 그 많은 병사들은 대체 어디로 사라졌단 말인가.

첸은 비처럼 쏟아지던 그 포탄들을 기억하고 있었다. 그리고 그 소름끼치는 네이팜탄과 단 한 개의 폭탄에 백 명이 죽어나가던 그 광경을 기억하고 있었다. 첸이 전투에서 본 것이라곤 새카맣게 타버린 동료의 시체더미뿐이었다. 그는 죽이기 위해 목숨을 걸고 공격했던 적들의 시체를 단 하나도 보지 못했다. 철저한 패배였다. 그렇지만 첸은 믿고 싶지 않았다. 그 수많은 병사들이 지금 보이지 않는 이유가 패배와 죽음 때문일 것이라는 것을.

그런데도 끝나지가 않았다.

아직도 미군의 기관총 소리가 들려오고 포성은 멀어지지 않았다. 더군다나 세이버 전투기의 그 굉음이 여전히 하늘을 찢는다.

"행군 중지!"

중대장쯤 되어 보이는 자가 뒤를 돌아보더니 그렇게 소리쳤다. 전투기 때문이었다. 만약 전투기가 시야에 들어오고 병사들을 향해 다가온다면 흩어져 어딘가에 숨어야만 했다. 하지만 어디에? 첸은 그냥 서 있을 뿐이었다.

그렇게 서 있는데 잠이 들었던 것일까. 첸은 한동안의 일을 기억해내지 못했다. 적기는 어딘가로 사라졌다. 행렬이 온전한 것으로 봐서 발견하지 못했거나 다른 곳으로 기수를 돌린 듯했다.

그리고 꿈틀꿈틀, 다시금 행렬이 움직이려 했다. 지휘관으로 보이는 자는 뒤를 돌아보며 무엇인가를 얘기하고 있었다. 첸은 그 사람을 알지 못했다. 대체 어느 부대의 지휘관인지 이렇게 온갖 부대가 뒤섞인 상태에서는 그가 누구인지 알 방도가 없었다.

"여기서 잠깐 휴식한다."

그는 그렇게 말했다.

말이 끝나기 무섭게 중국에서 온 청년들은 아무런 말도 없이 땅에 주저앉아버렸다.

그는 분명 어느 부대의 지휘관쯤 되리라.

어찌나 걸어왔던지 이 눈보라 속에서도 첸은 땀으로 뒤덮여 있었다. 이런 행군을 그 누군들 경험해보았겠는가. 더군다나 포탄 세례를 받아가면서 도망치는 이런 행군을 말이다.

"……."

멀리 이름 모를 새 한 마리가 날아가고 있었다. 첸은 다른 이들처럼 털썩 앉은 채로 엉덩이에 냉기가 스며듦을 느끼며 어머니를 떠올려보기도 했다.

지금도 여전히 고향에서 콩을 기르며, 콩을 팔며 살아가고 있을 어머니……. 그렇게 삼십 년을 살아왔던 어머니. 내가 죽어도 그렇게 살아갈 어머니.

하지만, 끝도 보이지 않는 저 산 너머에 어머니가 있을 것이라는 생각은 가슴 깊이 느껴지지가 않았다. 첸은 그가 성장한 곳과는 이미 다른 세상에 와 있었다.

그 지휘관은 역시 지휘관처럼 보이는 어느 사람과 얘기를 나누고 있었고, 첸은 이 많은 병사들이 아무 말도 없이 앉아 있는 모습을 보며 서서히 한기를 느끼기 시작했다. 두 명의 지휘관은 여러 병사들을 둘러보고 첸도 쳐다보았는데, 첸은 유독 그들이 자신만을 반복해서 보고 있다는 느낌이 들기도 했다. 대체 무슨 얘기를 나누는 건지, 저들은 지치지도 않았단 말인가.

그 자가 첸에게 다가온 것은 어느 병사가 구토를 하며 기침까지 하는 것을 보고 있을 때였다.

"이봐, 자네."

그는 분명 첸에게 말하고 있었다.

"그거 엠 이십이지?"

M-20?

첸은 생각했다.

그런데 곰곰이 생각해보니 그것은 사실이었다. 38선을 넘기 전 그의 소대장은 미군에게서 노획한 것이라며 M-20이라는 바주카포와 포탄 세 발을 첸에게 주었었다. 그 무게로 인해 첸은 행군 내내 그 누구보다 더 심한 고생을 하게 되었는데, 그렇다고 소총을 버린 것도 아닌 채 두 가지 무기를 모두 들고 밤낮을 걸어야만 했던 것이다. 그에게 M-20이 주어진 것은 일 년 전 단뚱丹東의 어느 군사학교에서 단 6일 간 전차방어훈련을 받은 적이 있다는 경력 때문이었다.

"그거 엠 이십 아닌가?"

지휘관이 다시금 묻고 있었다. 주위의 시선이 느껴졌다.

"엠 이십 맞습니다."

첸은 대답했다.

"그럼 넌 여기 남는다."

지휘관이 말했다.

첸은 그가 방금 무어라 말을 했는지 잘 이해할 수가 없었다.

병사들은 눈보라 속으로 사라졌다.

첸과 몇 명의 낯선 병사들은 그 눈보라를 보고 있었다.

"지금부터 너희 네 명에게 막중한 임무를 부여하겠다. 너희들도 느끼고 있겠지만 지금 우리는 절체절명의 위기 속에서 죽음의 기로에 서 있다. 단 한 시간의 차이다. 첩보에 의하면 지금 단 한 시간의 차이로 적의 전차와 보병들이 우리를 뒤쫓고 있다. 우리 병사들은 결코 그들의 속도를 이겨낼 수가 없다. 우리가 그들과 맞붙을 수 있다고 생각하나? 절대 아니다. 지금은 결코 싸워 이길 수가 없다. 훗날을 기약할 수밖에 없다. 분하지만, 전쟁에선 이길 때도 있고 질 때도 있는 거다. 패배 뒤엔 분명히 승리가 있을 것이다. 그 승리를 위해서는 우리가 여기서 살아남아야 한다.”

그 네 명 속에 속하게 된 첸은 지휘관의 말을 들으며 며칠 전 지평리에서 후퇴할 때의 모습을 떠올리게 되었다. 단 한 번의 반격으로 풍비박산난 채 군대라는 모습을 잃어버리고 단지 살아남기 위한 동물의 본능만 남았었던 그 집단의 모습을. 허겁지겁 도망치던 우리 병사들을 향해 미군은 수많은 포탄과 폭탄을 마치 비처럼 떨어뜨렸었다. 지금 주위에 있는 병사가 대체 어느 사단, 어느 연대에 소속되어 있는 병사인지 모르는 것도 모두 그 아수라장의 현장 때문이었다.

“너희들의 역할은 시간만 지체해주면 되는 거다.”

“……”

“적을 사살하지 않아도 상관없다. 시간만 끌어준다면 우리 대군은 살아남을 수가 있다. 만약 실패한다면 모두가 죽음이다. 오늘의 임무만큼 중요한 것은 아마 너희들에게도 우리에게도 결코, 앞으로는 없을 것이다. 만약 성공한다면 사령부에 너희들을 일등 영웅으로 반드시 추천해주겠다.”

그리고 그는 뒤를 돌아보았다.

“자, 놈을 데려와!”

지휘관은 소릴 질렀고, 그러자 한 병사가 무리 속에서 한 포로를 데려왔는데 그는 미군이었고 손이 뒤로 돌려진 채 포승줄에 묶여 있었다. 키가 크고 덩치가 엄청나다는 미군에 대한 얘기와는 달리 그 미군 포로는 자신보다 대단할 것이 없었고, 어려 보이는 외모에 겁만 잔뜩 집어먹은 얼굴이라 첸은 이놈이 과연 그 무섭다는 미국의 병사인가라는 생각을 하지 않을 수 없었다. 단지 포로가 애처롭게 보이는 것은 다리에서 많은 피가 흘러내렸는지 바지가 시커멓게 된 채 딱딱하게 굳어 있었다는 것이었는데 그 때문인지 그는 제대로 걷질 못했다.

"삼 일 전 붙잡은 놈이다."

지휘관은 말했다.

"크롬베즈 전차부대에 소속되어 있던 놈인데 죽여도 상관없다. 놈을 최대한 이용해라. 놈을 어떻게 할 것인가는 랴오廖에게 이미 설명해두었다. 하늘이 도울 것이다. 용기를 잃지 마라."

랴오는 길 맞은편의 논두렁을 가리키며 저쪽이 좋겠다고 말했다. 랴오는 그곳에서 짚단으로 몸을 숨기자고 했고 다른 방법은 아마 없을 것이라 했다. 만약 길 바로 아래편 개울에 몸을 숨기면 공격하기가 어려울 것이고, 얼어붙은 논 중간에 바위가 하나 있긴 하지만 그곳은 적병과 탱크가 길을 따라오며 정면으로 볼 수 있는 곳이라 실패하기 좋다고 했다.

"논두렁에 짚단으로 몸을 숨기면 위험하긴 마찬가지이지만 길을 돌아야만 보이는 곳이라 적들이 대처하기 힘들 거요. 그리고 저 논두렁 뒤편에 박격포를 설치해놓고 미리 조준해놓는다면 첫 번째 탱크를 쉽게 파괴할 수도 있소. 그렇게 되면 우리 목표는 반 이상 성공한 거라 할 수 있을 거요."

그게 정말일까……. 첸은 생각했다.

"자, 이러고 있을 때가 아니란 건 다들 알고 있을 거라 생각하오. 서두릅시다. 곧 적들이 올 겁니다. 우선 이놈부터 손을 좀 봅시다. 당신 이름이 유엔元이라고 했지요?"

첸은 유엔이라는 병사를 바라보았다. 그는 미군 병사를 붙잡고 있던 병사였는데 랴오라는 사람은 유엔이라는 자를 이미 알고 있었다는 얘기였다.

"그리고 당신, 유엔과 같이 행동하시오. 이름이 뭐요?"

군복에는 소속 부대의 휘장도 없었고, 계급장도 없었다. 랴오는 첸 옆에 서 있던 자를 가리켰는데 그는,

"뤄羅라고만 부르시오."

라고 성姓만 말해주었다.

"좋소, 뤄. 유엔과 함께 빨리 일을 마치시오. 그리고 당신."

"첸입니다."

"첸, 나와 함께 무기를 옮깁시다."

그렇게 해서 유엔과 뤄는 절뚝거리며 제대로 걷지를 못하는 미군 포로와 함께 랴오가 가리킨 길 쪽으로 갔고, 첸과 랴오는 120밀리 박격포 2문과 열 발의 포탄이 든 가죽배낭, 그리고 방망이수류탄 일곱 개, 소총 두 자루를 옮기기 시작했다. 바퀴가 두 개 달린 7.6밀리 기관총과 대전차용 M-20 슈퍼바주카포가 하

나씩 더 있었는데 그것은 논두렁에 무기를 내려놓은 뒤 첸과 랴오가 힘을 합쳐 다시 옮겨야 하는 것들이었다. 그 외 잡다한 것이라면 야전용 삽 세 자루와 미숫가루가 가득 든 식량보따리, 탄약 다섯 통, 그리고 이불보따리 따위가 더 있었다.

"젠장, 진짜 무겁군."

포탄으로 가득 차 있는 배낭을 옮기며 랴오는 말했다. 첸은 랴오가 말했던 그 논두렁 뒤편을 보고 있었는데 그것은 엄폐하기도 힘들고, 또 제대로 싸우기도 힘든, 말하자면, 형편없는 장소였다. 그렇다고 다른 곳이 있는가 하면 그것도 아닌 것이 랴오의 말을 따를 수밖에 없는 처지였다.

얼마 후 나의 시체가 이곳에 누워 있게 될까?

첸은 생각하고 있었다.

"뭐해요? 빨리 무기를 옮겨야지."

랴오의 말에 첸은 다시 걸음을 돌려 중화기가 있는 곳으로 갔고, 돌아가는 도중 유엔과 뤄, 그리고 미군 포로를 보게 되었다. 유엔과 뤄는 미군 포로를 길 한복판에 눕혀 놓은 채 양쪽에 구부정하게 서서 팔과 다리를 포승줄로 묶은 뒤 그 줄을 산비탈과 도랑에 있는 그루터기와 그리 크지 않은 바윗덩어리에 묶고 있는 중이었다. 즉, 포로를 눕혀놓은 채 움직이지 못하게끔 신체를 결박하고 있었는데, 이는 미군 탱크의 전진을 잠시라도 멈추게 하기 위한 작전이었다. 첸은 그 장면을 그저 보기만 했을 뿐 그것이 옳은 것인지 틀린 것인지, 아니면 타당한 것인지 비열한 것인지 판단을 내릴 겨를이 없었다. 다만, 아무런 소리도 내지 못하면서 표정만 일그러뜨리고 있는 그 미군 포로가 있을 뿐이었다.

기관총과 바주카, 박격포를 옮겨놓고 이른바 진지를 구축하자 랴오는 미숫가루를 먹자고 했다.

"아뇨, 난 됐습니다. 배고프지가 않아요."

첸은 며칠 간 아무것도 먹지 않았지만 배가 고프지 않았다.

"그럼 잠시 눈이라도 붙이던지……."

첸은 아무런 말도 하지 않았다. 랴오는 조금 흥분되어 보였다.

랴오는 미숫가루를 한 입 가득 먹었고 그리곤 논두렁 주변에 흩어져 있던 짚단을 주워모으기 시작했다. 첸은 그를 도왔다. 유엔과 뤄가 돌아오자 첸은 뒤를 돌아보았다. 제대로 잘 묶어놓았는지 미군 포로는 길바닥에 누운 채 꿈틀거리기만 할 뿐 달리 어찌하질 못하고 있었다. 그의 얼굴에는 벌써 허옇게 눈이 쌓여가고 있었다.

"탱크가 오면 분명 저기서 멈추게 될 거요."

랴오가 짚단 한 뭉치를 잔뜩 들었다가 내려놓으며 말했다.

"포로를 깔아뭉개고 그냥 지나갈 리는 없단 말이요. 잠시 멈춰 있다가는 아마 보병들이 달려와서 포로를 구해낼 거 아니겠소? 그때 당신이."

랴오는 첸을 턱으로 가리켰다.

"대전차포로 날려버려요. 그리곤 신속히 포탄을 재장전해야 합니다. 그 다음엔 탱크를 맞춰야 되니까. 그리고 유엔과 뤄, 박격포를 미리 조준해놓고 이 사람이 포를 날리는 즉시 같이 발사하시오. 나는 기관총을 맡겠소."

라오는 짚단을 잔뜩 쌓아두고서 다른 곳으로 가더니 그곳에다 다시 짚단을 쌓기 시작했다. 두 군데의 진지를 만들기 위함이었다.

"그 다음엔 어떻게 되는 거죠?"

뤄의 말이었다. 라오는 고개를 돌려 뤄를 바라보았다.

"그 다음은 우리가 얼마만큼 성공했느냐에 따라 다를 거요. 만약 성공적으로 탱크를 파괴시켰다면 적들은 그 탱크를 치우는 데도 한 시간 정도는 허비해야 될 테니까. 만약 실패한다면 성공할 때까지 공격해야지 다른 방법이 있겠소? 우리에겐 그 방법 말고는 없소."

첸은 그의 말을 듣고 누군가가 솔직히 대답이라도 해주길 기다렸다.

"……."

만약 실패한다면 그 길로 당장 북쪽으로 도망을 치자고.

하지만 다른 이들은 첸의 마음과 다른 것인지 그들은 어떠한 일이 있더라도, 심지어 목숨을 잃게 되더라도 목표만은 이루고야 말겠다는 결사대라도 되는 것인지 라오의 말에 모두 동의하는 것만 같았다. 더군다나 우리가 살 수 있는 방법이 그것밖에 없다니, 이는 대체 무슨 말인가. 오히려 그렇게 한다면 우린 분명히 죽을 것이다. 그렇다면 라오의 말에서 우리라는 것은, 벌써 북쪽으로 후퇴한 아군 병력을 말하는 것이지 진실로 이 자리에 있는 '우리'는 아니라는 의미가 될 수 있었다. 정말 그렇다면 라오는 자기 자신과 자신 바깥의 세상을 잘못 판단하고 있다는 것인데, 이곳에서 적을 기다리며 무기를 옮기고 짚단을 나르는 진짜 '우리'는 대체 어디에 속해 있는 것이며 그렇게 말하는 랴오라는 사람은……. 첸은 생각을 그만두었다.

사실, 이런 일이 한두 번이었던가.

첸은 다시 생각에 잠겼다.

첸은 이 반도 땅에 들어오고 나서 뭔가에 홀린 채 자기 자신이 어디에 있는지, 심지어 자신의 부대가 주둔하고 있는 지역이 어딘지도 모른 채 어떤 광기에 휩싸여서 집단에 쏠려 행동하는 넋이 나간 사람들을 심심찮게 보아왔었다. 물론 군대라는 조직의 특성을 인정 못할 것은 아니었지만 아무리 군대에 속한 이름 없는 병사라 하여도 어떤 목표와 의미를 갖고 행동하여야지 보다 큰 것을 위해 자기 자신을 무조건 희생하려 하는 것은 무엇엔가에 홀렸다고 밖에는 달리 생각할 수가 없었다.

"어쩌면 이 지긋지긋한 눈이 우리에게 행운을 가져다줄지도 몰라요. 눈이 많이 내려도 탱크처럼 몸집이 큰 놈은 조준하기 쉽지만 반대로 상대는 우리를 쉽게 발견하지 못할 수도 있으니까. 모든 걸 좋은 쪽으로 생각합시다. 유엔과 뤄는 저쪽 진지로 가서 포를 조준해놓으시오."

랴오는 한쪽을 가리키며 말했다.

"그리고 당신은 나와 함께 여기 있읍시다."

랴오는 이번에도 첸을 돌아보았다.

"유엔과 뤄는 조준에 특히 신경을 써두도록 하시오. 한 번의 실패가 결코 또 한 번의 기회를 주지는 않을 거요. 그리고 첸, 당

신은, 미제 대전차포를 쏴본 경험이 있다 하니 당신을 믿겠소이
다. 잠깐……."

랴오는 미군 포로가 신음하고 있는 그 길 위를 바라보았다.

"저 소리 안 들려요?"

랴오는 나머지 세 명을 번갈아가며 보았다.

"저 소리……. 아무래도 탱크 소리 같은데. 적들이 오는 것 같
소이다."

하지만, 첸은 아무 소리도 들을 수 없었다.

어쨌든, 유엔과 뤄는 짚단으로 엉성하게 만든 그 진지를 향해
서둘러 뛰어갔고 랴오와 첸은 그 자리에 앉아 최대한 은폐가 잘
되도록 짚단을 몸의 모양에 맞게끔 이리저리 뒤척이기 시작했
다. 7.6밀리 기관총 역시 총구만 삐죽이 나온 채 다른 몸체는 모
두 짚단으로 덮었다.

첸과 랴오는 논두렁의 패인 부분에 몸을 숨겼다. 솜옷 속으로
찬 기운이 전달되었다.

"예상보다 빨리 오는군. 좀 있으면 지축이 흔들릴 거야."

혼잣말인지 자신에게 하는 말인지 첸은 알 수 없었다. 그런데
이젠 랴오의 말대로 탱크 소리가 들리는 것 같기도 했다. 그리고
첸은 유엔과 뤄를 힐끔 쳐다보았는데 그들은 포를 조준해놓으며
뭐라 얘기를 하고 있었다. 단 한 번에 명중시킬 수 있을까? 첸은
생각했다. 아무리 포격에 능한 병사라 하더라도 이런 상황에서,
더군다나 눈보라가 시야를 가리는 논두렁 위에서는 무리일 것이
라는 예감이 들었다.

“이봐요, 첸.”

첸은 고개를 돌렸다. 랴오가 자신을 보고 있었다.

“어디서 났소?”

갑작스레 그는 고향을 묻고 있었다. 첸은 꽝뚱성廣東省이 고향이었다.

“꽝뚱? 그럼 꽝조우廣州 출신이요?”

“꽝조우는 아니고 포산佛山이라는 곳인데 아마 당신은 모를 거요.”

그러자 랴오는 다시 전방을 주시했다.

“포산이라고는 첨 들어보는데……. 거긴 뭐가 유명하오?”

“별로 유명한 건 없어요. 콩을 많이 생산하긴 합니다만.”

“콩?”

첸은 고개를 끄덕였다. 그러자 랴오는 무언가 생각이라도 난 듯,

“콩이라…….”

라고 말하곤 들릴 듯 말 듯 한숨을 내쉬었다.

“내가 어릴 때 부모님이 콩밭에 노역을 나갈 때가 있었는데, 그때 어머니가 종이에 몇 움큼씩 가져오던 그 콩이 생각나는군. 참, 그곳은 쟝시성江西省에 있는 쥬쟝九江이란 곳인데 거기가 내 고향이요. 바다만 한 호수가 있는 그런 곳이었소. 그런데, 그 콩이 당시엔 어찌나 싫었던지, 냄새만 나도 질려버리곤 했는데, 그런데 지금은 그 맛이 생각나니 마음이 영 편치가 않지 뭐요. 지금 이 순간 말이요, 우리가 죽음을 생각하는 이 순간에 하늘에

계실 부모님이 지금 내 모습을 보고 있는 것만 같아서……."

"……."

"그런데 저 포로 말이오. 저 미군 포로."

랴오는 여전히 멀리서 꿈틀거리고만 있는 그 포로를 턱으로 가리켰다.

"정말 이해할 수 없는 게 하나 있는데, 그게 뭐냐면, 저 포로에게도 분명히 부모가 있다는 거요. 저놈은 찢어 죽여도 속이 시원찮은 미군인데, 부모가 있다니……. 정말 신기한 일 아니오?"

"……."

첸은 아무 말도 떠올리질 못했다.

"지금 내 목표는 부모님을 기쁘게 하고 아들을 자랑스럽게 생각하도록 하는 거요. 이건 하늘이 주신 기회지 뭐요. 우리가 평범한 병사로만 이번 전쟁에 임한다면 그저 낯선 곳에서 전사하거나 아니면 부상당하거나, 그것도 아니면 멀쩡히 살아서 귀국하게 될 텐데, 그렇게 되면 정말 이것도 저것도 아니잖소? 우리가 열심히 싸워도 지휘관들만 훈장 받을 건 뻔한 일인데, 지평리에서의 싸움이 이런 기회를 내린 거 아니오? 저 탱크 소리……. 점점 우리에게 다가오는 저 소리 때문에 난 지금, 솔직히 말하자면, 가슴이 두근거려서 미칠 지경이오. 내 인생에서 가장 중요한 순간이 다가오고 있잖소?"

첸은 그가 무슨 말을 하고 있는 것인지 잘 알아들을 수가 없었다.

"첸, 뒤쪽에 있는 저 산을 한번 돌아보시오."

그의 말대로 첸은 고개를 돌려 뒷산을 바라보았다. 하지만, 워낙 눈보라가 심해 산은 보일 듯 말 듯하였다.

"신중해야 될 거요."

"……."

"왜냐면, 우리가 이곳에 남기 전 지휘관님이 말씀하시길 정찰대원 몇 명을 저 산에 매복시켜서 우리가 행동하는 것을 지켜본다고 했소. 아마 지금도 우릴 보고 있을 거요. 저들이 일일이 우리의 모습을 확인한 뒤 아마 상부에 보고하지 않겠소? 임무를 제대로 수행했나, 아니면 그렇지 않은가를."

첸은 다시 한번 뒷산을 보았다. 하지만 정찰병이 보일 리는 없었다.

"이봐요. 랴오."

대뜸 첸이 말했다. 유엔과 뭐가 있는 곳을 보고는 다시 랴오를 보았다.

"랴오."

"왜 그러오?"

"당신은 싸우다 죽을 작정이오?"

그러자 랴오는 잠시 두 눈을 끔벅거렸다.

"뭐라고 했소?"

"지금 탱크가 오면 탱크에 맞서 싸우다가 죽을 작정이난 말이오."

랴오의 말대로 탱크는 점점 가까워지고 있나보다. 이젠 첸도 확연히 그 소음을 느낄 수 있었다.

"그럼 우리가 어떤 방법으로 일등 영웅 훈장을 받을 수가 있소?"

랴오가 첸의 말을 이해할 수 없다는 표정으로 말했다.

"우리 같은 사병이 죽지 않고 살아서 훈장을 받을 수 있을 것 같소? 천만에. 만약 성공하더라도 살아 돌아간다면 지휘관은 포상이랍시고 미군 돼지고기 통조림이나 몇 개 줄 게 분명하오."

랴오의 말에 첸은 기가 막혀 잠시 할 말을 잊었다. 가만 보니, 오른 손등에 눈이 쌓여 있었다. 첸은 그것을 훌훌 털어버렸는데 손을 들어보니 주먹 모양으로 된 흙이 보였고, 그곳에만 눈이 쌓여 있지 않았다. 첸은 그 흙을 보다가 언뜻 죽음이 떠올라 손가락으로 한번 문질러보았다. 그리고 비록 자신은 지금 이와 같은 상황에 빠져 있지만, 언젠가 몇 십 년 후, 아니 몇 년 후에는 이곳이 유원지가 되어서 젊은 남녀들이 손을 잡고 삶을 즐기게 될 장소가 될지도 모른다는 엉뚱한 생각을 했다.

"이봐요. 랴오. 만약 우리가 전투에 성공해서 살아남는다면 어떡할 거요?"

첸은 어머니가 보고 싶었다. 차라리 잠이라도 자고 싶었다. 삼 일 동안 걷기만 했는데도 잠이 오지 않다니, 첸은 도무지 알 수가 없었다.

"그건 불가능하다는 걸 당신도 알텐데."

랴오는 잘라 말했다.

"우린 네 명이고 가지고 있는 무기도 보잘것없지 않소? 지휘관 말대로 그들의 진군을 지체시킬 수는 있지만 완전히 무찌른다는 건 있을 수 없는 일이오. 그걸 알고 지원한 거 아니오?"

"……."

"탱크가 단 한 대 오는 것도 아니고 지금 수십 대가 이쪽으로 오고 있소. 대체 무슨 방법으로 저들을 이긴단 말이오?"

"그럼 싸우다가 후퇴해서 살 길을 찾아야 할 거 아니오?"

"도망가자는 말이오?"

"달리 방법이 없다면 도망이라도 가야지, 여기서 자살하자는 말이오?"

첸은 몸을 일으켜 엉거주춤한 자세로 앉았다.

"자살이라니, 당신 지금 무슨 얘길 하고 있는 거요?"

"그게 자살이 아니면 뭐요? 살 길을 찾아야 하는데 죽을 길을 찾다니, 당신 미쳤소? 당신은 훈장 얘기만 늘어놓는데 시체에게 그 따위 장식품이 뭐가 필요하오? 난 그런 것에 관심 없소이다. 난 말이오. 솔직히 말하건대, 남의 땅에서 처음 보는 인종들과 싸우는 이 전쟁에도 아무 관심이 없고, 오로지 살아서 고향에 돌아가는 것만이 내 지금 소원이오. 그리고 이봐요, 랴오. 당신은 뭘 잘못 알고 있나본데, 난 이곳에 지원한 적 없소."

그 말에 랴오도 몸을 일으켰다.

"그건 또 무슨 말이오? 지원한 적이 없다니. 그럼 명령에 남았단 말이오?"

첸은 아무 대답도 하지 않았다. 그러자 랴오가 말했다.

"그건 몰랐던 사실인데, 그렇다면 당신은 어쨌거나 도망쳐서라도 살겠다는 말 아니오?"

이번에도 첸은 대답을 하지 않으려다가,

"그래요."

라고 퉁명스럽게 내뱉었다.

"……."

랴오는 잠시 아무 말 없이 첸을 바라보았다. 그동안 첸은 포로를 보았다.

"그렇단 말이오?"

랴오가 전방을 주시하며 혼잣말처럼 그렇게 말했다.

2

"뭐! 뭐! 빨리 일어나!"

랴오가 소리쳤다. 뭐가 머리를 땅에 처박고 그새 잠이 들었던 것이다. 탱크가 다가오고 있음에도 그는 잠이 들었다.

"유엔! 빨리 깨워! 저 소리 안 들려?"

그러자 유엔이 서둘러 뭐의 몸을 흔들었는데 그러자 뭐는 벌떡 일어나 차렷자세를 취했다. 곧 상황을 파악했는지 뭐는 다시금 누워 짚단 뒤에 몸을 숨겼다.

"정신 차려! 이제 온다."

랴오의 말대로 탱크는 이제 훨씬 가까워져서 곧 그 쇳덩어리 몸체가 보일 지경이었다. 지축이 흔들리고 있었다. 곧 전투가 있을 것이라고 첸은 생각했다. 하지만 싸우더라도 짚단 뒤에 숨어 있는 자신들은 포 한 방에 모두 쓰러질 수도 있다고 생각했다.

"당신, 첸!"

랴오가 첸에게 묻고 있었다.

"몇 사단 소속이지?"

첸은 랴오의 핏발선 눈을 바라보았다.

"그건 왜요?"

"몇 사단이오?"

"백십오 사단이오."

"그래? 나와 유엔, 뤄는 모두 백십칠 사단 소속이오. 제 삼십구 군단 백십칠 사단. 그래 당신은 어떡할 거요?"

"뭘 말이오?"

둘은 마주보고 있었다.

"전투가 벌어지면 싸우지 않고 도망갈 거요?"

랴오의 그 말에 첸은 단호하게 대답했다.

"싸우긴 하되 살기 위해 싸울 거요."

랴오는 첸을 바라보다 전방으로 시선을 돌려버렸다.

유엔이 외친 건 그때였다.

"보입니다!"

첸은 산모퉁이를 바라보았다. 길이 나 있는 곳으로 탱크의 주포가 보이기 시작했다. 눈보라가 강했지만 첸은 탱크의 포만으로도 그것이 어느 교본에서 사진과 그림으로 본 적이 있는 M-46 패튼전차란 것을 알 수 있었다.

탱크의 육중한 캐터필러와 몸체가 드러나기 시작했고 그 위에 앉아 있는 보병들이 눈에 들어왔다. 그들은 미군이었다. 탱크 위에는 모두 다섯 명의 병사가 있었다. 첸은 잠시 랴오를 곁눈질했다. 그는 이제 미동도 하지 않은 채 뚫어져라 전방만을 주시하고 있었다. 엄청난 소음과 그 쇳덩어리의 무게에 짚단이 파르르 떨고 있었다. 이제 길에 누워 있는 포로를 미군이 발견하리라. 그리되면 쇳덩어리는 전진을 멈출 것이고 보병들은 급히 탱크에서 땅바닥으로 뛰어내려 포로에게 다가갈 것이다. 첸은 그 정도만 생각할 뿐이었고 다른 어떤 감정은 뜻밖에도 느낄 수가 없었다.

뒤를 이어 또 한 대의 탱크가 보일 무렵 선두에 있던 탱크가 굉음을 내며 멈추어 섰다. 급하게 정지를 했는지 포가 왼쪽으로 쏠려 언덕으로 향했다. 그리곤 한 병사가 내리려 했다. 그런데 갑자기 다른 한 병사가 그를 제지했다. 무언가를 얘기하고 있었다. 말을 건넨 그 병사는 곧 주위를 둘러보기 시작했다. 뭔가 낌새를 눈치챘음이 분명했다. 그건 어쩔 수 없는 일일 거라 첸은 생각했다. 미군 병사가 길 한복판에 묶여 있는데 이를 이상하게 생각하지 않을 자가 어디 있겠는가.

뒤쪽 전차 위에 있던 보병들이 앞으로 합류하기 시작했고 모두 여덟 명이 흩어져 앉더니 경계 자세를 취하였다. 그리고 두 명은 엉거주춤한 자세로 포로에게 다가갔다. 탱크의 포와 기관총은 누군가에 의해 움직이기 시작했다. 그 두 명의 병사가 포로에게 다가가 말을 걸기 전 공격을 개시하여야 할 텐데, 그럼 지금이란 말인가.

첸은 고개를 돌려 유엔과 뤄를 바라보았다. 그들은 첸을 보고 있었다.

"뭐해?"

랴오의 말에 첸은 그를 바라보았다. 그의 이마에는 땀방울이 맺혀 있었다.

"……."

첸은 아무 말도 하지 못하였다.

"지금 뭐 하고 있어! 빨리 발사해!"

랴오가 적들도 들을 만큼 소리쳤을 때 첸은 몸을 들어 왼쪽 무릎을 땅에 대고 앉았고, 그리고 포를 들어 차가운 몸통을 그의 얼굴에 갖다 대었다. 정확히 일 초가 지났을까, 한 미군 병사의 눈과 자신의 눈이 마주쳤다고 느낀 순간 그의 얼굴 앞에서 포탄이 날아갔고, 강력한 후폭풍으로 인해 주변에 쌓여 있던 눈덩이들이 공중으로 치솟았다.

곧이어 폭발음이 일었다. 첸은 포를 내려놓고 그대로 앉아 있었는데 가만히 보니 방금 전까지 경계를 취하고 있던 미군 병사 몇 명이 핏덩어리가 된 채로 죽고 싶지 않다는 듯 꿈틀거리고 있었다.

"첸! 다시 장전해. 빨리!"

랴오의 외침이 들렸고 첸은 다른 포탄을 찾기 시작했다.

"유엔! 뤄! 지금이다!"

랴오의 지시대로 유엔이 먼저, 그리고 뤄가 제각각 포탄을 들어 박격포 속으로 집어넣었다.

'퉁! 퉁!'

순간 첸은 하늘을 보며 포탄이 포물선도 없이 너무 높게만 올라갔다고 생각했지만, 그것은 정확히 첫 번째 탱크의 궤도 앞부분에서 폭발하였다.

살아 있는 미군들이 시신과 부상병들 사이에서 혼란에 빠져 있는 사이 랴오의 기관총이 불을 뿜기 시작했다. 결국 미군들은 총 한번 쏴보지 못하고 썩은 나뭇가지 떨어지듯 하나둘씩 죽어갔고 랴오의 기관총은 바퀴가 뒤로 밀리면서도 숱한 탄피를 멈춤 없이 쏟아내었다.

첸은 다시 M-20을 들어 탱크를 향해 조준하였다. 이때 첸은 패튼전차의 포탑 아래 작은 구멍에서 드디어 기관총이 발사되는 것을 보았다. 첸은 그것을 보면서도 이번에는 캐터필러를 파괴해 전차의 전진을 막아야겠다는 생각을 하였다.

하지만 첸의 생각은 곧 빗나가고 말았다. 이번 포탄은 탱크를 넘어 산비탈에 처박힌 뒤 눈덩이를 쏟아 떨어뜨리며 의미 없이 폭발하고 말았던 것이다.

첸은 마지막 포탄 한 발을 다시 장전하기 시작했다. 첸은 포를 발사하고 있어 유일한 엄폐물인 짚단에마저 몸을 숨기지 않은 채 상체를 일으켜 세우고 있었는데 그로 인해 첸은 끊임없이 무엇인가가 뜨거운 열기를 내뿜으며 자신의 머리를 스치고 있음을 직감할 수 있었다. 그래서인지 그는 포탄을 장전하다 땅에 떨어뜨렸고, 그 와중에 박격포를 쏴주어야 할 유엔과 뤄가 떠올라 그들을 바라보게 되었는데 유엔과 뤄는 서로의 몸이 엉킨 채 움직이질 않고 하늘을 보고 누워만 있었다.

그때였다. 세이버 전투기가 또다시 등장했다. 첸은 모든 게 끝나가고 있다는 예감이 들었다. 그는 랴오를 보았는데 전투기가 하강하고 있다는 것을 아는지 모르는지 서둘러 탄창을 갈고만 있었다. 세이버는 그 속도가 너무나 빨랐다. 산허리를 돌아 등장하자마자 벌써 첸의 시야를 가려 하늘을 덮을 지경이었고 심지어 첸은 조종사의 얼굴까지 볼 수 있게 되었다.

"랴오!"

"……."

도망가야 한다고 생각했지만 너무도 빠른 세이버 앞에 그는 땅에 고개를 처박을 수밖에 없었다. 수십, 수백 발의 총알이 눈보라를 몰아치는 엄청난 바람과 함께 그들 곁을 지나쳤다. 하지만 단 한발의 총알도 첸과 랴오의 몸을 뚫지 못했다. 첸이 고개를 들었을 때 세이버는 멀리 곡선을 그리며 어딘가로 날아가고 있었다. 그리고 첸은 다시 랴오를 보았는데 그는 여전히 탄창을 만지작거리고 있었고 이제 제대로 되었는지 다시 조준을 하려 했다.

첸은 그를 보며 무엇인가를 생각하다 포탄을 장전한 뒤 다시 허리를 펴 탱크를 조준하였다. 이젠 때가 되었다고 그는 생각하였다. 포탄은 다시 탱크를 향해 발사되었다. 그리고 직선으로 정확히 날아가 탱크의 아랫부분에서 폭발하였다.

'됐어!'

첸은 속으로 그렇게 외쳤다.

탱크의 오른쪽 궤도 이음새가 파괴돼 바닥으로 힘없이 풀어지는 장면을 그는 뚜렷하게 보았던 것이다. 첸은 탱크가 절대 움직일 수 없을 것이라 확신하였다. 모든 것이 성공적으로 이루어진 것이다.

"랴오."

하지만 랴오는 대답 없이 사격에만 몰입하였다. 그런데 대체 어디를 향해 총을 쏘고 있단 말인가. 움직이는 미군은 없었고 탱크를 향해 사격을 가해보았자 내부의 탱크병들을 죽일 수는 없는 일이었다. 첸은 랴오가 제정신이 아니라는 것을 알았고 아무리 불러보았자 그는 대답하지 않을 것이라 생각하게 되었다. 그리고 첸은 랴오를 혼자 두고 뒤쪽의 산을 향해 뛰어가기로 결심하였다. 랴오의 말대로 그 산에서 정찰병이 자신을 지켜본다 하더라도 상관할 바가 아니었다. 첸은 임무를 성공적으로 완수했을 뿐이지 어떤 죄도 진 것이 아니었다.

"첸!"

랴오의 말에 첸은 깜짝 놀랐다.

"지금부터 돌격이오. 때는 지금이오."

첸은 자신의 귀를 의심할 수밖에 없었다.

"총알이 다 떨어졌어. 수류탄 가져왔었지?"

랴오는 첸을 보며 그렇게 말하고 있었다. 첸도 랴오를 보았지만 그의 눈동자는 이미 랴오의 것이 아닌 것 같았다. 한순간의 일이었다.

"그걸 들고 돌격할 수밖에 없어. 저 탱크를 박살내야 한다고.

너하고 나하고 두 개씩 들고 안에다 까넣으면……."

그 눈동자 아래로 하얀 눈들이 떨어지고 그것은 곧 녹아버렸다.

랴오는 말을 채 끝마치기도 전에 주변을 둘러보더니 수류탄을 찾기 시작했고 이내 두 개를 집어 첸에게 건네었다.

"날 따라오면 돼. 아니, 날 따라오는 게 아니라 넌 저쪽으로 뛰어. 난 이쪽 반대편으로 뛸 테니까. 그래야 일이 잘 될 거야."

하지만 첸은 그럴 수 없었다. 그는 죽고 싶지 않았고 죽을 이유도 없다고 생각했다.

"그러니까 넌 앞 탱크를 맡는 거다. 뒤에 막혀 있는 저 탱크는 내가 해치우겠어."

첸은 아무런 대답도 하지 않은 채 하얀 입김만을 랴오를 향해 내뿜었다.

그리고 랴오가 박살내자고 하는 그 탱크들을 바라보았다. 그곳엔 움직이려 안간힘을 쓰는 나머지 소름끼치는 쇳소리만을 토해내고 있는 패튼전차와 그 앞에 쓰러져 있는 미군들이 있었다. 그리고 첸은 아주 뜻밖의 기묘한 장면을 보게 되었다. 그것은 바로 지휘관이 넘겨주었던 크롬베즈 부대 소속의 미군 포로였다.

그가 여전히 살아 있었던 것이다. 그를 도우러 왔던 두 명의 미군은 모두 그의 곁에서 죽었고 오로지 단 한 명이 살아 있었는데 그것은 가장 죽음을 당하기 쉬웠던 그 미군 포로였던 것이다.

포로는 여전히 결박당한 팔다리가 고통스러워 꿈틀거리고만 있었고, 허공을 향해 무어라 외치는 것 같기도 했다. 그는 좌우로 계속해서 몸을 뒤틀었지만 차라리 그러지 않는 것이 좋을 만큼 그런 행동은 포로에게 더 큰 고통과 절망감을 줄 뿐이었다.

첸은 움직이지 않는 유엔과 뤄를 한번 보고는 다시 미군 포로를 보았다.

그리고 첸은 이곳에서 벗어나야 되겠다고 결심했다. 그는 모든 것이 싫어지는 것만 같았고, 더 이상은 자신의 생명이 원치 않는 것에 이용될 수 없다고 생각했다.

"너 뭐하고 있어. 수류탄 안 받고 뭐해?"

랴오가 엎드린 채로 수류탄 한 개를 허리춤에 끼우며 다른 한 손으로 또 다른 수류탄 한 개를 첸에게 건네고 있었다. 첸은 하는 수 없이 수류탄을 받아들었고, 오른손으로 힘껏 잡아 쥐었다. 그는 그동안 랴오의 눈동자를 보고 있었다.

"너무 걱정하지 마라."

랴오가 말했다.

"우린 영웅이 될 거야. 모두가 우릴 찬양하게 될 거다."

"……."

"꼭 무찌르자구. 자, 따라와!"

그리곤 랴오는 벌떡 일어섰고 야전용 삽과 수류탄만을 들고 앞으로 뛰어가려 했다.

"뭐해. 일어서. 첸!"

말이 끝나기 무섭게 그는 그가 말한 방향대로 달려나가기 시작했다. 랴오는 아무런 소리도 내지 않으며 아주 빠른 속도로 달

려나갔다. 첸은 때에 전 랴오의 방한복이 출렁거리다가 이내 눈
보라에 가려지는 모습을 보고 있었다. 첸은 여전히 그 자리에 있
었다. 첸은 멀리 전차의 총구에서 기관총이 움직이고 있는 모습
도 어렴풋이 보았다. 탱크 안에는 여전히 미군이 있었고 그들은
랴오를 발견한 것이다.

'곧 죽겠구나.'

랴오를 보며 첸은 생각했다.

첸의 생각이라도 읽었는지 기관총이 발사되기 시작했고 그것
은 역시 랴오에게 집중되었다. 하지만 랴오는 아무런 부상도 입
지 않고 점점 탱크에 가까워져만 갔다. 첸이 따라오지 않는다는
걸 알기라도 하는지 그는 첸이 맡기로 했던 첫 번째 탱크를 향해
뛰어가고 있었다. 그렇지만 랴오는 곧 쓰러졌다. 애당초 불가능
한 일이었던 것이다.

'……'

첸은 이제 떠날 때가 되었다고 생각했고 미군에게 들키지 않
도록 최대한 몸을 숙여 북쪽을 향해 천천히 이동하기로 마음먹
었다. 그런데 또다시 총소리가 들리기 시작했다. 고개를 들어 랴
오가 쓰러진 곳을 보니 랴오는 어느새 일어나 탱크 바로 앞까지
다가가 있었고 이젠 탱크에 기어오를 태세였다.

이것은 전혀 예상치 못한 뜻밖의 장면이었는데 첸은 단 한 사
람이 수류탄 한 개로 탱크 안의 적병을 죽인다는 것은 현실 속에
서는 결코 있을 수 없는 일이라 생각하고 있었다. 첸은 사람의
힘으로 탱크를 쳐부수는 것을 이 년 전 우한武漢의 어느 허름한

극장에서 일본군과 전투를 벌이던 농민들을 그린 영화 속에서
단 한 번 보았을 뿐이었다. 그런데 그것이 현실 속에서, 그것도
자신의 눈앞에서 실제로 일어나고 있었던 것이다. 더욱 놀라운
것은 탱크가 단 두 대만 있는 것도 아니고 뒤쪽의 탱크 뒤에는
또 다른 탱크와 보병들이 있을 터인데, 그들 미군이 현재의 상황
을 아는지 모르는지 랴오의 행동을 막기 위해 전진하고 있지를
못한다는 것이었다.

"첸!"

랴오의 외침은 첸을 너무도 당혹스럽게 만들었다.

"왜 거기 있는 거야! 빨리 이쪽으로 뛰어와!"

첸은 정말 어딘가로 가버리고 싶었다. 급기야 랴오는 포탑 위
로 올라가 내부에 수류탄을 넣으려 하고 있었고, 이젠 삽을 들어
입구의 철제 뚜껑을 파괴하고 있었던 것이다.

"첸!"

하지만 첸은 결국 돌아서고 말았다. 그는 더 이상 그 자리에
있을 수가 없었다.

곧 폭발음이 들려왔다.

총소리는 더 이상 들려오지 않았다. 랴오가 결국 탱크 한 대
를 완전히 파괴한 것일까. 첸은 알 수 없었다. 첸은 뒤돌아보지
않았다. 그는 조심스레 천천히 도망가려 했다. 그렇지만 이마저
도 쉬운 일은 결코 아니었다. 다시 총소리가 들려왔던 것이다.
랴오는 총을 가져가지 않았으니 이는 미군의 총소리임이 분명
한데 그렇다면 랴오는 한 대를 더 파괴하기 위해 뒤쪽의 탱크에

접근한 것일 수도 있었다. 그것마저도 가능한 일일까. 아니면 랴오는 더 이상 움직일 수 없게 된 것일까. 첸은 아무 것도 알 수가 없었다.

눈이 이렇게 많이 내리는 것을 첸은 지금껏 본 적이 없었다.

9월, 시에라리온

가장 섬세하고 교양 있는 두뇌의 소유자들이 지닌 권태가 있는데
그것은 지상이 제공하는 최상의 것에도 맛을 못 느끼는 것이다. 가려
뽑은 음식과 더욱 정선한 음식만을 먹었기 때문에 조잡한 음식에는
구토를 일으키도록 되어 있어서, 그들은 굶어 죽을 위험에 처해 있다.
—F.W.니체

나, 마르셀 라시튀드Marcel Lassitude는《세계Le Monde》라는 이
름을 가진 프랑스 일간지의 기자이다. 1988년 9월 어느 날, 나는
본사로부터 갑작스러운 연락을 받고 권태로운 평화만이 지속되
던 리베리아에서 내전의 나라 시에라리온Sierra Leone으로 이동하
게 되었다. 본사에서 걸려온 전화는 피에르라는 현지의 기자가
질병을 얻어 취재를 못 하게 되었으니 당분간 그 대신 일을 맡아
달라는 것이었다.

기대, 혹은 두려움의 감정으로 이틀을 보낸 후, 나는 본사의 지시에 따라 먼로비아Monrovia 공항으로 향하였고, 언제나 변함없이 파랗게 펼쳐져 있던 수평선을 한번 바라보고는 곧 이탈리아의 노이아Noia사가 제작한 25인승 경비행기에 몸을 실었다. 비행기에 올라타자마자 문이 닫히고 이내 기체는 요란한 소음을 내지르며 활주로를 달리기 시작했는데 아무래도 내가 가장 늦게 도착한 승객인 듯했다. 이 25인승 경비행기의 승객은 나를 포함하여 모두 열일곱 명이었던 것으로 기억된다. 그들은 모두, 당연한 얘기지만 흑인이었고 시에라리온에 도대체 무엇을 하러 가는 것인지 그들의 좌석 옆 상자 안에는 닭이며 개, 원숭이, 심지어 살모사까지 들어 있었다.

어찌되었든 그들과는 아무런 관계가 없던 나는 파란 공중에서 창문 너머로 보이는 구름들을 멍청히 바라보며 역시 기대, 혹은 두려움이라는 느끼한 감정 속에서 이런저런 생각들을 하였고, 25인승 경비행기는 정확히 두 시간의 비행 끝에 시에라리온 프리이타운Freetown 공항에 도착하였다. 맑게 개인 하늘 아래서 갑작스레 모습을 드러낸 프리이타운 공항은 먼로비아 공항의 반도 되지 않는 크기를 가지고 있었고, 청사는 온통 회색 페인트만으로 칠해져 있어 방문자를 우울하게 만들고 있었다.

비행기가 정지하고 문이 열린 뒤 이윽고 시에라리온의 땅을 밟는 순간 내가 처음 한 것은 허파 깊숙이 숨을 들이마신 것이었다. 태어나 처음 와보는 곳에 첫발을 내딛을 때의 느낌은 나이가 들면 들수록 민감해지기만 했다. 나는 천천히 숨을 내쉰 뒤 다시

대기를 흡입하고는 눈을 잠시 감았다 떴다. 눈을 뜨자 나의 시야에 들어온 것은 계단을 오르는 벽면에 청사의 분위기와는 조화를 이루지 못한 채 걸려 있는 대형 사진이었다. 그곳엔 원주민 복장을 착용한 젊은 흑인 아가씨가 해변과 야자수를 배경으로 환한 미소를 짓고 있는 모습이 담겨 있었고, 사진의 하단부에는 'Welcome to Sierra Leone!' 이라는 글씨가 붉은색으로 적혀 있었다. 나는 걸음을 옮기면서도 그 흑인 아가씨의 모습을 계속 바라보았고, 흑인 아가씨는 내가 그녀로부터 점점 멀어져도 여전히 나를 응시하고 있었다.

나는 삼십 분이라는 긴 시간을 허비하며 입국수속 절차를 마치고, 뜨거운 햇빛과 지열에 얼굴을 찌푸린 채 공항 밖으로 나왔다. 그런데, 밖으로 나옴과 동시에 시야에 들어와 박히는 대서양의 수평선과 먼로비아와 다를 것이 없는 엷은 파도 소리, 그리고 갈매기 떼들의 울음소리는 시에라리온이 정말 내전의 와중에 있는 나라인지 의심스럽게 하고 있었다. 이것은 뜻밖이었다. 프리이타운은 지나치리만큼 조용하고 일상적이었던 것이다. 더군다나, 나는 공항에 내림과 동시에 군복을 입고서 여행객들을 검문하는 정부군 병사들과 그들이 타고 다니는 탱크, 장갑차, 군용트럭 등의 장비들과 마주치게 될 것이라 예상했었다. 하지만 공항 안과 밖은 평상복을 착용한 민간인들뿐이었고, 그들 아프리카인 특유의 낙천적이며 넉넉한 표정 역시 어떠한 긴장감도 자아내지 못하고 있었다.

예상과는 다른 장면에 실망 아닌 실망을 느끼며 나는 어깨에 가방을 짊어 메고 광장의 주차장에서 대기 중이던 갈색의 도요타 픽업트럭으로 향했다. 도요타는 널찍한 주차장에 홀로 세워진 채 따가운 햇살을 정통으로 받아 쬐고 있었는데 지붕은 미세하면서도 낮잠처럼 나른한 아지랑이를 연신 뿜어대고 있었다. 그리고 그 안에는 꼬불꼬불한 구레나룻을 시커멓게 얼굴에 달고 도수 높은 안경을 끼고 있는 미셸 그리예Michel Grillet가 혼자서 시가를 태우며 앉아 있었다.

"안녕하쇼. 시에라리온에 온 것을 환영합니다!"

차에 가까이 다가서자 미셸은 독한 담배연기를 내뿜으며 사진 속의 흑인 아가씨처럼 환하게 웃어 보였고, 나는 그의 웃음에 미소를 띠며 화답했다. 미셸의 사람 좋아 보이는 첫인상이 나의 마음을 편하게 해주고 있었다. 하지만 픽업트럭은 그의 인상과는 달리 퍼렇게 곰팡이가 슨 빵에서 나는 시크름한 냄새를 풍기고 있어 나의 코를 내내 간질였다.

"난 미셸 그리예라고 합니다. 당신 이름은 이미 알고 있어요. 난 파충류를 연구하는 동물학자입니다. 캄비아Kambia 도마뱀을 연구 중이죠. 피에르와는 그냥 아는 사이일 뿐입니다. 지사支社 소유의 가옥에서 피에르에게 기생해 산 적이 있었거든요. 헤헤, 그건 지금도 마찬가지긴 하지만……, 어쨌든 그 친구 부탁으로 이렇게 나오게 된 겁니다."

문을 열고 자리에 앉기가 바쁘게 미셸은 자기 이름을 밝히며 악수를 청해왔다. 사십 초반쯤으로 보이는 미셸은 나보다 두 뼘은 덜 나가는 작달막한 키에 통통하게 살이 찌고 유독 배만이 지나치게 튀어나와 그의 모습은 귀여워 보이기도 하고 한편으론 우스꽝스러워 보이기도 했다. 곧 시동을 걸고 차를 몰기 시작한 미셸은 그때부터 쉴 새 없이 이야기를 하기 시작했는데, 덕분에 나는 먼로비아에서 느꼈던 파견업무에 관한 두려움을 잊을 수 있었다.

차를 몬 지 삼십 분이 지나자 프리이타운의 시가지는 온데간 데없이 사라지고, 쿠푸르Kupr로 이어지는 스바글리아떼Sbagliate 다리가 나타났다. 스바글리아떼 다리는 3킬로미터나 되는 길이 의 장대한 다리로 내가 본 다리 중 가장 긴 것이었다. 다리 양편 으로 까마득히 펼쳐져 있는 하늘색의 바다는…… 아, 그 멋진 광경을 나의 글로서는 도저히 표현할 수가 없을 것 같다. 어쨌든 나는 대형 사진 속의 흑인 아가씨가 원한 대로 시에라리온에 오 길 잘했다는 생각까지 하고 있었다.

그런데, 그것도 잠시였다.

스바글리아떼 다리를 지나고부터는 나무 한 그루 없는 붉은 바위산과 검정색, 회색의 주먹만 한 자갈들이 끝도 없이 깔려 있 는 황무지가 펼쳐졌던 것이다. 불과 몇 분 전의 광경과는 너무나 도 다른 삭막한 풍경이라 나는 허탈감을 느낄 수밖에 없었다. 하 지만, 길은 다행히 아스팔트로 포장이 되어 있어 포트 로코Port Loko까지 요동을 칠 필요는 없었다.

"캄비아 도마뱀이라고 못 들어봤겠죠?"

미셸이 창밖으로 멀리 꽁초를 내던지며 내게 말하고 있었다. 스바글리아떼 다리 위에서 느낀 시원한 바닷바람을 여태껏 떠올리고 있던 나는 바람에 흐트러진 머리카락을 뒤로 넘기듯 머리를 매만지며 미셸을 바라보았다. 물론 나는 캄비아 도마뱀이란 것에 대해 아는 바가 없었다.

"지사에 가면 루시와 앙드레를 만나볼 수 있을 겁니다. 아주 귀여운 놈들이죠. 그런데, 피에르는 그놈들을 아주 싫어하더군요. 가끔이지만 루시와 앙드레 때문에 다투기도 했었죠. 심지어 피에르는 실내에서 담배도 못 피우게 한답니다. 하지만, 당신은 도마뱀들을 아주 좋아할 것 같군요. 그냥 예감이 그렇단 말입니다. 참, 캄비아 도마뱀의 습성 중 재밌는 거 하나만 말해줄까요?"

내가 고개를 끄덕이자 미셸은 지금으로부터 꼭 1년 전, 카바 Kaba 강 유역에서 본 희한한 장면을 얘기해주었다. 장지뱀류에 속하고 푸른색을 띤 보석장지뱀의 생김새처럼 예쁘다는 캄비아 도마뱀은 시에라리온과 남부 사하라에 듬성듬성 살고 있는 아주 희귀한 동물이기 때문에 관심을 가지고 찾지 않는 이상은 만나기가 어려운 동물이라고 한다. 그런데 하루는 카바 강가에서 무려 오백 마리에 달하는 도마뱀 떼를 한꺼번에 보았다고 했다. 오백 마리의 도마뱀들이 사막과 수풀 속에서 갑작스럽게 등장하더니 각각 반으로 나뉘어 대열을 짓더라는 것이었다. 그리고 도마뱀들은 어떤 알 수 없는 신호에 따라 살점을 물고 뜯는 피 튀기는 싸움을 시작했는데, 한 시간도 채 지나기 전에 오백 마리에 달하던 캄비아 도마뱀은 백 마리 정도로 줄어들었고 살아남은 도마뱀들은 죽은 것들을 그냥 내버려둔 채 아무 일도 없다는 듯이 사막 쪽으로, 혹은 강 수풀 속으로 사라졌다고 했다. 당시 차 안에서 햄 조각을 씹으며 그 광경을 목격한 미셸은 도마뱀들의 싸움이 너무나도 신기하여 놀란 나머지 사진 한 장 찍질 못했다고 했다.

"그 놀라운 장면을 보고 싸움의 원인을 밝히려 연구를 시작했는데 저는 아무런 것도 알아내질 못했어요. 그거야 말로 놀라운 사실이었죠. 먹이는 말입니다, 그때가 구월이라 가장 풍부할 때이기 때문에 원인이 될 수 없었어요. 무슨 구역 싸움이냐 하면 그것도 아닌 것이, 처음엔 서로 싸운 놈들이 나중엔 한데 엉겨서 사막 쪽으로도 가고, 수풀 쪽으로도 가더군요. 번식을 제한하기 위해서냐 하면 그것도 아닙니다. 캄비아 도마뱀은 지금까지의 연구로 보건데, 만 마리도 되지 못해요. 포유류도 아닌 파충류의 개체 수가 고작 만 마리라면 그건 멸종이나 다름이 없는 거예요. 말이 통한다면 그날 싸움에 참가한 도마뱀 한 마리를 잡아서 물어보고도 싶은데, 내 참, 지금 생각해보면 말입니다, 그놈들은 이유도 없이 싸운 거 같아요. 사람들처럼 말예요. 꼭 시에라리온의 정부군과 반군 같지 뭡니까. 사람들이 정신이 돌아버리니까 같은 땅에 사는 동물들도 머리가 이상해지나봐요."

미셸은 어느새 또 시가를 피우며 연기를 뿜어대고 있었다. 그의 입과 코에서 배출된 하얀 연기는 차창에 한번 부딪치고 튕겨져나와 내 얼굴을 스친 뒤 산호의 정액처럼 이리저리 떠돌다가 창밖으로 사라져갔다. 나는 미셸의 이야기를 관심을 보이며 들어주었지만 그가 연구하는 캄비아 도마뱀에 관해선 그다지 특별한 흥미를 느끼지 못하고 있었다. 단지, 아무런 대화도 없이 불편한 자세로 앉아 가는 것보다는 낫다고 생각하고 있을 뿐이었다. 더 이상은 새로울 것이 없는 바깥 풍경을 내다보며 내가 미셸에게서 듣고 싶은 것은 정부군과 반군에 관한 소식—먼로비아를 떠나던 날 나는 반군의 박격포 공세로 마케니Makeni시에 주둔하던 정부군 수십 명이 죽었다는 소식을 접했었다—과 피에르의 병세에 관한 것이었다. 하지만, 미셸은 거의 한 시간 동안 캄비아 도마뱀의 번식 방법과 이동경로, 청력을 이용한 먹이 사냥, 천적들, 헤엄치는 모습, 그 외 잡다한 습성에 대해서만 얘기를 하였고, 심지어 암컷의 생식기를 돋보기로 보면 그것이 인간의 것과 너무나 똑같아 흥분을 느낄 때도 있다고 했다.

그러다가 룽기Lungi 지역의 소사구小砂丘 지대가 펼쳐지고부터 미셸은 도마뱀 이야기가 바닥이 났는지 한동안 말도 없더니만 혼자서 밥 딜런의 〈Mozambique〉와 〈Don't think twice. It's all right〉을 흥얼거리기도 했고, 〈라 마르세이에즈La Marseillaise〉를 휘파람으로 부르며 창문 밖으로 가래침을 뱉기도 하였다. 그동안 나는 여인들의 가슴처럼 울룩불룩 솟아 있는 사구들을 바라보며 데이빗 린치 감독의 〈사구Dune〉라는 영화를 떠올리고 있었던 것 같다.

"참, 고향이 어디요?"

느닷없이 미셸은 내게 고개를 돌리고서 연기를 뿜어대며 말했는데, 이번에도 나의 관심과는 동떨어진 이야기였다. 내 고향은 알제리의 오랑Oran이었다.

“오랑? ……그 페스트의 도시 말이오?”

미셸은 오랑에 대해선 더 이상 묻지 않은 채 꽁초를 밖으로 내던지며,

“내 고향은 마르세이유요.”라고 말했다.

“난 열일곱 살 때까지 마르세이유에서 지냈어요. 부모와 함께 매년 오월에는 칸느에 갔고, 여름엔 모나코의 ‘파리 카페Cafe de Paris’에서 지중해를 구경했었죠. 참, 당신도 물론 지중해를 보며 성장했겠지만 이봐요 마르셀, 아프리카에서 본 지중해와 유럽에서 본 지중해는 같은 바다가 아니랍니다. 색깔이 다르고 향기가 다르고 하늘과 바람이 달라요. 그 차이라는 건 마르세이유와 모나코에도 있는데 뭐니 뭐니 해도 모나코의 카페에서 바라본 지중해가 내겐 최고더군요.”

옛 추억이 떠오르는지 미셸은 입을 한번 “쩝—” 다시더니 다시 시가를 한 대 꺼내 입에 물었다. 그는 정말, 지독한 골초였다.

“열여덟 살 때에는 고향을 떠나 리옹에 있는 어느 삼류대학엘 진학했어요. 그곳에서 스물한 살 때까지 멍청하게 인시류鱗翅類를 연구한 경험이 있는데, 그나마 성적이 잘 나와서 국비로 유학을 떠날 기회를 얻게 되었지요. 상 파울로로 말입니다. 당신은 믿지 못하겠지만 그곳에서 한 학기 동안 레비 스트로스 교수의 강의를 들은 적도 있어요. 화장실에서 나오는 그분과 어깨를 부딪친 적도 있었죠. 믿을 수 있겠어요? 내겐 굉장한 일이었죠. 난 그곳에서 도마뱀에 매력을 느끼고 막 연구를 시작하던 참이었는데, 레비 스트로스 교수를 보고 아, 나도 저분처럼 위대한 학자

가 되어야겠구나라는 생각을 가지게 됐어요. 그분처럼 세계의 오지를 누비며 아직도 알려지지 않은 미지의 사실을 파헤쳐보고 싶은 생각이 들었던 거죠. 나는 캄비아 도마뱀에 매력을 느끼게 되었고, 십이 년 전 이곳 시에라리온에 오게 된 거요."

그러더니, 미셸은 창밖으로 다시 "퉤—에" 하고 침을 뱉었다. 바람에 침이 멀리 뻗지 못하고 미셸의 얼굴에 와 부딪쳤는지 그는 왼손으로 얼굴을 한번 쓰다듬었다. 미셸은 다시 캄비아 도마뱀에 관해 얘기를 시작하려는 듯 보였다.

"그런데 말입니다, 하아—."

미셸은 그렇게 맥 빠진 한숨을 내쉬더니,

"솔직히 캄비아 도마뱀에 대해선 불만이 없어요. 단지 학계의 주목을 받지 못하고 있을 뿐이지 귀엽고 착한 놈들임엔 분명해요. 문제는 이 빌어먹을 시에라리온이라는 나라예요."라고 창밖을 손가락으로 쿡쿡 찔러대며 말하였다.

그리고 미셸은 내게 고개를 돌려 "시가 한 대 태우겠소?"라고 물었는데, 나는 사양했다. 미셸은 입에 물고 있던 시가에 불을 붙였다.

"이봐요, 마르셀. 당신은 기자이기 때문에 시에라리온의 내전에 흥미를 느끼고 있을지 모르겠지만, 난 말이오, 지금 미치고 환장할 지경이란 말이오. 캄비아 도마뱀을 만나려면 사막엘 들어가야 하는데, 그게 어디 가능이나 하겠어요? 더군다나 반군은 프랑스 정부의 지원을 받고 있는 형편이고, 그 때문에 검문소의 군인들은 나를 첩자 취급이나 하며 연구를 금지하고 있으니, 아,

내가 벌써 육 개월 동안 사막엘 가지 못하고 있어요. 오로지 상자 안에 든 루시와 앙드레만 보고 있지 뭡니까.”

나는 미셸의 말에 창밖을 가리키며 지금 트럭이 달리고 있는 곳도 사막이라고 얘기했는데, 그 말에 미셸은 큰소리로 “캄비아와 카바 강 유역의 사막을 말하는 거요!”라며 연기를 뿜어대며 얼굴을 찌푸렸다.

“렉스프레스 지 부속 과학부에 캄비아 도마뱀의 청력에 관한 연구논문 하나를 기고하기로 계획하고 있었어요. 십이월까지 말이오. 개미, 벌, 칼, 종이, 살모사, 들쥐를 동원해 아주 다양한 실험을 준비하고 있었죠. 그놈들 귀가 다른 기관에 비해 아주 뛰어나거든요. 그런데 지금 이 모양 이 꼴이란 말입니다. 루시와 앙드레요? 그놈들은 이미 야생성을 잃어버렸기 때문에 실험 대상으로 쓸 수는 없어요. 난 지금 모든 걸 중지한 상태고, 내전이 빨리 끝나주기만을 기다리고 있는 형편이오. 아시아의 어느 나라에선 지금 올림픽을 하고 있다던데, 이곳에선 총싸움이나 하고 있으니 인간들은 정말 한심하기 짝이 없는 동물이지 뭐요. 신이 만든 최고의 걸작이 뱀이라면, 최고의 졸작은 아담과 이브라오.”

거기서부터 미셸은 내가 듣고 싶어 했던 최근의 내전 상황을 얘기하기 시작했다. 반군은 마케니시를 차지함으로써 이미 북부지방의 사분의 삼 가량을 점령했고, 주력 부대는 캄비아 남쪽 5킬로미터 지점의 산악지대에 있다고 했다. 그 바로 밑에 있는 도시 망게Mange에는 오백 명 정도의 정부군들이 주둔하고 있는데 내일 당장 나는 그곳으로 가야 할 것이라고 일러주었다. 미셸은 현재의 상태로 내전이 진행된다면 반군에 의해 프리이타운이 점령되는 것도 시간문제라고 하였다. 그 증거로 셍가르S. Sengar 대통령은 벌써 해외로 도피할 준비를 하고 있다고 했고, 망명지로는 세네갈이나 갬비아Gambia 정도가 될 것 같다고 했다.

"하지만 마르셀, 당신에겐 좀 미안한 말이긴 하지만…… 삼 주 전, 펜뎀부Pendembu에서 대량 학살이 있었던 것 알죠? 주민 삼백 명이 죽었었죠. 그때 말이오, 피에르가 현장에서 목숨을 걸고 취재를 하고 시체의 사진을 찍었었죠. 하지만, 신문엔 어떻게 났는 줄 알아요? 이십칠 면 제일 구석에 여섯 줄짜리 일 단 기사로 났더군요. 난 문장까지 정확히 외울 수 있어요. '시에라리온의 북부 지역에 위치한 펜뎀부에서 정부군은 시민들을 상대로 무차별 사격을 가했으며 이 사건으로 삼백 명의 사망자가 발생했다.' 이게 다였소. 사건의 원인조차 실리지가 않았단 말이오. 사진은 말할 나위도 없죠. 그러니 당신도 요령껏 하란 말이오. 프랑스 사람들이 시에라리온의 내전에 어디 신경이나 쓰고 있는 줄 알아요? 그 사람들은 백 미터 달리기에서 누가 금메달을 따느냐에 더 관심이 많아요. 실리지도 않을 것을 직업정신을 발휘한답시고 무모하게 대들지 말란 말이오."

나는 벌써 두 시간 동안 똑같은 풍경만이 펼쳐지고 있는 바깥을 바라보며 미셸의 말을 듣고 있었다. 시에라리온의 내전이 프랑스 사람들의 관심거리가 아니라는 것은 나 자신도 잘 알고 있었다. 그리고 미셸의 말처럼 무모하게 대들 생각도 없었다. 나는 시에라리온으로 이동할 것을 본사로부터 명령받았을 뿐이고, 내가 현장에서 보고 들은 것만을 정리하여 송신하면 그만이었다. 이것은 먼로비아에서도 내내 생각하던 것이었다. 나는 피에르의 병세에 관해 미셸에게 한차례 물어보았다. 하지만 미셸은 안경을 만지작거리며 "이질입니다."라고 할 뿐, 더 이상의 말은 없었다.

차로 네 시간을 달려서야 미셸의 픽업트럭은 포트 로코에 도착할 수 있었다. 언덕을 하나 빙 돌자 갑작스레 모습을 드러낸 포트 로코의 입구는 정부군의 탱크와 장갑차로 북적대고 있었다. 한쪽에서는 정부군 병사가 양손을 휘저으며 알아들을 수 없는 언어로 소리를 질러대고 있었고, 내용물을 알 수 없는 커다란 박스를 어깨에 메고 왔다 갔다 하는 병사들의 움직임으로 입구는 매우 소란스러웠다. 나는 그제야 전쟁지역에 기자로서 파견되었다는 느낌을 조금이나마 가질 수 있었다. 탱크와 장갑차 사이로는 붉은색의 옷을 걸치고서 큰 바구니를 머리에 인 채 입구로 향하는 여자들이 있었는데, 이들의 차림새는 갠지스 강에서 빨래를 하고 돌아오는 인도의 수드라 계급 여성들을 떠올렸다. 포트 로코의 입구는 검문소로 쓰이고 있었다. 이곳을 지나가는 일반 차량은 예외 없이 병사들에게 제지당하여 트렁크는 물론 차내까지 샅샅이 수색을 당해야 했다.

M-16 소총을 든 한 병사가 미셸의 차를 제지시키더니 운전수를 빠끔히 한번 쳐다보고서 신분증을 요구했고, 미셸과 나는 지갑에서 신분증을 꺼내 병사에게 건네주었다. 병사는 따가운 햇

볕에 얼굴을 찌푸리며 신분증을 내려보았는데 한참이 지나서야
무엇인지 알겠다는 듯 고개를 끄덕거렸다. 그리고 병사는 미셸
에게 무어라 애기를 하였고, 미셸도 몇 마디의 말을 건네었으나
나는 단 한 마디의 말도 알아들을 수 없었다. 나는 프랑스 정부
가 반군을 지원하고 있다는 것이 떠올라 좋지 않은 상황이 일어
나는 것은 아닐까 걱정을 하였지만 결국은 아무런 일도 일어나
지 않았다. 미셸은 좌석 왼쪽 밑을 뒤져 카멜Camel을 한 갑 꺼내
더니 병사에게 던지고는 다시 시동을 걸고 검문소를 통과하였
다. 백미러 속에서 작아지고 있는 그 검은 병사는 담뱃갑을 내려
다보며 만족스러운 듯 입가에 미소를 흘리고 있었다.

포트 로코는 인구 1만 2천의 도시로 시가지라고 해보았자, 오
십 미터 되는 가로수길이 전부인 자그마한 도시였다. 캄비아와
마케니에서 가까운 곳이라 시내 곳곳엔 얼룩무늬 차림의 군복을
입은 정부군들과 그들의 지프차, 탱크가 곳곳에 배치되어 있었
다. 포트 로코는 망게 지역이 반군에 의해 점령이 된다면 그곳에
서 포사격만으로도 쑥대밭이 될 수 있는 위험지대였다. 하지만,
이곳의 시민들은 그런 사정을 통 모르고 있는지 모두들 일상적
인 삶을 영위하고 있었고, 입구에서 보았던 그 인도 여성 같은
여인네들은 도시 곳곳에 자리를 펴고 앉아 바나나, 감자, 옥수
수, 양말, 타일랜드제 생선통조림 등을 팔고 있었다. 그들은 덥
지도 않은지 그늘 한 점 없는 뙤약볕 아래서 연신 파리떼만을 쫓
고 있었다.

지사는 랑구오르Languor 거리라 불리는 곳에 있는 3층 건물의 2층 구석진 곳에 자리잡고 있었다. 이 허름한 건물 한 쪽에 'Le Monde'라는 붉은 팻말이 달려 있는 문짝이 있었다. 지사는 원래 프리이타운에 있던 것이 내전의 발발과 더불어 포트 로코로 옮겨온 것인데 건물 주인과의 계약으로 일 년 간 임대를 해놓은 상태였다. 지사라고 해보았자 약 50제곱미터의 실내에 간이침대 두 개와 탁자, 책상 하나 있는 것이 고작이었고, 책상 위에는 전화와 팩스, 타자기가 한 대씩 놓여 있었다. 미셸과 함께 문을 열고 들어서니 피에르는 바닥에서 끙끙거리며 팔굽혀펴기를 하고 있는 중이었다.

"이질도 별 것 아닌가 본데."

미셸이 방에 들어서며 그렇게 말하자 피에르는 숨을 가다듬으며 바닥을 짚고 일어나 침대에 걸터앉았다.

피에르는, "아프니까 빨리 낫기 위해서 이러는 거 아닌가. 이질도 그냥 이질이 아니고 아메바성 이질이라고."라고 말하고서 나를 향해 "아나타('당신'이라는 뜻의 일본어)가 라시튀드 씨요? 난 피에르 드 수삐흐Pierre de Soupir요. 먼 곳에서 힘들게 여기까지 왔군요. 어쨌든 반갑소."라며 침대에서 일어나 악수를 청하였다. 피에르의 첫 마디를 잘못 들었다고 생각하며 나는 얼떨결에 그와 악수를 나누었다. 피에르는 나보다 십 센티미터는 더 큰 키에, 헐리우드 액션 배우를 연상시키는 우락부락한 근육질의 사나이로 이질을 앓는 환자라고 하기엔 너무도 건장한 모습을 하고 있었다.

“나 때문에 고생을 하게 됐군요. 하지만, 어쩌겠소. 같은 회사 소속이면 서로 돕고 살아야지.”

그 말을 듣고서 나는 피에르의 병이라는 것이 거짓일지도 모른다는 생각을 하게 되었다. 시시각각 포트 로코로 다가오는 전쟁의 위험을 피하기 위해 꾀병을 부리고, 그 대신 업무를 내게 떠넘기고 있는 것은 아닐까라는 생각은 피에르의 모습으로 보아 충분히 떠올릴 수 있었다.

“이봐요, 마르셀. 이걸 봐요. 이놈이 루시고, 요놈이 앙드레요.”

미셸은 어느새 원뿔형의 새장을 들고 와선 그것을 나의 얼굴에 갖다 대며 싱글벙글 웃고 있었는데 그 모습을 본 피에르는 손을 내저으며 한숨을 쉬고 있었다.

“참 귀엽지 않소? 이젠 이것들이 날 알아본다고요. 봐요, 웃고 있잖아요. 어때요, 마르셀? 당신 마음에 들지 않아요?”

미셸은 새장을 톡톡 두드리며 두 마리의 캄비아 도마뱀을 골똘히 바라보고 있었는데, 내가 보기엔 도마뱀들이 웃고 있기는 커녕 이곳이 어디이며, 새장을 들고 있는 사람이 누구인지, 그리고 자기네들의 존재가 무엇인지도 모르고 있는 것 같은 표정들이었다. 캄비아 도마뱀은 사막의 색깔과 어울리게끔 황색에 가까운 모래 색깔을 띠고 있었고, 둘 다 손바닥에 올려놓을 수 있을 만큼 크기가 작았다. 미셸로부터 도마뱀들의 ‘전쟁’에 관한 이야기를 듣고 나는 아주 특이한 모습을 가지고 있을 파충류라 생각했었는데, 캄비아 도마뱀은 지극히 평범한 모습을 하고 있었다. 일상적으로 떠올릴 수 있는 도마뱀 말이다. 굳이 특이한 점을 찾는다면, 배 부위에 검은색의 반점들이 몇 개 나 있다는 것 정도였다. 내가 도마뱀들을 유심히 들여다보아도 놈들은 아무런 반응도 없이 주변을 두리번거리기만 했다.

미셸은 책상서랍을 열어 검은 비닐봉지를 하나 꺼내 펼쳐보고선 피에르를 돌아보더니 도마뱀들에게 하루 종일 먹이를 주지 않았다며 화를 내었다. 봉지 안에는 죽은 파리들이 가득 들어 있었다. 미셸은 죽은 파리들을 새장 안으로 쏟아넣었고, 루시와 앙드레라는 이름을 가진 두 마리의 캄비아 도마뱀은 혀를 날름거리며 먹이를 삼키기 시작했다.

"그놈들이 굶어죽더라도 렉스프레스는 아무런 상관도 안 할 걸? 어쨌든, 자네가 프랑스인만 아니었다면 벌써 집에서 쫓아내버렸을 거야."

피에르는 고개를 설레설레 저으며 침대에 벌렁 누워버렸다.

저녁식사로는 우유와 옥수수 빵, 치즈와 포도주가 나왔다. 아침에 먼로비아를 떠나기 전 햄버거를 먹다 만 것 외에는 나는 내내 아무 것도 먹지 않고 있었다. 모두들 배가 고팠었는지 나와 미셸, 피에르는 탁자를 둘러싸고서 한동안 아무 말도 없이 음식을 들었다.

"포도주는 말이오……."

이윽고 미셸이 입을 열었다.

"특별한 손님을 위해 준비해둔 거라오. 망할 놈의 회사에서 정기적으로 보르도산 포도주를 보내줄 수도 있으련만, 사원에 대한 애정이 통 없지 뭐요. 프랑스 사람으로 태어나 먼 이국 땅에서 조국애를 느끼는 것은 포도주 한 잔만으로도 충분하다는 것을 회사는 모르는 거요. 어쨌든, 당신 덕분에 오랜만에 포도주를 먹게 됐구려."

미셸은 내게 건배를 청하고서 잔을 부딪친 뒤 고개를 뒤로 젖혀 잔을 통째로 비웠다.

"꼭 자네가 기자인 것처럼 말을 하는군. 도대체 무슨 회사를 얘기하는 건가? 자네에게 회사란 것도 있었나?"

우유를 마시던 피에르가 미셸을 향해 비아냥거렸다. 하지만, 미셸은 아무 말도 못 들었다는 듯 마냥 행복한 표정만을 지은 채 새로 잔을 채우고 있었다. 그런 미셸의 모습을 보다 말고 피에르가 나를 향해 말했다.

"참, 라시튀드 씨. 리베리아에서의 기자생활은 어땠습니까? 이웃에 있으면서도 그곳 소식은 통 들어보질 못했으니……."

나는 리베리아와 코트디브와르Cotedivoire를 담당하는 기자였다. 두 나라는 모두 정치적으로 안정이 되어 있어, 한 달에 한 번씩 아비잔Abidjan행 비행기를 타는 것 외에는 특별한 일이 없었다. 그러니 피에르가 소식을 통 들어보지 못했다는 것은 당연한 것이었다. 또, 리베리아와 코트디브와르의 정부는 정기적으로 정부 소식지를 보내주는 등 프랑스 일간지 기자에 호의적인 모습을 보여주고 있어 이렇다 할 곤란을 겪을 일도 없었다. 내가 리베리아에서 기자생활을 한 지 이 년째 접어들고 있었는데, 그 동안 나의 기사가 신문에 난 것은 단 두 번뿐이었다. 한 번은 87

년 10월 6일자 신문에 난 것으로 곡물해안Grain Coast에 관한 관광안내 기사였고, 또 하나는 88년 3월 19일자 신문의 기사로 코트디브와르의 코소우Kossou 호수 근방에서 개미가 발산하는 페르몬을 5년째 연구하고 있는 베르나르 로브Bernard Robbe라는 젊은이에 관한 기사였다. 나는 곡물해안에 10킬로미터나 펼쳐져 있는 백 미터 높이의 해안 절벽과 베르나르 로브, 코소우 불개미의 사진을 본사에 보냈었고, 그것은 비중 있는 크기의 기사와 사진으로 특별히 게재되었었다. 나는 리베리아에서의 생활을 이야기하며 가끔이지만 그곳에서는 일종의 권태감마저 느낀다고 피에르에게 말해주었다.

그러자 피에르는 탁자 위에 우유잔을 내려놓고 한숨을 "푸—우" 내쉬었다.

"천당과 지옥이 따로 없군요. 그동안 내가 일한 만큼 성과라도 나왔다면 보람이라도 느꼈을 텐데, 나는 말입니다, 삼 주 전 펜뎀부에서 목숨을 내놓고 취재를 한 적이 있었어요."

"그 얘긴 내가 오면서 다 해주었어."

옥수수 빵을 입 속에 가득 넣은 채 탁자 위의 시가를 만지작거리며 미셸이 말했다. 이야기를 중단당한 피에르가 내심 못마땅하다는 표정으로 미셸을 한번 쳐다보더니 나를 향해 말을 이어나갔다.

"라시튀드 씨, 생각 좀 해봐요. 지금 올림픽이 열리는 곳엔 몇 명의 기자가 파견됐는지 알아요? 놀라지 마시오. 무려 스물다섯이나 갔소. 돼먹지도 않은 스포츠 쇼를 취재하러 말이오. 근데 여긴 대체 뭐란 말입니까? 총알이 빗발치는 곳에서 혼자 뭘 어쩌라는 것인지. 혹 내가 죽으면 기사거리가 되는지도 모르죠. 일면에 내 사진이 실리면서 〈본사 기자, 내전의 와중에서 순직〉이란 그럴듯한 제목으로 특필될 수도 있겠죠. 아마 회사는 특별한 기사가 들어왔다고 좋아할 겁니다. 하지만, 그런 개죽음을 당하지 않는 이상은 이 빌어먹을 곳에서 뭐가 되긴 글렀단 말이오.”

피에르는 우유를 한 모금 마시고 천천히, “꼴깍 꼴깍” 소리를 내며 목젖을 움직여 보였다. 그리고 피에르는 우유잔을 내려놓고서 나와 미셸의 모습을 한 번씩 번갈아 쳐다보았다. 나는 그런 피에르의 모습을 유심히 바라보고 있었다.

“당신이 미셸의 차를 타고 오는 동안 내내 생각한 게 있었어요.”

피에르는 풀죽은 모습으로 조용히 말하고서 방금 전과 똑같은 한숨을 내쉬었다. 그는 잠시 동안 탁자만을 내려다보며 눈을 껌벅거렸다.

“기자라는 직업을 버리겠다는 거죠.” 그는 탁자 위의 우유잔을 빙빙 돌려댔다.

“그게 정말인가?”

미셸이 놀라 물었다. 그 통에 미셸의 입에서 옥수수 빵 몇 조각이 밖으로 튀어나와 탁자 위에 떨어졌다.

“정말이야. 일을 정리하고 삼 일 뒤에 떠나겠어. 과감히 떠나기로 결심하고 고향에 내려가는 거야. 참, 라시튀드 씨, 고향이 어디인가요?”

"마르셀은 오랑에서 태어났대. 그 페스트의 도시 말이야."

내가 대답도 하기 전에 미셸이 먼저 말해버렸다. 미셸은 오랑을 페스트의 도시라고 두 번에 걸쳐 표현하였는데 나는 그것이 매우 불쾌하였다. 오랑이란 도시가 『페스트La Peste』라는 작품으로 유명해진 것은 사실이지만 말이다.

"그렇다면 라시튀드 씨는 순수한 프랑스 사람이라고 할 수 없겠군요. 내 고향은 보르도입니다. 이 포도주를 생산하는 보르도 말예요."

미셸과 마찬가지로 피에르 역시 고향 오랑에 대해선 더 묻지 않았다. 그리고 나는 피에르의 말과 달리 '순수한 프랑스 사람'이었다.

"9월에 보르도를 가면 온통 포도 향기뿐이죠. 보르도시 자체가 포도 색깔로 보일 정도죠. 시내 한중앙에까지 포도나무가 있다면 믿을 수 있겠어요? 난 그 향기를 맡아보고 그 색깔을 눈에 담고 싶단 말입니다. 이따위 화약 냄새와 모래 색깔은 이젠 역겨워요. 이질은 곧 이곳을 떠나라는 하늘의 신호나 다름없어요. 당신에게 일을 떠넘기는 것 같아 미안한 마음도 있긴 하지만, 날 이해해줄 거라 생각해요. 모든 걸 때려치우고 우선은 고향엘 내려가 쉬는 겁니다. 그곳에서 무엇이든 새로운 일을 찾아볼 겁니다. 내 나이 이제 고작 서른다섯인데 무엇이든 못하겠습니까. 결혼도 할 겁니다. 기생충을 연구하면 더 어울릴 것 같은 정신 나간 파충류학자와 괴상한 도마뱀하고는 더 이상 못 살겠어요. 물론, 이 시에라리온이라는 저주받은 땅도 싫고요. 난 프랑스가 그리워요."

그리고 피에르는 보르도산 포도주를 잔에 가득 따라 단숨에 들이켰고, 그의 잔은 이내 둔탁한 소리를 내며 탁자 위에 놓여졌다. 어느새 시무룩한 표정이 되어버린 미셸은 여전히 시가를 만지작거리며 피에르의 빈 잔을 멀뚱히 내려보고만 있었다.

피에르의 얘기를 모두 들은 나의 마음은 썩 좋은 편이 아니었다. 그럼, 나는 뭐냔 말이다. 나는 아프리카 출신이므로 프랑스에 대한 그리움도 없이 살고, 내게는 시에라리온이라는 아프리카 땅이 어울릴 수 있을 것이라는 말인지……. 내가 시에라리온에 온 것은 피에르의 도피를 위해, 그리고 올림픽이 열리고 있는 세상에서 전쟁이란 것도 있다는 것을 피에르 대신 알리기 위해서란 말인가. 그 '정신 나간 파충류학자' 하고는 못 살겠으니 이제부턴 나보고 맡으라는 것이 아닌가 말이다.

하지만, 나는 피에르의 얘기를 들으며 고개를 끄덕거리기만 했을 뿐 아무런 항의의 표시도 하지 못하고 말았는데, 그것은 아마 나의 천성적인 소심함 탓이었을 것이다.

저녁을 모두 먹고 한 시간도 되지 않아 피에르는 침대에 누워 잠에 골아 떨어졌다. 코를 골아대며 자는 모습으로 보아 그가 이질을 앓고 있지 않음은 분명했다. 나와 미셸은 랑구오르 거리에 있는 '뉘Nuit'라는 술집으로 들어가 자정이 가깝도록 미국산 맥주를 마셨다. 술을 마신 지 한 시간 정도 지났을 무렵 벌써 술에 취해버린 미셸은 캄비아 도마뱀, 시에라리온과 마르세이유, 그리고 피에르에 관해 많은 이야기를 하였다. 그중 가장 흥미로웠던 내용은 피에르가 일본에서 만난 하나코花子라는 여자에 관한 것이었다.

일본어를 구사할 줄 아는 피에르는 회사에 들어오자마자 일본 특파원으로 떠나게 됐다. 그때가 1980년이었고 그의 나이 스물일곱이었다. 피에르는 도쿄에서 3년 간을 보냈는데 1982년 5월 토야마富山에서 발생한 한 엽기적인 토막사건을 취재하던 중 마이니치신문사의 사회부에서 근무하던 하나코라는 여자를 알게 되었다고 했다. 하나코는 피에르의 표현을 빌리자면 '꽃' 같은 여자라고 했다. 서로 사건에 관한 자료를 나누어가지던 중 피에르와 하나코는 모텔에서 관계를 갖게 되었고, 이후 둘은 도쿄에서 하루에 꼭 한 번씩 만나 열렬한 사랑을 나누었다. 그들의 신속한 사랑은 하나코가 임신과 낙태를 경험하게 되자 피에르가 결혼을 약속하는 상황에 이르게 되었고, 결국 둘은 도쿄 근처 치바千葉에 집을 한 채 마련해 함께 살기로 약속했다. 그러나, 1983년 1월 장 폴렝Jean Pollen이란 자가 나타남과 동시에 피에르는 하나코를 일본에 둔 채 뉴질랜드로 떠나게 되었다. 장 폴렝은 스물두 살의 신입기자로 부사장인 아버지의 힘을 배경으로 일본 특파원이 된 자였다. 뉴질랜드 발령을 명령받고 회사의 처사를 납득할 수 없었던 피에르는 본사에 결정을 취소해줄 것을 요청했고 지사장에게 애걸도 해보았지만 그는 결국 아무런 성과도 얻어낼 수 없었다. 힘의 한계를 느낀 피에르는 하나코의 약속, 즉 당분간은 여름과 겨울에 한 번씩 만나자는 것에 희망을 걸고 뉴질랜드로 향할 수밖에 없었다.

이후 일 년 간, 웰링턴Wellington과 도쿄 간에 오십여 통의 편지가 왕래했고, 둘은 일본에서의 약속대로 그해 칠월과 십이월에 한 차례씩 만나 여전히 식지 않는 사랑을 확인했다. 칠월엔 피에르가 도쿄로 날아갔고, 십이월엔 하나코가 웰링턴으로 왔다. 그리고 피에르는 뉴질랜드의 기자로 있던 기간 중에도 수시로 본사에 서한을 보내 일본 특파원으로 다시 보내줄 것을 요청했다.

그로부터 일 년 후, 그러니까 1985년, 피에르는 일본 대신 이곳 시에라리온으로 오게 되었다. 그와 더불어 하나코는 피에르와의 모든 관계를 끊어버렸다. 하지만, 그 후 이 년이라는 긴 시간 동안 피에르는 답장 한 장 없음에도 불구하고 예전처럼 하나코에게 편지를 보내었다고 했다. 피에르는 진정으로 하나코를 원했던 것이다. 그러나, 작년부터 피에르는 그녀의 답장 대신 자기가 붙인 편지를 받아보게 되었다. 하나코는 알 수 없는 곳으로 떠나버렸던 것이다.

모든 비극의 원인은 부사장의 아들이라는 장 폴렝이라는 자의 갑작스런 출현에서부터였다. 그자만 없었더라도 피에르는 시에라리온의 사막지대와 파충류학자가 아니라 도쿄의 치바에서 하나코와 함께 행복한 시간을 보내고 있을 터였다. 피에르는 자신의 사랑은 장 폴렝이라는 자 때문에, 아니 그보다는 회사 때문에 깨어졌고, 자신의 저물어가는 청춘 역시 자기가 속한 회사로 인해 이곳 시에라리온의 한 귀퉁이에서 나락으로 떨어지고 있다고 생각했다.

"피에르가 여기를 떠나려는 건 시에라리온 때문이 아니라 회사 때문이죠. 피에르는 회사가 이제 자기 목숨까지 빼앗으려 한다고 생각하고 있어요. 당신도 느꼈겠지만……, 이질이라는 것은 거짓입니다. 당신네들 회사는 특별한 사유도 없이 업무를 그만둬버리면 연금이 나오지 않는다면서요? 웃기는 얘기죠. 물론, 피에르에게 돈이란 것은 필요하니까요. 이곳의 멍청한 의사가 삼십 달러를 받고 가짜 진단서를 만들어주었죠. 어찌 되었든, 시에라리온에서는 피에르에게 미래가 없다는 것만은 확실해요."

열 개의 시가를 연달아 피우고 이미 열 병째의 맥주를 숨 쉴 틈도 없이 들이켜버려 눈의 초점을 잃어버린 미셸이 천장을 보고 있는지 나를 보고 있는지 분간하기 힘든 모습으로 그렇게 말하였다.

피에르가 짐을 싸서 프리이타운으로 떠날 준비를 하고 있을 것이라고 생각했던 그 삼 일째 되는 날, 나는 벌써 세 시간째 "푸부부부—" 소리를 내고 있는 정부군 트럭의 한쪽에 실린 채 포트로코로 돌아오고 있었다. 그 "푸부부부—" 소리는 배기가스관에서 줄기차게 새어나오는 것으로 모든 이들의 귀를 피곤하게 만들고 있었는데, 인간이 만들어낸 소리라는 것은 고작 그 따위밖에 되지 않았다. 한편, 프랑스 정부의 지원을 받고 있는 반군에게 추격당하는 정부군의 트럭 속에 한 프랑스 기자가 웅크리고 앉아 있다는 것은 무언가 잘못된 것이라고, 나는 그 끊이지 않는 소음의 와중에도 생각하고 있었다. 그리고 또 하나, 나의 머리를 복잡하게 만든 것은 내가 이곳에서 죽음을 맞이한다면 그것은 어떠한 의미가 있는 것일까라는 것이었다. 내게는 무슨 의미가 있을 것이며, 신문사에는, 그리고 국가에는 무슨 의미가…… 아니, 대체 의미라는 것이 있을 수나 있을까라는 생각이 나를 짓누르고 있었다. 내가 신문사가 아닌 어느 주식회사에 들어갔다면 나는 죽지 않고 계속 밥을 먹고, 배설을 하고, 숨을 쉬고, 걸음을 걸을 텐데, 신문사의 기자가 됨으로써 마주친 사건으로 인해 나의 생명이 멈춰지게 된다면……. 학교에서 시험에 낙방해 어머니 몰래 울먹이던 내가, 하늘의 하얀 구름을 보고서 고양이를 닮았다고 좋아하던 내가 태어나 처음 와본 이곳에서 끝장이 나버린다면, 그것이 과연 있을 수 있는 일이란 말인가……. 나는 참으로 이상한 생각을 하고 있었다.

언제부터인가 먼 하늘에서는 프랑스제 곡사포에서 튀어나온 포탄이 소름끼치는 소리를 내지르며 날아다니고 있었는데, 군인들의 입에서 포트 로코라는 단어와 포탄이 터지는 "부아앙!" 소리가 나오는 것으로 보아 어떠한 일이 발생하고 있는 것인지 대충 짐작할 수 있었다.

삼 일 전, 나는 니콘 카메라를 목에 건 채 랑구오르 거리의 지사를 나와 도요타 픽업트럭 속에서 미셸이 불러주는 밥 딜런의 〈Don't think twice. It's all right〉을 들으며 시의 외곽지대에 나왔다. 나는 그곳에서 마침 망게로 향하던 정부군의 식량운반 트럭에 올라탈 수 있었다. 세 시간이라는 긴 시간 동안 나는 얼룩무늬 복장을 한 흑인들의 묘한 시선을 느끼며 정어리 통조림 박스

속에서 불편함을 감수해야 했다. 망게에 도착하고 트럭에서 내린 후 내가 처음으로 목격한 장면은 천막 옆 갈색의 트럭 속에 차곡차곡 포개어진 채 방치되어 있던 정부군 병사들의 시체였다. 그때 나는 죽음이 있는 장소에 와 있다는 것을 처음으로 실감할 수 있었다. 나는 트럭에 가까이 다가가 시체들의 모습을 사진에 담으려 했지만 장교로 보이는 사람의 제지로 뜻을 이룰 수 없었다. 장교는 천막 뒤쪽에 있는 구덩이에 가면 반군들의 시체가 쌓여 있으니 그곳에서 사진을 찍으라고 했고, 나는 그럴 수밖에 없었다.

망게는 이미 반군의 수중에 들어간 것이나 다름이 없었다. 캄비아에서 내려온 반군들은 망게시 외곽 4킬로미터 지점까지 진출해 있었고, 그들의 화력은 계속 보강되는 중이었다. 그에 비해 정부군들은 오백여 명의 병사와 몇 대의 트럭을 가지고 있는 것이 고작이었는데, 이들은 포트 로코의 함락일을 조금이라도 늦추기 위한 총알받이의 역할을 하고 있을 뿐 망게를 지켜낼 수는 없었다. 덕분에 나는 삼 일 동안 망게 이외의 지역에는 한 발짝도 들여놓을 수 없었다.

둘째 날, 반군들은 밤 열한 시부터 다음 날 새벽 세 시까지 정부군 기지에 대한 대대적인 포 세례를 퍼부었고, 이 공격으로 인해 망게와 망게의 정부군들은 완전히 파괴되었다. 나는 혜성처럼 꼬리에 빛을 띠며 쏟아지는 포탄들을 보고 구덩이 속에 몸을 던졌고, 곧 나의 몸이 산산조각날 것이라고 생각했었다. 좁은 구덩이 속에서 절망감을 느끼며 나는 한쪽 세상에서 열리고 있는

올림픽에 대해 생각했고, 파리의 시민들을 생각했고, 대형 사진
속의 흑인 아가씨와 스바글리아떼 다리를 떠올렸고, 루시와 앙
드레의 모습을 기억해냈고, 그리고 나를 대타로 기용해 죽음의
현장으로 보낸 피에르를 생각했다.

포 세례가 멈추었을 때 나는 나의 몸이 아직도 그대로임을 알
고서 구덩이 밖으로 뛰쳐나왔고 멀리서 꿈처럼 가물거리며 어디
론가 천천히 움직이고 있던 트럭을 향해, 숱한 육체의 조각들을
밟으며 내달렸다. 배기가스관에서 "푸부부부—" 소리를 내고 있
던 그 트럭은 다행히 프랑스 정부의 지원을 받지 않고 있는 정부
군의 것이었고, 병사들은 나를 구석 한쪽에 앉게 해주었다. 나의
몸이 물에 흠뻑 젖어 있다는 것을 나는 그때서야 알게 되었는데,
구덩이 속에서 몸을 웅크리고 있는 동안 포탄과 함께 소나기가
하늘에서 내렸던 것이다.

망게라는 지옥에서 용케도 살아남은 병사들은 포트 로코가 가
까워짐에 따라 큰 소리로 웃기도 하였고, 직사각형의 파란색 비
닐 팩에 든 비상식량을 꺼내 먹으며 내게 권하기도 하는 등 여유
로운 모습이었다. 나는 인간이 살아 있으면 웃을 수도 있고, 비
상식량을 먹을 수도 있다는 것을 깨닫고 감동을 받았다.

포트 로코의 시가지는 예상했던 대로 곳곳에서 화염을 뿜어대
고 있었다. 건물들은 온전한 것 하나 없이 어느 것은 완전히 내
려앉았고, 어느 것은 천장이 없거나 한 귀퉁이가 잘려나간 모습
들을 하고 있었다. 시가지의 도로는 건물에서 떨어진 콘크리트
잔해들과 자동차, TV, 신문 가판대, 자전거 등의 쓰레기 잡동사

니들로 가득하여 차가 진입할 수 없었으며 도로가와 골목 여기 저기엔 아직 치워지지 않고 방치되어 있는 죽은 이들의 모습도 보였다.

지사 건물도 예외는 아니었다. 랑구오르 거리의 건물 모두가 그랬다. 지사가 들어가 있는 2층은 창문이 나 있는 벽이 무너져 버려 밖에서도 실내를 훤히 들여다볼 수 있었다. 정부군 병사들은 땀으로 뒤범벅이 된 채 건물 안에 들어가 희생자들을 끌어내오고 있었다. 이미 밖으로 끌려나온 시체들은 보도에 일렬로 뉘어 있었고, 그 속에 미셸과 피에르도 있었다. 미셸과 피에르는 고통스러운 표정으로 얼굴이 일그러진 채 흑인들의 주검들 한가운데에서 나란히 얼굴을 마주보고 누워 있었다. 미셸은 목이, 그리고 피에르는 가슴이 크게 손상된 상태였다. 나는 카메라를 들어 초점을 맞춘 뒤 둘의 모습을 사진에 담았다.

나는 2층으로 올라가 사무실 내에 두고 왔던 옷가지와 노트를 가져오려 했지만, 이미 모든 것은 불에 타고 난 뒤였다. 한 가지 놀라운 것은 그 와중에도 루시와 앙드레만은 여전히 새장 속에 살아남은 채 혀를 날름거리고 있다는 것이었다. 놈들은 미셸이 자기들보다 먼저 죽었는지도 모르고 여느 때와 똑같은 표정으로 주위를 두리번거리고 있었다. 나는 검게 그을린 책상서랍을 열어 검은 비닐봉지를 꺼내 남아 있던 모든 파리들을 새장 안에 쏟아부었다.

정오가 지났을 무렵, 나는 마이크라는 미국 CNN 기자의 지프차를 운 좋게 얻어 타 루시와 앙드레와 함께 다시 프리타운으로 올 수 있었다. 포트 로코가 반군에 의해 함락이 된다는 것은 기정사실이었으므로 그곳에서 목숨을 내걸고 더 머물러야 할 이유는 없다고 생각했다. 프리이타운으로 오는 도중 마이크라는 기자는 캐나다의 벤 존슨이 올림픽에서 백 미터 달리기 세계신기록을 세웠다고 내게 말해주었고, 아주 친절한 목소리로 벤 존슨의 고향이 자메이카의 킹스턴이라는 것까지 알려주었다.

프리이타운의 시청 옆에 위치에 있는 연합통신사에서 사진을 현상하고 기사를 작성한 나는 반군의 모습 대신 미셀과 피에르의 모습을 본사에 보내기로 하고 밖으로 나와 해변을 거닐었다. 나는 제목을 〈본사 기자 피에르 드 수삐흐, 내전의 와중에서 순직〉이라고 정하여 보냈다(나는 그 '순직'이라는 단어의 사용이 잘못되었음을 안다. 하지만 그만큼 적절한 단어도 없었다).

'내 기사가 일 면을 장식할 수 있을까?'

나는 그럴 수 있다고 생각했다. 단 하루 동안 말이다. 프랑스 사람들은 단 하루만이라도 올림픽 대신 아프리카의 이상한 나라에서 프랑스제 무기에 의해 죽임을 당한 동포에 대해 관심을 기울여줄 것이다. 그리고 다음 날에는 그 동포를 까맣게 잊어버릴 것이다. 언제나 그랬듯이 말이다.

나는 주홍색의 바다를 바라보며 허파 깊숙이까지 숨을 들이마셨다. 그리고는 그것들을 곧 공기 속으로 다시 뱉어냈다. 해변을 거닐며 나는 모래사장에 앉았다가, 지는 태양을 바라보다가, 그리고 다시 해변을 거닐곤 하였다. 거친 파도소리와 갈매기 떼들의 변함없는 울음소리를 들으며, 혹은 대서양의 끝도 없는 수평

선과 나란히 걸으며, 그렇게 한 시간 가량을 서성이다가, 나는
루시와 앙드레가 있는 숙소를 향해 발걸음을 옮겼다.

팔미도 등대

　2003년 5월 31일, 대한민국 정보통신부는 180만 장의 '등대 설치 100주년 기념' 우표를 발행하였다. 나는 좋은 기념물이 될 것 같아 우체국에 들러 네 장을 명판 형식으로 샀는데 우표에는 오래된 듯 보이는 등대가 왼쪽 전면에 나와 있고, 그 뒤로는 파도치는 바다와 두 마리의 갈매기, 그리고 멀리 등대의 불빛이 그려져 있었다.

　우표에 그려져 있는 등대가 아마도 우리나라에 만들어진 최초의 등대일 것이라는 추측에 도서관의 자료를 찾아보았더니, 그것은 인천 앞바다 팔미도라는 섬에 있는 등대였다. 우표의 그림은 실제 등대의 사진과 여지없이 똑같았다.

우리나라 최초의 등대인 이 팔미도 등대는 알고 보니 우리의 뜻이 아니라 일본의 계획과 기술에 의해 만들어진 것이었다. 처음에는 인천항으로 들어오는 일본인들의 배를 비춰주었다고 한다.

시작이 그래서였을까. 팔미도의 등대는 6.25전쟁 당시 인천상륙작전에서 지금까지도 회자되는 작은 에피소드를 하나 만들게 되는데, 내가 찾아본 자료에는 그 내용이 구체적이지 못하고 아주 짤막하게만 표현되어 있어 모든 정황을 파악해낼 수는 없었다. 그 내용이라는 것은 팔미도의 등대가 미군의 상륙에 결정적인 기여를 했다는 것이었다.

나는 도서관의 책들과 인터넷 속에서 헤매다 결국은 그 자세한 사연을 찾아내질 못하고 해질 무렵 지하철을 타고 집으로 오게 되었다. 좌석에 앉아 나는 우표를 한번 더 보았고 우표의 표면을 한번 만져본 뒤 구겨지지 않도록 책 사이에 넣어놓았다.

얼마 후, 단조로운 지하철 소리 때문인지 나는 그만 깜박 잠이 들었다.

*

"……"

언제나 그러했듯, 파도소리가 들려왔다.

"……"

태어나서 지금까지 오십여 년을 들어왔던 바다의 소리.

하지만, 하루하루가 새로움으로 가득하다.

백씨白氏가 나이에 맞지 않는 감수성을 소유한 사람일 수도 있었다. 그것은 고독한 직업 때문일 수도 있겠지만, 그는 어려서부터 음악을 좋아했고 혼자 구름을 보며 행복을 느꼈었다.

백씨는 많은 노래들을 사랑하였다. 그는 조선 것, 일본 것 구별을 두지 않았다. 근래에는 미국에서 들어온 노래들도 몇 개 알게 되었다. 하지만, 그가 사랑한다는 그 노래들 대부분은 얼마 지나지 않아 처음의 느낌이 퇴색되어 그의 가슴속에서 스스로 떠나버리곤 했다.

바다는 그렇지 않았다.

그는 단 한 번도 똑같은 바다의 소리를 들어본 적이 없었다. 바다 소리는 그를 기쁨과 슬픔, 즐거움과 외로움, 안정과 충동, 꿈과 한숨으로 매일매일 그의 몸을 새로이 채워주었다. 언제나 자신을 둘러싸고 있음에도 그는 이 바다에 결코 질릴 수가 없었다.

지금은 어떨까.

"이보게, 종민!"

백씨는 바람이 엮어놓은 싸리담장 밖에서 엉거주춤 선 채로 나지막히 그의 이름을 불러보았다. 자정이 가까운 한밤. 파도는 그의 심장을 꽉 움켜쥔 채로 쿵쾅쿵쾅 두들겨 패었고, 그 때문에 백씨는 제대로 걸을 수도, 숨을 쉴 수도 없을 지경이었다.

지금의 바다는 예전과 똑같은 바다, 새로움이었다.

시간이 너무 많이 흘러버린 것은 아닐까. 그는 아버지에게서

물려받은 손목시계를 보았다. 하지만 몇 시인지 보이지 않았다. 바지주머니에 있는 소형 일제 각등角燈을 꺼내볼까라는 생각을 해보았지만 그는 그만두었다. 대신 그는 오른쪽 가슴 속에 손을 집어넣었다. 그곳에는 고이 접은 국기가 있었다.

종민이 집 안에 있기나 한 것일까.

"종민! 좀 일어나보게!"

백씨는 다급한 나머지 싸리담장을 넘어 안으로 들어섰다. 그는 얼핏 하늘을 보았는데 달이 구름 속에 있다가 마침 밖으로 나오고 있었다. 그리고 백씨는 이곳에 살고 있는 사람은 종민뿐이라는 것을 갑작스레 떠올려냈다. 조용히 말할 이유가 없었던 것이다.

"형님이오?"

백씨는 흠칫 놀라버렸다. 종민이 어둠 속에서 눈을 반짝거리며 방문을 열어 젖혔던 것이다.

"형님 아니오?"

종민이 다시금 묻고 있었다.

"그래, 나 형님이다."

백씨는 그에게 대답하며 전달될 듯 말 듯, 작은 숨을 고른 뒤 한편이 움푹 꺼져 있는 마루로 다가섰다.

"여긴 웬일로……. 무슨 일 있습니까? 지금이 몇 시인데……."

종민은 분명 잠을 자고 있었을 것인데, 그의 목소리는 평소와 다름이 없었다. 그는 서울에서 살며 학교도 좋은 곳을 나왔지만 어떤 알 수 없는 이유로 덕적도와 영흥도, 대부도 그리고 아무도 살지 않는 이곳 팔미도를 오가며 살아가고 있었다. 그의 목소리는 그의 성장과정을 말해주듯, 남들에게서는 결코 찾아볼 수 없는 지성의 냄새를 풍기곤 했다. 백씨는 종민이 한 달 전쯤 이 전쟁에 대해, 그리고 가난하고 무지한 이 나라 백성들의 앞날에 대해 무척 걱정스런 말을 하던 것을 기억하고 있었다.

"나랑 등대에 가봐야겠네."

백씨는 말했다.

갈매기의 울음. 그리고 한 치 앞이 보이지 않는 어둠…….

초가을 밤의 바람이 제법 쌀쌀함에도 섬 꼭대기로 향하는 소나무 숲 속은 아직도 한여름을 그리워하는 여치들 천지다. 하지만 이것이 백씨에겐 결코 낯선 것이 아니었다. 그는 이 길을 오십 년 가까이 다녔다. 처음에는 길이 있지도 않았다. 그와 그의 아버지가 만든 것이었다.

백씨는 집이 있는 덕적도와 이곳 팔미도를 오가며 평생을 살아왔다. 어릴 적엔 팔미도 등대를 지키는 아버지를 따라 배를 타고 다녔고 아버지가 세상을 뜬 후로는 그 자신이 이곳의 등대지기가 되었다.

"형님 대체 무슨 일입니까? 얘기나 듣고 갑시다."

여전히 종민은 백씨가 왜 이 시간에 이곳 무인도까지 왔는지 알고 있질 못했다. 하지만 백씨는 대답 대신 헛기침을 한번 했다. 그뿐이었다.

"형님……."

백씨는 전쟁이 나고는 이곳에 올 이유가 없던 사람이었다. 인민군의 특별한 허가가 없다면 점등點燈은 생각할 수 없는 것이었다. 그렇다면 어떤 허가라도 있었다는 것일까.

하지만 백씨는 대답이 없었다. 종민의 궁금함에 아랑곳없이 그는 내내 옛 생각뿐이었다.

나룻배를 타고 오가며 언제나 화를 내곤 했던 프랑스인 기술자, 그는 등대를 설계하고 지은 사람이었다. 백씨는 갑자기 그 외국인이 떠올랐다. 그는 바다 속 물고기 떼를 보고도, 해질녘의 황혼을 보고도 알아들을 수 없는 언어로 혼자 화를 내곤 했었다. 그런 괴팍한 성격에도 불구하고 어릴 적 백씨는 그가 미국인인 줄 알고 무척 호감을 가지고 있었는데 훗날 알고 보니 그는 프랑스 사람이었다. 그리고 또 잊을 수 없는 사람은 이시바시石橋라는 일본인 기술자였다. 그는 아버지에게 등댓불 밝히는 방법과 발전기 돌리는 순서를 알려주었다. 이시바시는 아버지를 따라온 어린 백씨를 시로쿤이라 불렀었다. 그는 동그란 검은 테의 안경을 썼고 말이 적었으며 바다 보기를 즐기는 성품이 좋은 사람이었다. 하지만 이시바시는 어느 날 갑자기 사라지고, 그 후로는 아버지와 꼬마, 그리고 등대만이 남았다. 아버지가 이시바시에게서 등대를 배우게 되었듯, 그는 아버지에게서 모든 것을 배웠다.

백씨는 운명이 미리 정해놓은 대로 등대지기가 되었다. 그는 등대가 좋았으며 바다와 갈매기가 좋았고 무엇보다 고독을 소중히 하였다. 등대지기로 사는 것은 그 누구도 소유하기 어려운 행운을 얻은 것이라 생각하며 살아왔던 그는, 그러기에 아버지를 세상에서 가장 존경하였다.

하지만 아버지는 오 년 전부터 진실로 고독해지기 시작하였다. 수십 년 간 아무렇지도 않게 지내오던 사람들이 해방과 함께 갑자기 변해버렸던 것이다. 일부 사람들이긴 하였지만 그들은 아버지를 향해 일제의 앞잡이라며 정말 이해하기 힘든 말을 하기 시작했다. 조선의 쌀과 광물들을 실은 일본 배가 인천항에서 무사히 일본으로 갈 수 있도록 길을 비추어주었다는 것이 그 이유였다.

백씨는 우연히 그 말을 들었지만 지금까지도 그 놀라움을 잊지 못하고 있었다. 그는 인천항을 오갔던 배들이 일본의 배라는 것은 알았지만 그 배들을 비추어주는 것이 나쁜 것이라고는 단 한 번도 생각해본 적이 없었다. 더구나 그들은 일본인들이 떠나기 전까지는 아무런 말도 없던 사람들이었다. 그와 아버지는 단지 등대지기일 뿐이었고, 부자는 배들이 안전하게 항해할 수 있도록 불을 비추었을 뿐이었다.

그것이 정말 잘못된 행동이란 말인가. 하지만, 그로 인해 아버지는 확연히 생기를 잃었고 언제나 의기소침하여 남들과 잘 어울리려 하지 않았다. 아버지는 이 년 후 세상을 떠나기까지 마치 관 속에 있는 것처럼 이곳 팔미도의 등대 속에서 거의 꼼짝달싹하지 않다시피 했다. 아들이 보기에 그것은 단지 나이가 들어 기력을 잃은 노인의 모습만은 아니었다.

"형님!"

종민이 부르고 있었다. 백씨는 종민이 자신을 그전에도 부른 것 같기도 하고 그렇지 않은 것 같기도 하다는 묘한 느낌을 받았다.

"왜?"

한참 후에야 백씨가 대답하였다.

"형님, 대체 무슨 생각을 하고 있는 겁니까? 평소처럼 노래도 하지 않고……."

종민은 발걸음을 멈추었다.

"한밤중에 느닷없이 찾아와서 날 깨우더니 등대에 가자고 하질 않나, 그렇다고 이유를 설명하지도 않고, 대체 무슨 일이냔 말예요."

쉼 없이 올라 지쳤는지 그는 숨을 헐떡였다.

"형님, 지금 등대에 가면 위험합니다. 아시잖아요."

그러자 어둠 속에서 백씨의 눈이 반짝였다.

"그래, 나도 안다."

"……."

"하지만, 가서 할 일이 좀 있다. 가서 얘기하마."

그리곤 다시 뒤돌아서지 않는가.

종민은 난감했다. 종민은 이대로는 그를 따를 수 없다고 생각했다. 그는 발걸음을 멈추었다.

"아뇨, 무슨 일인지 얘기해야 같이 가겠습니다."

들었는지 못 들었는지, 알 수 없는 백씨는 종민을 두고 열 걸음을 더 앞으로 나아갔다. 그리곤 뒤돌아보았다.

"이보게, 자네."

자정이 가까운 시간임에도 몇 마리의 갈매기가 큰 먹잇감을 발견했는지 파도소리를 쫓아 울어댔다. 백씨도 숨을 고르고 있었다.

"자넨 내 조수 아닌가. 우린 한 조야. 내가 자네한테 무슨 못된 짓이라도 시킬 것 같아? 꼭 해야 할 일이 있기에 가는 것이니 걱정하지 말게."

뒤돌아서 등대 쪽으로 향하는 백씨. 종민은 다시 그를 불러보려 했지만 아무런 말도 내뱉질 못하였다.

"뭘 머뭇거려?"

그는 다시 뒤돌아서 종민을 바라보고 있었다.

"여자 때문에 그러는 거야?"

백씨가 묻고 있었다. 그리고 종민은 할 말이 없었다. 여자를 얘기할 것이라곤 생각 못했던 것이다. 언젠가 새벽의 등대 속에서 백씨에게 그의 여자에 대해 얘기한 적이 있긴 있었다. 그는 그녀를 마음속에 두고 있었지만 그녀의 관심은 언제나 다른 곳에 있었다.

"자네가 좋아한다는 여자 말이야, 너무 복잡하게 생각하지 말게."

"……"

"진실된 사랑은 원래 멋이 없는 거라네. 그렇지 않은가? 자, 따라오게. 종민군."

이미 산 정상엔 다다랐고 등대는 그곳에 있었다. 백씨는 계단을 올라 여닫이문을 열고는 손짓으로 종민을 먼저 들어가게 하였다. 종민은 이곳까지 온 이유를 다시 한번 물어보아야 하는 것이 아닐까라고 생각만 하고 있었다.

"……."

두 명의 사내는 어둠 속에서 사라졌고, 팔미도엔 언제나 그러했듯 괭이갈매기 소리만이 남았다.

정확히 십 일 전 이른 저녁, 덕적도의 움막에 틀어박힌 채 담배를 피며 지는 해를 바라보고 있던 백씨에게 태어나 처음 보는 눈빛의 남자 둘이 나타났다.

"당신이 백씨라는 팔미도 등대지기요?"

그 둘은 집 안에 쳐들어오다시피 갑자기 나타나고서는 무슨 일본 순사라도 되는 양 그렇게 말을 내던졌다. 백씨는 또 인민군 장교다 싶어 황급히 불을 끄고 일어났는데, 보아하니 인민군 같지가 않았다. 우선, 그들은 흰색 반팔 양장차림이었다. 인민군의 앞잡이 노릇을 하는 육지의 패거리일지도 몰랐지만 왠지 그런 느낌은 들지 않았다. 얼핏 보면, 서울 같은 도심에서 유창한 언변으로 장사를 했을 법한 사람들 같기도 했는데 눈빛과 심각한 표정만은 너무도 예사롭지 않은 두 명의 삼십대 남자였다. 하지만, 그런 종류의 사람들이 백씨 앞에 등장할 리는 만무한 일이었다.

"그렇습니다만, 저기……."

"막걸리나 한잔 걸치러 갑시다."

백씨의 말은 들을 필요도 없다는 듯 그중 한 명이 그의 말을 가로챘다.

그들이 들어간 곳은 덕적도에 단 하나 있는 여관이었다. '激流'라는 곳으로 이십여 년 전 어느 돈 많은 일본인이 지은 것이었다. 보수를 하지 않는지 그 일본식 건물은 낡을 대로 낡아 있었고, 그에 어울리듯 여든이 넘어 보이는 사팔뜨기 할멈이 겨우 일어나 낯선 손님들을 맞이하였다.

2층의 어느 방을 뒤따라 들어가면서도 백씨는 이들이 보통의 사람이 아니란 것을 직감하였다. 그들은 뒷모습부터가 보통사람들과는 달랐다. 그들의 머리카락부터 걸음걸이까지, 심지어 걸음을 옮길 때 움직이는 두 팔의 품새까지 모두가 백씨에겐 생소한 느낌으로 다가왔다. 지금까지 평생을 살아오며 보아왔던 어부들이나 장사꾼들, 그 외 섬사람들과는 모든 것이 달라 생각도 다를 것 같고 살아가는 목적도 다를 것만 같았다. 이유도 모른 채 처음 보는 사람들에게 이끌려 여관에까지 따라오게 된 것도 그들의 외모, 혹은 내면 깊은 곳에서 풍기는 어떤 표현할 수 없는 냄새 때문이었다.

그리고 그는, 지금까지 겪어보지 못한 큰 일이 자신에게 곧 닥칠 것 같다는 것을 본능적으로 느꼈다. 물론, 막걸리는 애초에 기대하지도 않았다.

차가운 방바닥에 앉아 그들이 백씨 앞에 내놓은 것은 곱게 사각으로 접은 천이었다.

"……."

그것은 미국의 국기, 성조기였다.

"백도수 씨."

“……”

“우리는 미국 이십사 군단 켈로부대에 소속되어 있는 정보장교입니다. 나는 최유봉이라 하고……”

최유봉이라는 사람은 정중히 오른 손바닥을 펴 맞은편 사람을 가리켰다.

“이쪽은 계인구라고 합니다.”

계인구는 고개만 끄덕여 백씨에게 인사했다.

그들의 소개에 뭐라고 대답이라도 해야 했건만, 그 와중에도 백씨는 하늘에서 갑작스레 떨어진 이 두 명의 사내는 분명 조선인인데 어떻게 미국 군인이 된 것일까라는 생각을 하고 있었다.

“우리 민족을 위해 같이 힘을 써줘야겠습니다.”

역시 최유봉이라는 사람의 말이었다. 계인구라는 사람은 지금껏 말 한마디 하지 않고 있었다. 그런데, 잠깐, 민족이라니, ……무슨, 얘기야? 백씨는 기분이 멍해졌다. 백씨는 ‘민족’이라는 말을 쓰는 부류의 사람이 아니었다. 그는 등대지기일 뿐이었다.

“백도수 씨의 도움이 절실히 필요합니다. 능숙한 기술자가 꼭 있어야 합니다. 등대에 불을 밝혀주십시오. 그리고 국기를 걸어주십시오. 나머지는 우리가 하겠습니다.”

“……”

“등대는 며칠 전 우리가 먼저 조사해봤습니다. 반사경에 이상이 있었지만 전선을 연결하니 아무런 문제는 없더군요.”

“……”

“앞으로 십 일 뒤입니다. 자, 백도수 씨. 이걸 보십시오. 설명해드리겠습니다."

그는 윗주머니에서 가장자리가 헐어 너덜너덜한 종이를 한 장 꺼내 바닥에 펼쳤다. 그것은 지도였다. 바다가 있고 섬이 있고 또 육지도 보였지만 지명이 모두 영어로 되어 있어 백씨가 읽을 수는 없었다. 하지만, 간혹 교통부에서 파견된 직원을 통해 백씨도 팔미도 주변의 지도를 보아왔던 터라 어디가 어디인지는 대충 짐작이 갔다.

최유봉은 지도를 손바닥으로 한번 문지른 뒤 백씨를 올려보았다. 백씨는 그를 보다가 도대체 어디에 눈을 둬야 할지를 몰라 옆자리의 계인구 씨를 보았는데 그는 여전히 아무런 말도 없었다.

"그때부터 계인구라는 사람이 담배를 한대 꺼내 물더니, 하는 얘기가 뭔지 아나?"

"……."

"자네는 상상도 못할 이야기지. 이건 엄청난 사실이고 그 속에 우리가 이렇게 있다는 것도 너무 대단한 일이라네. 이런 일이 어떻게 우리에게 일어날 수 있겠나?"

"……."

잔뜩 흥분한 백씨와는 달리 종민은 아무런 말이 없었다. 창밖으로 어슴푸레 검푸른 바다가 일렁일 뿐 등대 안은 아무런 불빛이 없어 백씨와 종민은 서로를 볼 수 없었다. 종민이 예상과는 달리 아무런 대답이 없자 백씨는 이놈이 아직 잠이 덜 깼나, 내

애기를 듣고 있기나 한 건가라는 생각을 짧은 순간 동안 하지 않을 수 없었다.

"지금 내 얘기 듣고 있나, 자네?"

"……"

하지만 여전히 종민은 대답이 없었다. 대답 대신 밖에서는 몇 마리의 갈매기가 거센 파도가 몰아쳐 오기라도 하는 듯 한꺼번에 울어댔다.

"계속 얘기하세요. 듣고 있습니다."

그제야 종민이 대답했다.

그럼 그렇지, 이놈이 잠이 덜 깼었군, 백씨는 생각했다. 백씨는 이야기를 질질 끌지 않고 결론부터 말하기로 하였다.

"십 일 뒤가 바로 오늘이네."

"……"

대답 대신 한숨인지 숨을 들이켜는 것인지, 종민은 알 수 없는 미묘한 소리를 내었다. 백씨는 그 작은 소리의 의미를 알 수 없었다.

"그것도 두 시간 바로 뒤라네, 종민군."

종민의 표정을 보고 싶건만, 함부로 등대에 불을 켤 수 없었고 그렇다고 각등을 켜 조수의 얼굴을 비출 수도 없었다.

"두 시간 뒤면 세상이 바뀔 거야. 여기 인천은 물론이고, 서울도 곧 해방될 것이네."

"……"

"엄청나게 많은 미국 군함이 이곳에 들이닥칠 거야."

“……”

“왜 아무 말이 없어? 자네, 그런 걸 상상이나 할 수 있겠나? 수천, 수만 대의 군함이 여기에 꽉 들어차면……, 그 장면을 머릿속에 그려보란 말일세. 얼마나 장엄하겠나? 그 모습을 보고 빨갱이 놈들이 기겁을 하지 않겠어? 소총만 들고 있는 놈들이 어떻게 대적할 수 있겠나? 모두 보자마자 북쪽으로 줄행랑을 칠 걸세.”

“……”

“더군다나 말이야, 수만 대의 군함에서 한꺼번에 포탄을 발사하는 걸 떠올려보라고. 인천에 진치고 있는 놈들이 과연 버텨낼 수 있을까? 미국 군대라는 건 우리 국방군과는 많이 다르다네. 물론, 그 사람들이 가지고 있는 무기도 우리는 상대도 안 되지. 빨갱이 놈들이라고 별 수 있을 것 같아? 그놈들이 아무리 똘똘 뭉쳐 있다고 해도 어차피 미군에 비하면 우물 안에 있는 개구리 새끼들이 아니던가? 개구리들이 어떻게 호랑이를 이길 수 있겠나? 미국한테는 절대 이길 수 없지. 그럼! 절대 이길 수 없고 말고!”

“……”

“들어보게, 종민군. 지금 세상이 어떻게 돌아가고 있는지 들어본 적 있나? 계인구라는 사람한테 들은 건데 놈들은 지금 대구까지 내려가 있다고 하지 뭐야. 대구 다음에 부산 아니던가? 놈들은 우리 군대를 모두 남해 바다에 빠트려 죽일 작정이었는데 지금 대구 외곽에서 미군들한테 발이 꽁꽁 묶여 있다지 않겠어? 허허, 난 이제 빨갱이 세상이 되는갑다 싶었는데 이게 웬일이란 말인가? 미군이 여기 인천에 와서 서울까지 해방시키면 놈들은 앞으로도 못가고 뒤로도 못가서 모조리 항복하든지 아니면 총알 맞고 뒈지든지 할 게 아니야? 정말 세상은 오래 살고 볼 일이라네. 허허."

"……."

종민은 지금의 백씨가 평소의 그와는 많이 다르다는 것을 느끼고 있었다. 언제나 조용조용하고 함께 있을 때에도 홀로 바다를 보며 처음 들어보던 노래만 흥얼대던 백씨였었다. 그는 또래의 사람들과는 달리 감성이 풍부하고 내성적이었지만 오늘은 처음 겪어보는 일을 앞두고 있어서인지 너무도 그답지 않게 목소리가 흥분되어 있었다.

"근데, 종민군. 그 두 사람이 왜 날 찾아왔을 것 같아?"

백씨가 다시 종민에게 묻고 있었다. 하지만, 그 답은 백씨가 벌써 얘기한 것이었다.

"왜 날 찾아왔는지 모르겠나?"

백씨는 똑같은 질문을 하고 있었다. 보이지는 않지만 종민의 대답을 기다리고 있는 모습이 역력했다.

"등대를, 밝히라고……."

종민 특유의 조용하고 묵직한 톤의 목소리였다.

"그렇다네."

종민의 말이 끝나기도 전에 백씨가 맞장구를 쳤다.

"불을 밝혀달라고 했다네."

그리고 백씨는 잠시 말을 멈추었다.

“……”

짧은 순간의 침묵이 이어졌다. 그의 충실했던 조수는 이번엔 말이 없었다. 끊임없이 백씨와 종민 사이로 파도소리가 밀려왔다.

“……이보게. 자네……. 조수간만의 차이라는 말, 혹시 들어봤나?”

“……”

“……난, 말이네 수십 년 동안 등대를 지켰어도 그런 말은 들어보지 못했는데, 그게 썰물하고 밀물 있잖나. 그 둘의 차이를 말하는 거라네. 자네도 알겠지만 요맘때가 되면 그 썰물하고 밀물 차이가 삼사월보다 훨씬 적잖은가. 근데, 바로 오늘이 그중에서도 가장 차이가 적은 날이라네. 미군이 오늘을 선택한 이유가 바로 거기에 있지.”

종민은 며칠 전부터 들려오던 폭격 소리를 떠올리고 있었다. 그것은 미군 비행기가 월미도에 쏟아붓던 폭탄의 폭발 소리로 낮이건 밤이건 가리질 않고 파도소리와 함께 팔미도까지 전해졌었다. 월미도에는 인민군 1개 대대가 진을 치고 있었다. 그들 역시 미군 비행기에 맞서 밤낮으로 고사포를 쏘아댔는데 대대의 훈련이 부족했었는지 단 한 대도 격추시키지는 못한 듯했다. 만약 백씨의 말이 사실이라면 미군은 상륙을 위해 먼저 월미도의 적부터 없애려 했다는 것이 아닐까.

“종민군……, 우리가 불을 밝혀야만 그들이 올 수 있다네. 미군은 바로 이 앞을 지나 인천으로 향할 예정이야. 그렇지만, 자네도 알다시피 황해바다는 깊이가 없어서 군함처럼 커다란 쇳덩어리가 진군하기에는 무척 어울리지 않는 곳이잖은가. 자칫 잘못되면 인천은커녕 황해바다 한복판에서 암초에 걸려 이러지도 저러지도 못하고……, 결국은 모든 것이 없던 일이 되어버릴 걸세. 우리가 해야 할 일이 얼마나 막중한 것인지 짐작이나 하겠나? 생각해보게. 우리가 이 일을 하지 않는다면 해방도 되지 않는다고 생각해보게, 종민군."

"……."

해방이라…….

종민은 생각하고 있었다.

실로 큰일은 큰일이었다. 모두가 사실이라면 말이다. 백씨가 머리가 이상한 사람은 아니었으니 아마도 거짓은 아닐 것이다. 하지만, 해방이라……. 백씨의 입에서 그런 말이 나오니 종민은 어찌 표현할 수 없는, 야릇하면서도 묵직한 공깃덩어리가 자신의 가슴 한쪽 구석에 들어차는 것만 같은 느낌이 들었다.

백씨는 그의 조수 종민을 신뢰하고 있음이 분명했다. 꿈속을 배회하고 있던 종민을 깨워 등대까지 데려온 것은 그는 자신과 함께 팔미도의 등대를 지키는 등대지기이기 때문이었다. 등대지기는 등대의 불을 밝혀야 하는 사람이었다. 등댓불을 켜는 사람이기에 마땅히 등대로 왔던 것이다. 종민에 대해서는 같은 등대지기였기에 일말의 의심이 없었을 것이다. 큰일을 함께 하려는 이유는 어찌 보면 그리 대단한 것이 아니었다.

등댓불은 혼자서도 충분히 밝힐 수 있는 것이었다. 불을 켜는 데 필요한 가성소다는 다 떨어져 구할 수 없었지만, 재료가 없다 하여도 사다리 옆 한쪽을 차지하고 있는 일제 발전기를 손으로 돌리기만 하면 여느 때와 똑같이 불을 훤히 밝힐 수 있었다. 하지만, 백씨는 그의 말대로 이 막중한 일을 종민과 함께 하고 있었는데 그것은 그가 말했던 것처럼 한 조였기 때문이다.

어쩔 것인가.

종민은 언제나 조용해 보이지만 그 역시 애국심이라는 감정을 가지고 있는 작은 나라의 젊은이였다. 그리고 이 전쟁이 하루라도 빨리 끝나 무고한 사람들이 죽음을 맞는 일이 반복되지 않길 바라고 있었다. 그것은 그의 가슴 깊은 곳에서 우러나오는 진심이었다. 하지만 그는 언제나 생각뿐이었다. 그는 머릿속에서만 해방을 꿈꾸었지 몸소 나서 실천한 바가 없었다.

그런데, 백씨의 말처럼 실로 막중한 일이 코앞에 다가와 있지 않은가. 그 모든 것이 사실이라면 나라의 운명이 이번에는 대체 어느 쪽으로 얽혀지게 될까. 평소처럼 꿈속에 있었음에도 사건은 스스로 종민을 흔들어 깨우더니, 점점 정신을 차리게 하여 이제는 그의 의지는 전혀 생각지 않은 채 모든 것이 결정되어 있다는 듯이 그의 손목을 잡아 어디론가 가고 있는 것만 같았다.

"왜 그렇게 말이 없어?"

"……."

"이제 해방이란 말이네."

"……."

안 되겠다 싶었는지 백씨는 바지주머니에서 각등을 꺼내 켰다. 종민의 얼굴을 한번 비추어보고는 사다리가 있는 곳으로 빛을 향하게 하였다. 등대 내부는 서로의 얼굴을 어렴풋이 확인할 수 있을 만큼만 밝아졌다.

"허허, 자넨 정말 사랑에만 빠져 있는 젊은이였어? 왜 그렇게 힘이 없는 거야?"

조급한 백씨는 답답해짐을 느꼈다. 워낙 조용한 성격을 가지고 있는 젊은이라 크게 흥분하지는 않을 것이라 짐작했지만 지나칠 만큼 말이 없었던 것이다. 백씨는 종민의 여자에 대해 얘기는 하였으나 그것이 진짜 이유라고는 생각하지 않았다. 수많은 청년들이 죄 없이 죽어나가고 있는 시대에 기껏 여자 하나 때문에 모든 걸 저버릴 종민이 아니었던 것이다. 섬에 처박혀 우울증을 앓듯이 시무룩하기만 한 채 나라의 일이야 어찌 되었든 신경을 쓰지 않는 속물이라고는 단 한 번도 생각해본 적이 없었다. 이제 백씨는 켈로부대의 정보장교들로부터 받은 성조기를 꺼내 종민에게 보여주기로 했다.

"난 집에 가겠습니다."

종민의 말이었다.

바람이 들어오지도 않는데 각등의 불빛이 마치 촛불이라도 되는 양 흔들거렸다. 국기를 꺼내기 위해 가슴 속으로 향하던 백씨의 손이 그대로 멈춰 섰다. 그리고, 백씨는 분명 잘못 들었을 거라 생각했다.

"……뭐?"

엉겁결에 단순한 감탄사도 아니고 질문도 아닌 어정쩡한 소리가 백씨의 입에서 흘러나왔다. 그러자 종민은 그가 제대로 알아듣길 바란다는 듯 조용하게, 그러나 또박또박 말하였다.

"집에, 돌아가겠단 말입니다."

전혀 예상치 못한 것이라 백씨는 한 번 더 물어보려 했는데 집에 돌아가겠다는 말을 이번에는 정확히 들어버린 것 같았다. 그런데, 집으로 돌아간다니, 그게 대체 무슨 말이야, 백씨는 도무지 이해할 수가 없었다.

"뭐라고 했냐?"

"……."

이번엔 종민이 아무 말도 하지 않았다.

"너 지금 뭐라고 그랬냐?"

"……."

여전히 종민은 말이 없었다. 짧은 순간 동안 백씨는 얼마 전 종민이 전쟁에 대해 걱정하던 모습, 계인구와 최유봉, 그리고 방금 전 어둠 속에서 잠에 빠져 있는 종민을 부르던 모습을 생각하였다.

"무서워서 그러냐?"

백씨는 지금까지의 들뜬 기분을 자제하고 오히려 침착히 말하려 애썼다. 기껏 말한다는 것이 그것이었다. 그런데 이번에는 종민이 벌떡 일어서버리는 것이 아닌가.

"……."

검은 그림자처럼 우뚝 서 있는 종민을 올려보던 백씨는 아무

할 말이 떠오르지 않았다. 그리곤 문이 열리더니 엷은 달빛이 안으로 새어 들어왔다. 종민이 밖으로 나가려는 참이었다.

"무서운 건 없습니다. 하지만, 난 가겠습니다."

종민은 그렇게 말하고, 곧장 얼굴을 돌려 나가버렸다. 백씨는 너무 갑작스레 일어난 일이라 어찌 해야 될지를 모르고 있었지만 그럼에도 그는 종민처럼 벌떡 일어났고, 그를 우선은 붙잡아놔야 하는 것이 아닐까라고 생각하였다. 짧은 와중에 그는 얼핏 이놈이 혹시 괴뢰군의 앞잡이가 아닐까라는 무서운 생각도 하였지만 그동안 보아왔던 종민의 모습을 떠올리고는 이내 아닐 것이라고 결론지었다.

종민은 계단을 내려가 어느새 저만치 어둠 속으로 빠르게 걸어가는 참이었다. 백씨는 서둘렀다. 종민이 가는 길에 마침 어릴 적부터 보아왔던 너럭바위가 하나 있어 백씨는 그에게 훌쩍 달려가 잡아끌다시피 하며 그 위에 앉혔다. 순간 놀란 것은 종민이었다. 그 역시 당황한 모습이었다. 하지만, 그럼에도 백씨의 마음을 조금은 짐작하는지, 종민은 일어서지 않았다.

"대체 뭐야?"

파도소리에 떠밀리 듯 백씨가 말했다. 그는 종민 옆에 앉았다.

"뭐가 문제야?"

아무 말이 없자 한번 더 백씨가 물어보았다.

그러자 종민은 백씨의 눈을 피하며 바다를 보았다.

"관여하지 않겠어요."

그는 말했다.

종민의 말에 그를 따라 멀리 검은 바다를 한번 바라본 백씨.

"얼마나 중요한 일인지 알기는 아는 거야?"

그는 말하였다.

종민은 백씨를 바라보았다.

"큰일이라는 건 알지만, 나는 여기에 끼지 않겠어요."

"……."

"그냥 가겠습니다. 나를 그냥 가게 해주세요, 형님."

그러자 이번에는 백씨가 종민을 뚫어져라 쳐다보았다.

"……."

"……."

혹시나 하는 불길한 생각이 그를 지배하였다.

"가게 놔두면……, 너……."

"……."

"대부도나 월미도에 있는 인민군한테, 가서 알리려는 거지?"

백씨는 무릎의 바지를 오른손으로 움켜쥐고 있었다. 힘을 주고 있는 듯 오른손에는 힘줄이 돋아났다.

종민은 대답 대신 얼굴을 돌렸다.

"솔직히 말해봐, 임마."

백씨의 이마에는 굵은 주름이 졌고, 그의 목소리는 점점 상기되었다. 그런데, 정말 미군 함대가 다가오고 있는 것일까. 파도소리가 거칠어졌다. 파도소리에 익숙한 갈매기들마저 놀랬는지 몇 마리가 호들갑스레 떠들어댔다.

"아닙니다."

들릴 듯 말 듯 종민이 말했다.

"아니면 뭐야?"

백씨가 소리쳤다.

"그래도 우린 팔미도 등대를 지키는 등대지기인데 이런 일을 하지 않겠다면 도대체 어떤 이유가 있어야 하는 거 아니냐?"

백씨는 사실 이러고 있을 시간이 없었다. 곧 등대에 성조기를 걸고 불을 밝혀야 했기 때문이다. 종민과의 실랑이 때문에 대사를 그르친다면 그건 어떤 말로도 변명할 수가 없는 것이었다.

"미군을 도울 마음이 없습니다."

종민은 결국 그렇게 말하였다.

백씨의 눈살이 찌푸려지더니 파르르 움직였다.

"너, 이 새끼……."

그는 말끝을 흐리고 말았다. 그 말은 곧 자신이 빨갱이라는 것이 아닌가.

"됐습니까?"

"……."

"난 그만 집에 가겠습니다."

종민은 다시 일어서려 했다. 하지만 다시 백씨에게 팔이 잡혔다. 그는 바위에서 엉덩이를 뗄 수가 없었다.

"네가 그런 놈이었단 말이야? 응? 인민군 만세 부르는 빨갱이 새끼였단 말이야?"

백씨는 지금까지의 종민에 대한 기대와 흥분된 마음으로 그의 집을 찾던 들뜬 기분이 와르르 무너지는 것 같아 자제심을 잃어가는 듯하였다.

"왜 대답이 없어? 내가 지금까지 빨갱이 새끼하고 같이 일했단 말이지? 응?"

백씨의 목소리는 조금 전보다 더 높아졌다.

"정말, 그랬단 말이야?"

"맘대로 생각하세요. 빨갱이든 파랭이든 형님 맘대로 생각하세요. 하지만 형님……."

종민은 잠시 말을 멈췄다. 그리곤 다시 백씨를 바라보았다.

"난 형님 아버지처럼 일본 배를 비추지도 않을 거고, 형님처럼 미국 배를 비추지도 않을 겁니다."

그는 말했다.

종민이 아버지 얘기를 꺼내자 백씨는 순간 욱한 감정이 솟구쳐버렸다.

"그건 또 뭔 소리냐?"

백씨는 버럭 소리를 질렀다.

"우리 아버지가 뭐 어째?"

"아뇨, 난 가겠습니다."

종민은 그의 손을 뿌리치고 일어섰다. 그리고 잠시 백씨를 내려보았다. 백씨는 그런 종민을 올려보았다. 종민 너머에 있던 달이 구름 속으로 빨려들어가고 있었다.

"형님. 내가 짝사랑에만 빠져 있고 항상 감상에만 젖어 있는 나약한 사람인 줄 알았습니까?"

"그래, 잘났구나, 이놈아."

백씨도 그를 따라 일어섰다.

"근데, 이눔아. 그래, 우리 아버지가……, 그래……, 일본 배는 그렇다 하더라도 미군 배가 대체 어떻게 됐다는 거냐? 일본 사람하고 미국 사람하고 어찌 똑같냐? 네가 젊어서 아직 뭘 모르나 본데, 바다 건너 사람이라고 무조건 나쁜 놈들이냐? 인민 군들이 남쪽 사람을 어떻게 대하는지 들은 것도 없어? 그래, 동족이면 다 좋고 외국놈이면 다 나쁜 거야? 넌, 서울에서 태어났고 남쪽 사람인데, 대체 어디서 뭘 듣고 보았기에……"

종민이 그의 말을 가로챘다.

"난 우리나라 사람이에요. 남쪽도 북쪽도 아닙니다."

"……"

"이젠 정말, 가겠습니다."

종민은 너럭바위를 떠나 숲 속으로 걸어나갔다. 백씨도 종민을 어찌할 수 없다는 것을 알았는지, 아니면 등대에 성조기를 걸어야 할 시간에 더 이상 시간을 낭비할 수 없다고 결심하였는지 그를 붙잡지 못했다. 그러나 난데없는 상황에 머리가 혼란스러운 것은 여전히 어찌할 수가 없었다.

종민은 여치들이 짝을 찾아 울어대는 소나무 숲으로 한 걸음 한 걸음 걸어갔다. 그의 걸음걸이는 실연당한 젊은이처럼 힘이 없어 보였다. 백씨는 종민만 없을 뿐이지 그가 못할 일이라곤 없었다. 하지만 종민은 달랐다. 이 작은 팔미도에서 갈 곳도 없을뿐더러 그의 움막처럼 갈 곳이 있다 하여도 그는 더 이상 이곳에 있을 수 없었다. 백씨가 있고 등대가 있기 때문이었다. 집에서 멀지 않은 곳에 나룻배가 하나 있었지만 그것을 타고 대부도까지 간다는 것은 너무도 위험한 일이었다. 더군다나 엄청난 크기의 함대가 바다를 메우게 된다면 나룻배를 탄다는 건 생각하지 말아야 할 일이었다.

"이봐, 종민."

백씨가 부르고 있었다. 종민은 뒤돌아보았다. 백씨는 바위 옆에 그대로 있었고 숲 속으로 사라지려는 자신을 보고 있었다.

"분명히 후회할 거네."

"……."

"후회되어도 팔미도엔 나타나지 말게."

그리곤 이번엔 백씨가 먼저 뒤돌아 등대로 향하였다. 종민은 아무런 말도 하지 못하였다. 그는 대신 백씨와 등대를 보았고, 그 옆을 날아가는 갈매기 한 쌍도 보았다. 이 등대를 다시는 볼 수 없게 될까? 다시는 팔미도에 올 수가 없을까? 종민은 생각하였다. 하지만 그렇지는 않을 것 같았다. 전쟁은 영원히 이어질 수 없기 때문이었다. 언제 이런 일이 있었냐는 듯 이 섬은 낮과 밤이 반복되는 무료한 일상이 지배하게 될 것이다. 그때는 누구도 의식 않고 자유로이 이곳에 들어와 저 등대의 콘크리트 벽을 쓰다듬을 수도 있을 것이라고 종민은 생각하였다.

백씨가 등대 안으로 들어가고 이윽고 문이 닫히자 종민은 뒤돌아서 캄캄한 숲 속으로 몸을 숨겼다. 그는 집에 들르지 않고 나룻배가 있는 곳으로 바로 갈 생각이었다. 그는 집에서 가져올 것이 아무 것도 없었다. 하지만, 나룻배를 타고 홀로 바다를 건

넌다는 것은 잠시 더 생각해보아야 할 문제였다. 그럼에도 그는 내내 대부도의 인민군 중대에 이 사실을 알려야 한다고 생각하고 있었다. 나룻배를 보고, 바다를 보았을 때 지금까지 감춰져 있던 용기가 솟아나길 종민은 바라고 있었다. 행여 돌부리에 채이지 않을까 조심조심 걷던 종민은 걸음을 재촉하기 시작했다.

나룻배가 있는 곳에서는 언제나 그러했듯 파도소리가 메아리쳤다.

*

잠에서 깨어보니 내려야 할 곳에서 세 곳의 역을 더 지나쳐 있었다. 나는 황급히 일어나 출구로 나갔는데 오늘 샀던 우표가 생각나 선 채로 가방 속의 책을 뒤져보았다. 책 속에는 우표 네 장이 책갈피처럼 있었고, 그곳에는 불을 켠 등대와 파도, 그리고 갈매기가 있었다.

지하철에서 내려 계단을 오르며 나는 또래의 어느 여자와 어깨를 부딪쳤다. 그녀에게는 그저 고개만 끄덕여 미안하다는 말을 대신했다. 그것은 너무도 흔히 접할 수 있는, 아무런 일도 아니었다. 하지만 나는 고개를 돌려 그녀의 뒷모습을 한번 더 보았는데, 누구인지 알 수 없는 그녀는 급한 일이 있는지 제법 빨리 계단을 내려가고 있었다.

지하철을 다시 타기보다는 집까지 걸어가기로 하였다. 나는 원래 홀로 걷기를 좋아하는 사람이었다. 수많은 사람이 모여 사는 도시임에도 불구하고 나는 이곳에서 많은 외로움을 느꼈지만, 이것저것 생각하며 걷는 도심의 거리는 오히려 내게 자유로움을 느끼게 해주었다.

지하에서 올라오자마자 나는 거리를 걸어가는 수많은 사람들과 마주쳤다. 그 많은 사람들은 모두 내 곁을 지나치며 어딘가를 향해 바삐 움직였다. 그리고 그들 멀리 외곽지의 서산 너머로는 마침 해가 지고 있었다.

"……."

그 해는 정오의 해와는 달리 밝지가 않아 계속 보아도 눈이 부시지 않았다.

비록 강렬하지는 않았지만 그 연한 빛은 도시와 사람들, 그리고 내가 볼 수 있는 모든 세상을 널리, 고루고루 비추어주고 있었다.

Djibouti

Jun은 태어나서 지금까지 삼십 년을 넘게 살아오며 아프리카 동부에 있는 지부티Djibouti라는 나라 이름을 정확히 네 번 들어보았다.

첫 번째는 1988년의 서울올림픽 때였다.

당시 그는 열여덟 살의 고등학생이었다. 올림픽의 피날레를 장식한 남자마라톤에서였는데 후세인 아메드 살라Houssein Ahmed Salah라는 지부티 선수가 동메달을 차지했던 것이다. Jun은 아메드 살라가 3위로 들어오는 장면을 TV를 통해 분명히 본 기억이 있었다. 그리고 아프리카에 지부티라는 나라가 있다는 것도 처음으로 알게 되었다.

두 번째는 그가 스물세 살 때였다. Jun은 대학생이었다.

Jun은 바쁜 직장생활에도 불구하고 그의 동료들에 비해 많은 책을 읽는 편이었다. 그는 철학, 문학, 역사 등을 가리지 않고 읽기를 좋아했는데 그가 대학을 다니던 시절에는 현재보다 활자 중독이 더욱 심하여 삼백 페이지에 달하는 책을 하루 한 권씩 읽을 정도였다. 그때 접했던 책 중 프랑스의 앙드레 말로가 지은 『왕도La Voie Royale』라는 장편소설이 있었다. 이는 작가의 폭넓은 경험 중에서도 인도차이나 여행을 바탕으로 쓰여진 것이었다. 책 서두에 보면 주인공 끌로드와 페르캉이 동남아시아로 향하는 배 위에서 변태성욕에 대해 이야기를 하는 장면이 나오는데 그 두 명의 모험가는 지부티의 창녀촌에서 처음으로 만났다고 되어 있다.

Jun이 지부티를 세 번째 접한 것은 그가 서른이 되던 해 보았던 어느 TV 프로그램을 통해서였다. 그것은 영국 BBC에서 제작한 〈인류의 기원The Origin Of Humankind〉이라는 다큐멘터리였다. BBC 제작팀은 인류라 부를 수 있는 우리의 첫 조상은 오스트랄로피테쿠스라고 알려져 있지만 사실은 그 누구도 알 수 없다고 하였다. 어쨌든, 첫 인류의 고향은 아프리카가 확실하며 그들이 대륙에서 영역을 넓히다 먼 시간이 지난 후에는 현재의 중동지방으로 진출했다고 한다. 조상들은 모세로 유명한 홍해를 건너 중동으로 넘어왔는데 현재의 지명으로 따지면 바로 지부티 해안에서 예멘 해안으로 이어지는 바브엘만데브Bab el Mandeb 해협으로 건너갔다. 지도를 보면 지부티와 예멘 사이에 페림Perim이라는 섬이 하나 있다. 그들은 두려움 속에 바다를 건너다 페림에 잠시 정착한 뒤 다시 용기를 내어 예멘에 도착하였다. 그 후 수만 년에 걸쳐 이들은 중동을 지나 유럽과 아시아로 퍼져나갔다. 이들의 모험은 현재의 인류가 전 지구상에 걸쳐 융성할 수 있었던 획기적인 사건이 되었다. 지부티는 인류에게 아주 중요한 의미가 있는 땅인 것이다.

그리고 마지막 네 번째는 바로 일주일 전이었다. 그는 친구 J로부터 편지를 한 통 받았다.

〈Jun. 전화연락을 수차례 했지만 통화가 안 되어 편지를 띄운다. 가진 돈을 모두 써버렸다. 50만 달러가 필요하다. 아래에 호텔 연락처가 있으니 이곳으로 전화하면 프랑스 지배인이 나를 바꿔줄 것이다. 그때 계좌를 알려주겠다. 돈이 모두 떨어졌으니 생활이 곤란하다. 벌써 2년이 지났다. 이젠 지친 것 같다. 돌아가고 싶다. Djibouti Sheraton Hotel. 253-1-80-9000〉

J가 보낸 편지의 봉투에는 난생 처음 보는 지부티 우표가 붙여져 있었다. 우표에는 주둥이가 저어새를 닮은 새가 그려져 있었고 하단에 Platalea Alba라고 표시되어 있는 것으로 보아 이것이 새의 이름인 듯하였다. 또, 우표에는 국가명이 Republique De Djibouti라고 되어 있어 이들은 프랑스어를 사용하고 있으며, 프랑스로부터 지배를 받은 역사를 가지고 있다는 것도 추측할 수 있었다. 하지만 국가명 옆에는 도저히 알아볼 수 없는 아라비아 문자도 있었다. 여러 민족이 여러 언어를 쓰고 있음이 분명했다.

Jun이 기억하기로 J와 마지막 통화를 한 것은 대략 육 개월 전이었다. 당시 J는 카자흐스탄의 수도에 있노라고 하였다. 그런데 그로부터 육 개월 후에는 대체 어찌된 일인지 아프리카 땅으로 건너가 지부티라는 곳에서 편지를 보냈다.

J의 도피생활은 벌써 2년째 접어들고 있었다. Jun이 알기로 그가 거쳐 간 곳만 해도 중국, 몽고, 캄보디아, 라오스, 네팔, 카자흐스탄, 지부티 이렇게 7개국이었다. 카자흐스탄과 지부티 사이에 또 어떤 곳에 머물렀는지 알 수 없었으니 충분히 이보다 더 많을 수도 있었다. J의 말대로 이젠 지칠 때도 되었으리라.

Jun은 J의 편지를 읽고 이틀이 지난 뒤 회사에 사직서를 냈다. 하지만 당일 오후 사표는 반려되었다.

"무슨 생각하며 사는 거야?"

그의 직속상사는 사직서를 접하자 대뜸 Jun을 그의 사무실로 불러들였다.

"난데없이 이게 뭔가? 가지고 돌아가게."

Jun은 상사의 행동을 이해했다. 그는 미국 본사에서도 알아주는 우수 사원이었다. 그의 실적에 관한 소식은 본사에서 매월 발행하는 사보에 특집으로 게재된 적이 있었다. 그의 연봉은 같은 직급의 동료 은행원들보다 세 배가 많았다. 미래가 보장되어 있는 그가 사직서를 제출했으니 상사는 Jun이 일종의 객기를 부리는 정도로 생각했다.

Jun은 다음 날이 되자 전화와 핸드폰을 꺼버리고 출근을 하지 않았다. 그는 침대에 누워 한참 동안 천장만 보고 있었다. 그리고 지부티행을 결심했다.

〈살인용의자, 경찰서에서 도주〉

Jun은 2년 전 스크랩 해놓았던 신문기사를 찾아 책상 위에 펼쳐보았다. 이는 J와 관련된 것이었다.

신문에 의한다면 살인용의자 모씨는 길 가던 20대 여성을 아무런 이유도 없이 칼로 찔러 죽였다. 그는 피해 여성의 가슴과 복부, 목을 수차례 찌르는 잔인함을 보였다. 그리곤 바로 도주하였으나 시민의 신고로 경찰에 붙잡혔다. 그럼에도 그는 감시가 소홀한 틈을 타 다시 도주하였다. 출국이 금지되어 공항을 이용할 수 없게 된 그는 황해에 접한 어느 곳에서 중국으로 밀항하였다.

Jun이 기억하기로 이 사건으로 인해 경찰서장과 경찰 몇 명이 옷을 벗었다. 인터폴을 통해 중국의 경찰이 J를 추적하였지만 결국 실패하였고 얼마 후 J는 국경을 넘어 몽고에 잠입했다.

Jun은 친구 J의 도주를 돕기 위해 중국의 지인을 통해 미리 약속한 대로 삼십만 달러를 전달했다. 그는 안전한 듯하였고 간혹 Jun에게 연락도 하였다. J는 경찰의 추적에 대한 두려움에서 벗어나 차츰 여유를 찾기 시작했고 카자흐스탄에서는 마치 여행객이라도 된 듯이 그곳의 산과 공기와 여자에 대해 장황한 설명을 늘어놓기도 했다. 그것이 육 개월 전이었다.

Jun은 지부티로 가는 직항노선을 알아보았다. 그는 여러 항공사의 홈페이지를 뒤적였다. 하지만 직항노선은 애초에 있지도 않았다. 이는 당연한 것으로 지부티로 가는 이가 없으니 항공편도 없는 것이다. 단 한 가지 방법이 있다면 먼저 이집트에 도착해서 지부티로 내려가는 것이었다. 하지만 이집트행 비행기는 4일 뒤에나 있었다. Jun은 그때까지 기다릴 수가 없었다. 생각 끝에 그는 일본에 있는 지부티대사관에 전화를 걸었다.

"여러 가지 방법이 있습니다만 가장 빠른 방법은 나리타成田에서 카이로행 비행기를 탄 후 그곳에서 지부티행 비행기를 타는 것입니다."

대사관의 여사무관 역시 똑같은 길을 안내했다. 그녀는 그 방법 외에도 사우디아라비아에서 예멘을 거쳐 지부티의 수도에 도착하는 방법도 있지만 시간이 많이 걸릴 것이라 하였다. 비행기 편을 물어보니 이집트행 비행기는 매일 두 차례씩 있는 것으로 알고 있다고 추측하듯 말하였다.

Jun은 업무상 일본을 자유로이 왕복할 수 있는 1년 만기의 비자를 가지고 있었다. 이집트와 지부티는 현지에서 비자를 발급하는 제도를 운영하고 있었다. Jun이 지부티로 가는 것에는 아무 문제가 없었다.

Jun은 나리타에서의 이집트행 비행기 이륙시간을 알아냈고 인터넷으로 미리 좌석을 예약해놓았다. 일본에서 이집트까지는 무려 열네 시간이 걸렸다. 그는 이집트에 도착하는 시간을 추정한 뒤 카이로 공항에 전화를 걸어 지부티행 비행기편을 알아보았다. 에어프랑스 3527기가 JAL 비행기의 카이로 착륙 한 시간 후에 있었다. 카이로에서 지부티까지의 소요 시간은 네 시간이었다. Jun은 지부티 쉐라톤 호텔이 그곳 국제공항인 수도 지부티 공항에서 6킬로미터 떨어져 있어 차를 타면 고작 십 분밖에 걸리지 않는다는 것을 자료를 통해 이미 알고 있었다. 그렇다면

Jun이 J를 만날 수 있는 시간은 앞으로 하루 하고도 조금만 더 지나면 충분하다는 얘기였다. 계산을 해보니 하루 뒤 정오경이었다. 하지만 지부티라는 곳은 Jun의 도시와 여섯 시간의 시차가 나므로 그곳은 오전 여섯 시경일 것이다. 그때 Jun은 지부티 쉐라톤 호텔의 카운터에서 프랑스인이라는 그곳 지배인과 얘기를 나누며 J의 거처를 물어보고 있을 것이다.

'그래, 길어도 이틀이면 충분하구나. J는 2년이라는 시간을 떠돌아다녔지. 나는 이틀 만에 모든 것을 끝내겠다.'

가방을 정리하며 Jun은 생각하였다.

'그 이 년 동안 나 역시 제정신이 아니었다. J가 세상을 배회하는 동안의 내 삶이 진실로 나의 삶이었나? J……. 너도 이제 방랑을 끝낼 때가 되지 않았는가. 돌아오고 싶다고? 귀국해서 뭘 어쩌자는 것인가. 해결책도 없이 무작정 돌아온다면 모든 것이 뒤죽박죽될 것이 분명하다. 친구 J를 이대로 놔둘 수는 없다.'

정확히 일곱 시간 뒤 그는 나리타공항에 도착했다.

수많은 일본인과 외국 관광객들 속에서 Jun은 카운터의 JAL 여사무원으로부터 티켓을 발권 받았다. JAL340 비행기의 63D 이코노미 좌석이었다. 그가 원했던 안락한 자리는 인터넷으로 예약을 할 때에도 잔여 좌석이 남아 있지 않았었다. 대학을 다니던 시절 이후로 처음 앉아보는 이코노미석이었다.

"수하물을 이곳에 맡기겠습니까?"

여사무원이 어깨에 메고 있던 그의 서류가방을 가리키며 영어로 말하고 있었다. Jun은 가방의 크기와 무게가 얼마 나가지 않으니 소지하고 탑승하겠다고 하였다. 그러자 여사무원은 가방을 잠깐 보고 싶다고 하였고 가방을 건네받은 뒤에는 어디선가 줄자를 꺼내 가로 세로 길이를 재어보기 시작했다.

"아무 문제가 없으니 소지하셔도 괜찮겠습니다. 출국심사대는 D 카운터의 오른편을 따라 오십 미터가량 내려가시면 됩니다."

그녀가 웃음을 지으며 말하였다. 일본인 특유의 덧니가 돋보였다.

출국심사를 마친 후 Jun은 면세점으로 들어갔다. 그곳에서 그는 샤넬에서 만든 마드모아젤 향수가 단돈 삼십 달러에 판매되고 있다는 것을 알게 되었다. 그동안 회사에 출근하며 사용하던 향수가 바닥이 나고 있다는 것을 떠올린 Jun은 즉시 구입한 뒤 가방 속에 넣어두었다. 또 한 가지 그의 시선을 끈 것은 니콘에서 만든 일안 반사식 디지털 카메라였다. 가격은 삼천 달러를 조금 넘었다. 하지만 그 정도의 무게가 나가는 것을 지부터까지 가져갈 수는 없었다. J와 기념사진을 찍을 일은 더더욱 없었다. 탐이 났지만 어쩔 수 없다고 생각한 Jun은 그럼에도 혹시나 하는 생각에 소포로 우편배달이 가능한지 물어보았다. 점원은 거주 주소지로의 배달은 가능하지 않으며 원하는 공항을 지정해주면 그곳의 면세품 보관소에서 찾을 수 있다고 하였다. 하지만 보관료로 십 달러를 더 지불해야 한다고 말하였다.

고작 십 달러였다.

"이틀 뒤 인천에서 찾아가겠습니다."

Jun은 지갑에서 신용카드를 꺼내 점원에게 건네었다.

평일임에도 불구하고 카이로행 JAL340은 일본인들로 가득 들어차 있었다. 주로 노년층이 많았고 이들은 필경 단체여행객일 것이라 Jun은 생각하였다. 그는 통로를 막은 채 친구로 보이는 사람에게 무어라 얘기하며 서 있는 일본 노인을 가까스로 지나쳐 63D를 찾아냈다. 밖의 경치를 볼 수 있는 가장 안쪽 자리였다. 바깥쪽 자리에는 일본 노인 한 명이 이미 앉아 있었다. 그에게 실례를 구한 뒤 Jun은 창 쪽의 좌석으로 들어갈 수 있었다. 노인은 Y와 G 글자가 겹쳐져 있는 로고를 단 요미우리 자이언츠 구단의 짙은 청록색 모자를 오른손으로 조금 들어보이며 Jun에게 답례했다.

활주로의 트랙을 한참동안 배회하던 JAL은 어느 순간 갑자기 속력을 내기 시작하더니 이윽고 하늘을 향해 수직상승하였다. 나리타공항의 청사는 순식간에 아주 자그마한 집이 되었다. 그렇게 몇 분을 가니 바다가 나타났고 구름은 벌써 Jun의 밑에 펼쳐져 있었다. 오후 다섯 시였다.

'미리 잠을 좀 자둬야겠다.'

Jun은 생각하였다.

'J는 지금 무얼 하고 있을까. 내가 직접 지부티에 가고 있다는 것을 상상이나 하고 있을까?'

잠시 그는 지부티의 바다와 호텔의 풍경, 카운터의 모습을 떠올려보았다.

'직장? 다시 복귀하면 동료들은 어떤 반응을 보일까? 회사는 분명 나를 다시 받아줄 것이다. 아니, 사실 내겐 직장이란 것이 필요가 없다. 이제 돈은 충분하지 않은가. 충분한 돈이 있음에도 직장을 다닌다는 것은 옳은 생각이 아니다.'

자이언츠 구단의 모자를 쓴 노인은 조그마한 가방에서 뭔가를 꺼내 손으로 주무르는 듯 비닐이 구겨질 때의 소리를 내고 있었다. Jun은 그 소릴 들으며 구름을 내려보다 눈을 감았다.

그는 아프리카를 상상했다.

아프리카는 BBC에서 만든 다큐멘터리대로 최초의 인류 유골이 발견된 대륙이다. 이를 강조라도 하듯 대륙은 사람의 두개골을 닮아 있다. 대서양 쪽으로 튀어나온 부분이 뒤통수이고 남아프리카공화국은 턱에 해당된다. 케냐와 우간다 사이에 있는 빅토리아 호수는 눈이 있어야 할 바로 그 자리에 있다. 그 눈은 까마득한 과거에 대륙에서 분리되어 점점 멀어지고 있는 마다가스카르 섬을 보고 있다. 다시 돌아오라는 슬픈 눈망울이다. 지부티는 이마에 있다. 인류는 이곳에서 상상도 할 수 없는 넓은 대양을 건너 전 대륙의 곳곳으로 퍼져나갔다. 이는 후세의 인간이 일으킨 큰 사건들, 가령 세계대전이나 알렉산더, 나폴레옹, 칭기즈칸의 대륙 정복과는 비교도 되지 않는 대사건이었다.

그 인류가 21세기라 불리는 현재에 이렇게 비행기 위에서 구름을 보고 있다는 것은 실로 대단한 일이 아닌가. 고기를 잡아 날로 먹고 아무 데서나 배설을 하던 인간이 지금은 건축물을 짓고 세탁기를 돌리고 있다는 것은 기적이나 다름없었다. 언제나 이런 생각을 하면 Jun은 자신이 속한 인류의 발전에 스스로 감동반기도 하였는데 하지만 이것도 잠시였다. 왜냐면 그는 그 대단한 인류도 멀지 않은 미래에는 자연의 법칙에 따라 사라질 것이란 것을 알고 있었기 때문이다. 지구의 역사에 비했을 때 인류는 고작 잠시 등장했다가 갑작스레 사라지는 존재일 뿐, 그 이상도 이하도 아니었던 것이다. 그들이 만든 위대한 음악이나 미술 따위 예술품들의 가치가 영원히 빛날 것 같지만 언젠가는 모두 없었던 일이 될 것이란 불변의 사실은 그를 잠시의 감성적인 감탄에서 다시금 현실적인 사고로 예외 없이 돌아오게 해주었다. 결론은 인류처럼 거창한 것이 아닌 한 번뿐인 삶을 가진 그 자신, 바로 Jun이라는 그 자신 삶의 중요함이었다. 사라질 인류, 다시 태어나지 않을 삶, 그렇다면 단 하나 남는 것은 지금 현재의 삶뿐이었다.

그런데 어느 순간 Jun은 자신도 모르는 사이, 그가 생각했던 대로 잠이 들었다. 그는 다리를 펼 수 없어 좌석이 끔찍이도 불편하다고 생각하면서도 단 한 차례도 깨지 않고 열 시간 넘게 잤다.

그를 깨운 것은 옆 좌석의 자이언츠 모자를 쓴 일본 노인이었다.

비명소리와 함께 둔탁한 무엇이 단단한 것에 부딪치는 소리가 나 Jun은 화들짝 놀라며 잠에서 깨어났다. 창밖으로는 캄캄한 어둠뿐이었다. 다른 승객들의 비명이 일자 Jun은 고개를 돌려 기내를 둘러보았다. 옆에 앉아 있어야 할 일본 노인이 바로 앞좌석에 머리를 처박은 채 두 다리를 공중에서 바들바들 떨고 있지 않은가. 이 황당한 장면을 갑작스레 잠에서 깨어난 Jun은 결코 이해할 수가 없었다. 마침 그의 이해를 돕기라도 하려는 듯이 두 명의 스튜어디스가 멀리서 Jun이 있는 쪽으로 허겁지겁 달려오고는 있었다. 하지만 그들마저 비틀거리다 한 좌석에 몸을 부딪친 채 맥없이 넘어지는 광경을 Jun은 어쩔 수 없이 보게 되었다. 비행기가 추락하고 있었던 것이다.

사람들의 비명소리는 끔찍한 것이었다. 그는 태어나 그와 같은 비명소리를 여태 들어보지 못했다. Jun은 일이 크게 잘못되었다는 생각이 들자 그 역시도 태어나 처음으로 느껴보는 심장의 박동을 경험하였다. 그것은 가슴이 묵직해지면서도 지나치게 단단해져 결국엔 돌처럼 굳어버릴 것 같은 느낌이었는데 Jun의 심장의 변화는 잠에서 깬 뒤 아주 순식간에 일어난 것이었다.

하지만 몸이 비행기와 함께 끝도 없이 추락하던 잔인한 느낌은 시작처럼 갑작스레 사라졌다. 비행기는 정상적으로 하늘을 날았고, 쓰러졌던 스튜어디스도 치마를 추스르며 일어났다.

"……"

잠시 침묵이 이어졌다.

그리고 Jun은 이것이 바로 말로만 듣던 난기류에 의한 현상임을 알게 되었다. 그는 뉴스를 통해 난기류에 의한 비행기 사고를 심심찮게 접했었다. 그것은 비행 중이던 비행기가 마치 소용돌이 같은 어지러운 공기의 흐름을 만나 큰 요동을 치다 순간적으로 급강하 하는 것으로 기내에 있던 승객들은 자칫 좌석이나 천장에 부딪칠 수도 있었다. TV에서 본 바에 의하면 다친 승객들은 주로 목을 다쳐 몸을 가눌 수가 없게 되는 부상을 입었다. 그들은 공항에 내리자마자 앰뷸런스에 실려 병원으로 이송되었다. 그렇다면 그 자이언츠 모자의 일본 노인은 무엇인가. 바로 그가 난기류에 불운을 당한 경우로 그는 안전벨트를 매지 않아 기체의 순간적인 추락과 함께 공중으로 뜬 뒤 천장에 얼굴을 박고는 바로 앞좌석으로 고꾸라진 것이다.

"승객 여러분께 알려드립니다."

기장의 방송이 시작되고 있었다.

"이곳은 아랍에미리트 상공으로 현재 시각은 일본 시각 기준 오전 세 시입니다. 카이로는 지금부터 네 시간 뒤인 일본 시각 기준 오전 일곱 시에 정상적으로 도착 예정입니다. 잠시 동체의 요동이 있었습니다. 이는 비행 중 흔히 접할 수 있는 난기류에 의한 현상으로 비행에는 어떠한 영향도 미치지 않으니 승객 여러분께서는 안전벨트를 다시 확인하신 뒤……."

그럼 그렇지. Jun은 생각하였다.

일본 스튜어디스는 서둘러 옆 좌석의 일본 노인에게 다가온 뒤 상태를 물어보고는 달려온 남자 직원과 함께 그를 부축해 뒤편의 휴게실이 있는 곳으로 데려갔다. 급강하에도 사람들은 비명을 지르며 놀라기만 하였지 다치지는 않은 듯 하였는데 유독 부상을 입은 한 사람이 자신의 옆 좌석에 있던 그 일본 노인이라는 것은 Jun을 신기하게 하였다.

'그래, 내가 어떤 사람인데. 난 이렇게 죽을 사람이 아니다.'

Jun은 자신을 믿고 있었다.

'큰 사고로 죽는 사람들은 이미 따로 정해져 있는 것이 아닌

가. 내가 뉴스로만 접하던 재앙의 주인공이 될 일은 절대 없을
것이다. 그런 일은 남의 일이고 내겐 결코 일어나지 않는다.'

이는 그가 어릴 적부터 해오던 생각으로 Jun은 홍수나 폭설,
큰 화재나 교통사고, 아니면 그가 잠시 긴장하였던 비행기 사고
와 같은 일들로 죽는 이들을 그 자신과는 완전히 다른 세상에 살
고 있는 다른 족속으로 생각하고 있었다. 그 자신에게는 절대 그
와 같은 일이 일어나지 않을 것이라고 믿었던 것이다. 운이 없다
면 누구나 당할 수 있는 사고임이 분명하지만 Jun이 어린시절부
터 남다른 생각을 해왔던 것은 그 자신은 타인과는 다른 그만의
어떤 특별함이나 소중함을 내재하고 있다고 스스로 믿은 것에
기인하였다. 즉, 그는 광대한 타인이라는 범주에 속하지 않는 인
간이므로 그들이 당하는 사건들과는 무관하다는 것이다.

'그래, 네 시간 남았구나. 카이로에 도착하면 햄버거를 하나
사 먹어야겠다. 그런데 내가 잠을 대체 몇 시간을 잔 것일까?'

그는 어느새 일상적인 생각으로 돌아와 있었다. 그의 머리는
다시 카이로 공항과 지부티, 쉐라톤 호텔과 J를 떠올리고 있었다.

'지부티에서 돌아온 뒤 이틀은 아무 생각 없이 푹 쉬어야겠
다. 그리고 여행을 떠나자. 회사는 더 이상 생각하지 말자. 목표
가 없이 그저 휴식만을 취할 수 있는 곳으로 떠나야겠다. 남태평
양이나 인도양의 조그만 섬이 괜찮을 것이다. 그곳에서 돌아오
면 집을 수리하고 고양이를 한 마리 사야겠다.'

다시 안정을 찾은 특별한 그가 곧 또 한 번의 난처함을 당하게
되리라곤 아무도 예상하지 못했다. 역시 사건은 순식간에 일어

났다.

　Jun은 창밖에서 갑작스레 번개가 치는 것 같아 고개를 돌려 밖을 바라보았다. 그런데 그곳엔 번개가 아닌 커다란 불길이 있었다.

　"……."

　그 불길은 거친 바람에도 불구하고 꺼질 줄은 모른 채 새가 빠른 속도로 날개를 끊임없이 퍼덕이듯 몸부림치고만 있었는데 불길은 그 순간에도 Jun이 알아볼 정도로 커졌다. 그가 기억하기로 창밖으로는 비행기의 우측 날개가 있었다. 그리고 그 아래로는 두 개의 거대한 제트 엔진이 있었다. 그렇다면 그곳에 불이 났다는 얘기였다.

　"아……."

　자신도 모르는 사이 그의 목구멍에서 한숨이 새어나왔다. 이윽고 승객들의 반응이 들리기 시작했다. 일본어와 영어가 뒤섞였다. 그들도 불길을 발견한 것이다. 앞쪽과 뒤쪽에서 기내의 직원들이 또다시 달려오기 시작했다. 어쩌자는 것인가.

　그는 다시 창밖을 바라보았다. 비행기의 속도를 감안한다면 밖으로는 엄청난 바람이 불고 있을 것인데 그 바람에도 불길은 어찌 꺼지질 않은 채 점점 더 번져나간단 말인가. Jun은 상황의 심각성을 깨닫기 시작했다. 그가 결코 생각해보지도 않았던 일이 현실이 되어가고 있었던 것이다. 불길은 크게 번져 날개와 엔진이 선명히 보일 정도가 되었는데 그의 머릿속에 갑작스레 떠오른 사람은 다름 아닌 J였다.

‘J 때문에, 내가 이렇게 된단 말인가.’

 만약, 이 사고가 생각하기도 싫은 결말로 끝나버린다면 이는 J
의 편지 때문이 아닌가. J의 편지가 없었다면 JAL 비행기를 타지
도 않았을 것이고 아라비아의 상공에서 영화 속에서나 보았던
일을 경험하진 않았을 것이다. 그는 이 생각을 커져가는 불길 때
문에 단 일 초도 하지 않았지만 그는 분명히 J를 떠올렸고, 이는
분명 타인의 삶이 자신의 삶 속에 끼어든 결과라고 보았다.

 ‘텅!’ 하는 묵직한 소리가 들려 그는 다른 승객들처럼 비명을
지를 뻔하였는데 그것은 불에 타고 있던 엔진이 그 내부에서 폭
발하는 소리였다. 비행기의 엔진은 화재를 감지하자마자 자동으
로 작동하게끔 되어 있는 강력한 소화기를 내장하고 있는 것으
로 Jun은 들어 알고 있었다. 그 소화기가 제 역할을 못하였는지
엔진은 폭발과 함께 작동을 멈춰버렸다.

 JAL340은 균형을 잃어버렸고 왼쪽 날개 쪽으로 급속히 기울
기 시작했다. 기내 음식이며 가방, 여러 잡동사니들이 사람들의
비명소리와 함께 쏟아져내렸다. 비행기는 그 상태로 계속 하늘
을 날고는 있었지만 문제는 추락하고 있다는 것이었다.

 ‘……’

 추락은 비행기가 난기류에 걸린 것처럼 몇 미터를 하강해 사
람을 깜짝 놀래고는 다시 원래대로 돌아오는 것이 아니었다. 그
것은 끝도 없는 어둠의 절벽 아래로 떨어져 단 한 사람의 예외도
없이 모든 이들을 한번에 죽여버릴 수 있는 추락이었다.

'혹시 J가 없다면 어찌해야 될까. 여기서 또다시 어딘가로 가는 것이 가능한 일일까. 살아 있을 때도 나를 세상 여기저기로 방황하게 만들더니 그녀는 죽어서도 나를 이곳까지 오게 하는구나. 그녀의 죽음이 곧 끝이라고 생각했건만, 오히려 내가 죽을 뻔했으니 참 모를 일이다. 하지만 이젠 정말 끝이다. 오늘 지부티에서 마침표를 찍는 거다. J는 있을 것이다.'

Jun은 고사리를 닮은 이름 모를 식물을 파는 여러 여인들을 운전대에 앉아 물끄러미 내려보다 턱이 간지러워 그곳을 꼬집듯 왼손에 힘을 주어 만지작거렸다. 면도를 하지 않아 그는 며칠 사이 다른 이처럼 되어 있었다. 더군다나 쓰지 않던 안경까지 썼으니 J마저도 못 알아볼 판이었다. 외진 골목길에서 그는 잡동사니를 파는 이곳의 노인을 우연히 만나게 되었고, 그는 누군가 사용했음이 분명한 그 안경을 1달러에 샀다.

Jun은 그의 여행 목적지인 지부티의 쉐라톤 호텔을 보고 있었다.

"……."

3층으로 된 호텔은 그의 생각보다 규모가 작았다. 호텔 앞에는 분수대와 노란색의 길 끝에 이어져 있는 주차장이 함께 있었고 그 오른편으로는 지나치리만큼 짙은 푸른색의 물이 가득 들어 차 있는 수영장이 있었다. 물의 색깔로는 너무 짙다고 생각한 Jun은 수영장에 반사되는 하늘을 올려보았는데 하늘엔 구름 한 점 없이 태양만이 이글거렸다.

수영을 즐기는 이들이나 분수대에 걸터앉아 얘기를 나누는 사람들 모두는 북미나 유럽에서 온 서양인들뿐이었다. 분수대 근처 관광객들은 약속이라도 한 듯이 선글라스를 낀 채 오른손으로 어떤 손짓을 하며 대화를 나누고 있었다. 만약 이곳에 J가 있다면 그는 아마도 유일한 동양인일 것이다. 지금까지도 지부티 쉐라톤 호텔에 J가 있다면 말이다.

Jun이 생각하기로 그는 터무니없는 여행을 하였다. 그는 이집트의 공기를 단 일 초도 맡아보지 못하였다. 그는 엉뚱하게도 아라비아 반도의 최남단에 있는 예멘이라는 나라에 도착했다. 그것은 JAL340의 승무원을 포함한 모든 승객이 마찬가지였다. 승객들은 비행기의 한쪽 엔진이 꺼진 뒤 추락하기 시작하자 이젠 죽음을 피할 수 없다고 생각하였다. 하지만 그들은 쉽게 죽지 않았다. 그 상태로 네 시간을 더 비행하였던 것이다. 그것은 차라리 죽는 게 낫다고 생각할 만한 미친 비행이었다. 그 네 시간 내내 비행기는 평형을 이루지 못하고 몸을 가누기 어려울 만큼 왼쪽으로 기운 채 하늘을 날았던 것이다. 비행사의 실력이 좋았는지, 아니면 비상시의 전원을 이용하는 기술자만이 알고 있는 비행기법이 있는 것인지, 그것도 아니면 단순히 운이 좋아서였는지는 몰라도 모든 승객들은 카이로가 아닌 예멘의 아덴Aden 공항에 착륙함으로써 아무도 죽지 않았다. 바퀴가 멈추는 순간 어떤 승객들은 환호를 질렀지만 어떤 승객들은 녹초가 되어 기절을 했는지 아예 움직이질 않았다. Jun을 포함한 승객들은 처음 보는 예멘의 소방대와 경찰들을 보며 공항 로비에 집결하였고, 그곳엔 이미 몇 명의 서양기자들이 취재를 하고 있었다. 특히 자이언츠 모자를 쓰고 있던 일본 노인은 들것에 실려 누워 있다는 이유 하나로 사진기자의 스포트라이트를 받았다. 어느 순간 등장한 JAL 관계자는 승객들에게 먹을 것을 제공한 뒤 카이로로 떠날 임시 비행기가 사우디아라비아에서 출발하였으니 몇 시간만 더 기다려 달라 하였고, 일본행 비행기도 비슷한 시각에 도착할 것이라 하였다. 일본행 비행기는 사고로 인한 충격으로 여행을 포기한 사람들을 위해 준비된 것이었다.

Jun은 그로부터 세 시간 쯤 뒤 화장실을 가는 척하며 공항 청사를 빠져나왔다. 공항을 나오는 동안 Jun은 그 누구에게서도 제지를 받지 않았다. 이는 공항의 운영체계에 비춰본다면 있을 수 없는 일이었다. 여기엔 JAL340의 비상착륙으로 인한 어수선함이 한몫했다.

그를 맞아준 것은 인도양의 푸른 바다였다. 어스름히 해가 뜨려는 참이었다. Jun은 바다 냄새를 맡다 뒤를 돌아보았는데 그의 뒤쪽으로는 상상도 하지 못했던 큰 산이 도시를 감싸는 병풍마냥 우뚝 서 있었다. 그는 예멘이라는 나라는 아라비아의 국가답게 국토 전체가 온통 사막으로 뒤덮여 있을 것이라고 생각해왔지만 아덴에는 나무들이 가득한 푸른 산이 있었다.

공항 앞 도로에는 트럭들이 많았다. 그것은 대부분이 일제였다. 간혹 수건 따위를 터번처럼 머리에 두른 예멘인들이 트럭의 짐칸 위에 선 채로 생소한 동양인을 똑같은 표정으로 내려보곤 했는데 Jun은 그들의 시선이 여간 못마땅하지가 않았다. 심지어 도로에서 자전거를 몰고 있는 예멘인들조차 그를 스쳐 지나간 뒤 고개를 돌리고는 Jun을 뚫어져라 쳐다보곤 하였다.

이윽고 항구에 도착했을 때 그는 선주로 보이는 사람을 향해 "지부티! 지부티!"라고 소릴 질렀다. 그의 엉뚱한 행동에 많은 이들이 Jun을 기묘하다는 시선으로 물끄러미 쳐다보았고, 그들의 표정은 이를테면 황당하기 짝이 없다는 것이었다. 그도 그럴 것이 난생 처음 보는 동양인이 무턱대고 지부티를 외쳐대고 있으니 그 누구도 뭐라 대답할 수가 없었을 것이다.

그의 노력이 가상했는지 드디어 한 노인이 그를 손짓으로 불렀고, Jun은 냉큼 검은 얼굴에 하얀 구레나룻이 있는 그에게로 달려가 서쪽을 손짓으로 가리키며 지부티라고 말해주었다. 그러자 노인 역시 한 손으로 손짓을 하며 어서 올라타라는 표시를 하지 않는가. 이로써 그의 당돌한 모험은 성공한 셈이 되었고, 그는 배에 타는 순간 공항에서 사라진 국제적인 실종자가 되었다.

한 가지 걱정은 지부티까지 가겠다는 노인의 배가 연안에서 자그마한 고기나 낚을 수 있는 통통배 정도밖에 되지 않았다는 것이다. 그는 배에 대해 잘 몰랐지만 통통배로는 넓은 바다를 건너 외국에까지 갈 수는 없을 것이라 생각하였다. 혹시나 하는 생각에 Jun은 다시 지부티를 언급하며 정말 지부티로 가는 것이냐고 눈짓을 보냈지만 노인은 그저 고개를 끄덕일 뿐이었다.

역시 그것은 불가능한 일이었다. 노인은 항구에서 20분 정도 바다로 나오더니 그보단 훨씬 믿음이 가는 어선에 배를 갖다 대는 것이었다. 그리고 노인은 위를 향하여 마치 화가 난 듯이 고래고래 소리를 지르기 시작했다. 얼마 지나지 않아 새로운 배의 주인이 갑판에서 바다 쪽으로 머릴 내밀었는데 그는 스무 살도 채 들어 보이지 않는 애송이였다. 그는 웃옷을 입고 있지 않은 채 거무튀튀한 구릿빛 피부를 그대로 대기에 노출시키고 있었다. 노인과 그 애송이는 큰 소리로 얘기를 주고받기 시작했는데 Jun이 느끼기로 그들은 지나치게 오랜 시간 동안 바다 한가운데에서 설전을 벌였다. 알아들을 수 없으니 일이 어떻게 되어가는지도 알 수가 없어 그는 답답할 뿐이었고, 그의 머릿속으로는 이미 오래전 끊은 담배만이 자꾸만 아른거렸다.

노인은 갑작스레 Jun을 돌아보았다. 그리곤 "머니!"라고 말하였다. 공짜는 없었던 것이다. 어쩔 수 없지 않은가. Jun은 지갑 속에서 십 달러짜리 한 장을 꺼내 노인에게 전달했다. 그가 흡족해하길 바랐지만 지갑 속의 달러 뭉치를 얼핏 보았는지 그는 왼손 검지를 들어 한 장을 더 요구했다. 이 역시 어쩔 수 없는 일이었다. 그에게 십 달러를 더 건넨 뒤에는 그리 느낌이 좋지는 않은 미소를 띠고 있는 갑판 위 애송이의 차례가 기다리고 있었는데 그에겐 십 달러로는 성이 안 찰 것이 분명해 오십 달러를 먼저 제시했고 예상대로 통하지가 않자 그는 오십 달러를 더 얹은 뒤 결국엔 백 달러짜리 한 장을 마저 건네었다. 드디어 애송이는 흡족하다는 듯 무어라 중얼거리기 시작했고 노인과 몇 마디를 주고받은 뒤에는 통통배 아래로 낡은 밧줄로 엮은 사다리를 내려주었다.

배에 오르자마자 노인은 통통배를 돌려 아덴항으로 돌아가기 시작했다. 노인은 왔을 때보다 몇 배는 더 빠른 속도로 항구로 향하였다. 멀어지는 노인의 배는 간혹 바다 표면을 뚫고 허공으로 튀어오르는 생선같이 작아져버려 거대한 바다의 웅덩이 속으로 감쪽같이 사라질 것만 같았다.

갑판에서 몇 걸음을 옮겼을 때 Jun은 이 배가 참치를 잡는 어선일 것이라 짐작하게 되었다. 갑판 위로 커다란 참치 몇 마리가 죽어 널브러져 있었던 것이다. 하지만 참치처럼 큰 물고기를 잡는 데에는 많은 인부가 필요할 것이 분명한데 어찌된 일인지 애송이 외에는 보이지가 않았고 그는 항해만 하였지 고기를 낚지는 않았다.

어쨌건 그건 Jun이 상관할 바가 아니었다. 애송이 역시 Jun을 그다지 상관하지 않았다. 그는 우연히 Jun을 만남으로 인해 오늘 하루는 큰 수확을 얻은 셈이었다. 애송이는 기분이 좋아서인지 Jun에게 먹을 것을 주었는데 그것은 냄비처럼 생긴 용기에 삶은 참치였다.

참치를 모두 먹어 해치운 뒤 Jun은 비행기에서의 수면에도 불구하고 극심한 피로를 느끼게 되었다. 그도 그럴 것이 그는 까마득히 높은 하늘에서 추락을 경험하였고 그 몇 시간 뒤에는 인도양의 한가운데에서 참치어선에 실려 지부티라는 낯선 땅으로 가고 있었던 것이다. 애송이가 소형 접이식 침대가 있어 잠을 잘 수 있는 곳으로 그를 안내했을 때 그는 너무 잠이 몰려와 삶은 참치 속에 수면제라도 들어 있었던 것은 아닐까라는 생각을 할 정도였다. 그는 그 외중에도 지부티까지는 몇 시간이 걸리는지, 이 배가 정말로 지부티로 가기는 하는 것인지, 이 애송이가 나의

지갑을 탐내는 것은 아닌지, 따위의 생각을 거듭하고 있었다. 그
래도 일단은 잠을 자는 것이 중요하기에 애송이가 선장실로 향
하는 모습을 보자마자 그는 일이야 어떻게 되든 상관 않는 그의
육체의 지시에 따라 옅은 파도의 움직임을 느끼며 잠 속에 빠져
들었다.

　"지부티! 지부티. 지부티……."

　애송이는 Jun을 깨우며 달리 표현할 길이 없어 지부티를 연달
아 불러댔다. 지부티에 도착했다는 의미였다. Jun은 서둘러 일
어났다. 그리고 밖으로 나와 바다를 내려보았다. 그곳엔 바다가
아닌 지부티의 항구가 있었다. Jun은 하늘을 올려보았는데 태양
은 그의 머리 꼭대기에 있었다. 항구의 건물 북쪽 뒤로는 희끄무
레한 몇 개의 덩어리들이 군데군데 있고 사람들이 삽을 들고는
물레 주변에서 이리저리 걸어다니고 있었다. 자세히 보니 그것
은 염전이었고 물레를 닮은 것은 바닷물을 길어 올리는 수차였
다. Jun의 아래로는 항구의 많은 인부들이 있었다. 그들은 마침
커다란 화물선에서 내려져 지게차로 옮겨지고 있는 짐들을 박스
로 분리해 제각각 어깨에 메고는 줄을 지어 어느 낡은 창고로 향
하고 있었다. 인부들은 짧은 곱슬머리가 머리에 밀착되어 있는
전형적인 아프리카 흑인들이었다. 그들은 예멘에서는 접하지 못
한 인종이었다. 드디어 지부티였다.

　"……."

　지부티항은 아덴의 항구보다 훨씬 규모가 작아 보였다. 지부
티는 수도의 항구에서도 볼 수 있듯 분명 작은 나라였다. 그는

대기로 전해져오는 지부티 특유의 냄새를 느끼고 있었는데 그 향은 오래전 그와 친숙했던 니코틴의 향을 닮아 있기도 하고 비누를 만들 때 사용하는 가성소다 냄새 같기도 한 설명하기가 무척 곤란한 것이었다. 그리고 Jun은 항구 너머 멀리 도심을 바라보며 몇 년 전 보았던 BBC의 다큐멘터리를 떠올려보았다. 인류의 진화를 다룬 그 다큐멘터리는 인류의 조상이 지부티에서 바다를 건너 예멘에 도착하는 위대한 모험을 보여주었다. Jun은 애송이의 배를 타고 예멘에서 지부티까지 온 과정이 조상의 〈위대한 모험〉과는 정반대의 길이었다는 것을 알게 되었다.

부두에 다다른 뒤 그는 애송이와 함께 드디어 지부티의 땅을 밟게 되었다. 애송이와도 헤어질 시간이었다. Jun은 영어로 그의 이름을 물어보았다.

"수파이."

그는 그렇게 말하고는 인부들이 많은 곳으로 웃옷도 걸치지 않은 채 걸어가기 시작했다. 그는 단 한 번도 Jun을 뒤돌아보지 않았다. 수파이는 바다 한가운데에서 Jun을 만나는 행운을 얻었지만 Jun에게도 수파이와의 만남은 크나큰 행운이었다.

Jun은 항구를 빠져나와 지부티의 수도로 걸어나왔다. 그는 도중에 여권을 검사하는 이곳의 공무원을 단 한 사람도 접하지 않았다. 그리고 Jun은 턱수염이 그동안 많이 자라 얼굴이 지저분해졌다는 것을 알게 되었다. 예멘에서 지부티까지 대체 얼마가 걸린 것인지 알 수가 없었다.

거리로 나오자 그는 차도르처럼 생긴 옷을 누더기처럼 걸치고 있는 많은 지부티의 여성들을 접할 수 있었다. 그들은 자전거를 손으로 끌고 가기도 하고 거리에 앉아 생필품과 생선, 소금 따위를 팔기도 하였는데 특이한 것은 남자들이 많이 보이질 않는다는 것이었다. 인접한 항구와는 달리 장사를 하는 이와 걸어다니는 이들 대부분이 여자인 것이 Jun으로서는 잘 이해가 되지 않았다. 그는 이와 같은 모습을 몇 달 전 업무상 방문한 베트남에서도 접한 적이 있었는데 그곳에서는 길거리나 논에서의 노동 대부분을 여자들이 담당하고 있었다.

그는 몇 분 간을 정처 없이 걷다 쓰레기로 뒤덮인 어느 골목에서 그릇, 성냥, 신발 따위의 잡동사니를 파는 남자 노인을 만날 수 있었다. Jun은 그가 남자인 것이 특이했는지 그에게 다가가 안경과 과일을 깎아 먹을 수 있는 칼을 하나 골라 샀고, 그중 칼은 예멘의 통통배를 거쳐 지부티까지 함께 온 서류가방에 넣었다. Jun은 지부티에서 사용하는 화폐 단위를 알 수 없어 간단히 지폐 한 장으로 거래를 끝냈다. 그리곤 혹시 필요할 수도 있을 것 같아 그는 1달러를 동전으로 교환하였다. 소처럼 생긴 동물이 그려져 있고 단위가 5F라고 되어 있는 동전 스무 개를 받을 수 있었다. 그리곤 차를 한 대 구입하였는데 이마저도 아주 순식간에 이뤄졌다. Jun은 범퍼의 닛산이라는 글자가 돋보이는 낡아 빠진 회색 지프차에서 입을 벌린 채 잠을 자고 있던 젊은 흑인남자를 우연히 발견했다. 그에게 다가가 잠을 깨운 뒤 7백 달러를 건네주니 닛산은 바로 Jun의 소유가 되었다.

'수파이.'

Jun은 생각하였다.

'일을 예정대로 마치면 지금부터 몇 시간 안이면 충분할 것이다. 수파이에게 미리 약속을 잡아놓을 것을 그랬구나. 왔던 길을 거꾸로 해서 다시 예멘으로 들어가고 다시 공항 로비로 가면 완벽하지 않은가. 그쯤 되면 내가 지부티에 왔다는 것은 아무도 모를 것이고 난 잠시 실종되었다가 발견된 것밖에 되지 않을 것이다.'

그가 만약 정상적으로 카이로에 도착한 뒤 지부티로 향했다면 그의 여권을 통해 모든 경로가 기록될 것이니 낯선 땅 지부티에서 일어날 사건에 대해서도 충분히 의심을 받을 소지가 있었다. 하지만 이젠 그럴 가능성은 사라졌다. Jun이 지부티에 있다는 것은 수파이밖에 모르지만 수파이는 Jun이 누군지 모른다. JAL340의 추락과 비상착륙은 Jun에게는 더할 나위 없이 좋은 시나리오를 제공했다.

Jun은 닛산에서 내려 호텔로 향했다. 도중 늙은 흑인 여인이 고사리를 닮은 식물을 가리키며 사라는 듯 Jun을 향해 무어라 말하였다. Jun은 그녀를 힐끗 내려보았다. 그녀는 햇빛에 얼굴을 찡그리며 Jun을 보고 있었는데 가망이 없다고 생각했는지 이내 고개를 돌려 원피스 수영복을 입은 서양 여자에게 말을 걸기 시작했다.

호텔 입구로 향하는 곳에는 노란색의 페인트를 칠한 뒤 벽돌처럼 모양을 낸 특이한 아스팔트길이 있었다. 그 길은 호텔로 들어가는 차가 헷갈리지 않도록 라운지의 정문 입구까지 이어져 있었다. 그리고 Jun은 J가 알려준 전화번호가 적힌 쪽지를 꺼내

번호를 누르기 시작했다. 노란 벽돌길의 시작 지점에 공중전화가 있었던 것이다.

신호가 한 번 울리자 젊은 여직원으로 보이는 이가 전화를 받았다. 하지만 그녀는 프랑스어를 사용했다. Jun은 영어를 할 수 있느냐고 물어보았다.

"호텔 지부티 쉐라톤은 언제나 당신의 소중한 친구입니다. 무엇을 도와드릴까요?"

그녀는 그 즉시 영어를 구사하기 시작했다. Jun은 지배인을 바꿔달라 하였다. 그러자 곧 지배인이 나타났고 그는 전화기에 동전 두 개를 더 넣었다.

"호텔 지부티 쉐라톤은 언제나 당신의 소중한 친구입니다. 무엇을 도와드릴까요?"

전화를 돌려받자마자 그는 여직원이 한 말과 글자 하나 다르지 않은 말로 Jun에게 인사하였다. J의 편지대로라면 그는 프랑스 사람이었다. Jun은 호텔에 투숙하고 있는 J와 통화를 하고 싶다고 하였고, J는 동양인이라고 말하는 것을 잊지 않았다.

"아! 그렇습니까?"

그 동양인이라는 말에 지배인은 모든 것을 알았다는 듯 그렇게 말하였다. Jun은 지배인의 다음 말이 무척이나 궁금하였는데 지배인은 J가 며칠 전 이곳을 떠났다고 말할 수도 있었고, 전화를 돌릴 테니 잠시 기다리라고 할 수도 있었다.

"지금 위에서 휴식을 취하고 있으니 잠시 기다려주시겠습니까?"

　지배인의 말은 참으로 다행이었지만 자칫하면 동전이 다 되어 통화가 끊길 뻔하였다. Jun은 서둘러 동전 여러 개를 다시 밀어 넣었다.

　J에게 전화를 돌리는 동안 수화기에선 음악이 흘러나왔다. 그것은 브라질 삼바축제 때나 들을 수 있는 노래로 콩가 따위에 속하는 타악기 소리가 특히 돋보였다. 동전은 그 와중에도 전화기에서 사라졌다. 첨벙거리는 물소리에 Jun은 호텔 쪽을 바라보았다. 수영장의 서양 남녀 커플이 다이빙을 하고 있었다.

　"Jun?"

　J였다.

　"……."

　드디어 J가 나타났다. 그는 대뜸 Jun이냐고 묻고 있었다. 외부에서 전화를 걸 사람은 Jun 외에는 아무도 없다는 얘기였다.

　"그래, 나 Jun이다."

　Jun은 대답했다. 그러자 기다렸다는 듯 J가 그의 말을 가로챘다.

　"자네……."

　"……."

　"왜 그렇게 연락이 없었던 거지? 지금 어디야?"

　"호텔 앞이야."

　"뭐?"

　"빨리 나와."

　Jun은 서둘러 수화기를 내려놓았다. 그는 곧장 닛산을 향해

가기 시작했고 원피스 수영복 여자와 흥정을 끝낸 노파를 지나 지프차에 이르렀다. 그런데 뒤돌아 그 노파를 보니 담배를 피우고 있지 않은가. 그 모습을 잠시 보던 Jun은 노파에게 다가갔다. 그리고 쪼그려 앉아 달러 한 장을 건넨 뒤 담배를 달라는 표시를 하였다. 노파는 돈을 받아들더니 담배를 그에게 건넸고 성냥을 그어 불까지 붙여주었다. 그는 폐 깊숙이 담배연기와 성냥에서 나오는 유황 연기를 같이 빨아 마시며 일어났다. 그리고 쉐라톤 호텔과 수영장의 외국인들을 바라보며 다시 연기를 내뱉었다.

지프차의 운전석에 앉아 있으니 멀리 J가 입구 쪽으로 걸어오는 것이 보였다. J는 푸른 러닝셔츠에 노랗고 빨간 꽃이 그려져 있는 트렁크 바지를 입고 있었다. J는 그의 편지에서 이젠 지쳐서 돌아가고 싶다고 하였는데 Jun이 보기에 J는 휴가를 즐기는 여유로운 휴양객일 뿐이었다. 그는 노란 벽돌 길 위에서 Jun이 어디에 있는지 알아보려는 표정이 분명하였는데 지프차에 있는 Jun을 발견할 수 없을 뿐더러 혹시 보더라도 달라진 외모 때문에 그가 Jun이라는 확신을 갖지 못할 것이었다. 그 사정을 알고 Jun은 클랙슨을 울려 J의 시선을 닛산 지프차로 향하게 하려 했다. 그런데 몇 번을 눌러도 클랙슨은 울리지 않았다. 할 수 없이 Jun은 열려 있는 창을 통해 J를 불렀다.

"이봐, 친구. 여기야!"

그제야 J는 목표물을 찾았다는 듯 한쪽 손을 들어 Jun에게 그곳으로 가겠다는 표시를 했다. 그는 반갑다는 듯 웃고 있었다.

J가 차에 이르렀을 때 그는 곧장 문을 열고 탈 생각은 않은 채

모든 것이 신기하다는 표정으로, 특히 Jun의 턱수염이 터무니없다는 표정으로 허리를 구부정히 한 채 바라보았는데 Jun은 그런 그를 물끄러미 쳐다보기만 하였다. Jun은 마지막으로 연기를 내뱉은 뒤 꽁초를 밖으로 내던졌다.

"Jun, 도대체 어떻게 된……."

J는 지프차에 오르며 그렇게 말하였고 그리곤 문을 닫았다. 문을 닫으며 하던 말을 마쳐야 했지만 그는 그러질 못했다. Jun이 휘두른 칼이 그의 심장 깊숙이 들어와 있었던 것이다. 그는 갑작스레 일어난 일을 이해할 수 없어 Jun을 바라보았는데 Jun 역시 J를 보고 있었다. Jun은 그의 표정의 이상함을 읽었고 이대로는 안 되겠다 싶어 칼을 빼 복부 한 중간을 다시 찔렀다.

"……."

"……."

J는 심장을 다쳐서인지 그의 의지와는 달리 아무런 소리도 낼 수가 없었다. 그는 복부에서 빠져 나온 칼이 다시 그의 심장을 찌르는 모습을 지켜보기만 하였다.

"……."

"……."

J는 분명 Jun에게 어떻게 지부티까지 오게 되었느냐고 물어보았을 것이다. 그런 후에는 이곳까지 오게 된 과정과 비행기편을 물어볼 것이 뻔했고, 그 다음엔 수염에 대해 말을 했을 것이다. 그는 50만 달러에 대해서도 궁금해 할 것이다. 하지만 Jun은 그의 목표가 있는 이상 J의 말을 듣고 있을 이유가 전혀 없다고 생

각했다. 곧 사라질 J의 말에 의미라는 것이 있을 수 없었다.

Jun은 J의 살 속에서 다시 칼을 빼냈고 가슴의 오른쪽과 왼쪽을 몇 번 더 찌른 뒤 이번에는 목을 찔러 한쪽으로 그어버렸다.

그러자 J는 사람이 아닌 포유류에 속하는 어떤 동물이 낼 법한 괴상한 소리를 내곤 움직이지 않았는데 문제는 목에서 너무 많은 피가 솟구쳐 나와 앞유리는 물론 Jun의 옷에까지 튀었다는 것이었다.

Jun은 이 정도면 충분하다고 판단했고 마냥 호텔 앞에만 있을 수 없다고 생각하고는 지프차의 시동을 걸었다. 그는 얼핏 밖의 풍경을 둘러보았는데 Jun을 상관하는 자는 아무도 없었다. 담배를 건넨 노파는 또 다른 담배를 피우며 외국인을 상대하고 있었다. Jun은 그 일상적인 분위기가 어쩐지 기묘하다고 생각했고 수영장과 호텔의 주차장을 바라보다 햇볕 때문인지 코가 간지러워 하늘을 한번 올려보았는데 하늘엔 움직이지도 않는 듯한 태양만이 허공의 꼭대기에서 그를 내려보고 있었다.

'우선은 여길 빠져나가자. 도시를 벗어나면 시골과 산이 나올 것이다. 그곳에서 J를 묻고 다시 항구로 돌아가 그대로 떠나는 거다.'

Jun은 수파이를 떠올렸다. 그는 모든 것이 그의 생각대로, 그것도 너무도 완벽히 결론지어졌다고 생각하였다. 그는 서서히 출발하며 머리를 창 쪽으로 처박은 채 움직이지 않는 J를 한번 더 바라보았다. 그리고는 다시 앞을 바라보았는데 어느새 지프차 정면으로는 과일이 가득 든 바구니를 머리에 얹은 지부티의

여성들이 시장이라도 가는 듯 서로 웅성대며 도로 한쪽 차선을
가득 채우고 있었다. 어떤 여인은 Jun의 차와 너무 가까이서 걸
어 그녀의 헐렁한 옷깃이 안테나를 스쳤다. 그곳은 쉐라톤 호텔
과 멀지 않은 곳임에도 호텔의 한적함과는 전혀 어울리지 않는
다른 분위기의 장소였다. 그들로 인해 속력을 내지 못하던 Jun
은 드디어 우측 한편으로 나 있는 큰 길을 발견하였다. 우회전을
하니 얼마 안 가 4차선의 뻥 뚫린 도로가 갑작스레 나타났다. 아
스팔트의 새카만 색과 윤기를 통해 Jun은 이 길이 포장된 지 얼
마 되지 않았을 것이라 짐작하였다. 도로 양쪽으로는 야자수가
늘어서 있었는데 일정한 간격으로 심어진 푸른 야자수는 Jun으
로 하여금 원근법을 잘 활용한 어느 미술작품을 떠올리게 하였
다. 신기한 것은 왕래하는 자동차가 없다는 것이었다. 아무런 장
애물이 없으니 Jun은 그의 뜻대로 마구 달릴 수 있었다. 뜨거운
태양 아래 공항의 귀빈을 맞아주는 카펫처럼 멀리 지평선까지
펼쳐진 아스팔트 도로는 Jun의 가슴을 활짝 열어젖히며 원하는
만큼 자유로이 속도를 내어도 그 누구도 간섭할 자는 없다고 말
하고 있는 것만 같았다.

발굴

I

　김 차장의 업무와 하루 일과는 이미 2년 전에 지점 기획팀에
의해 결정된 것이었다. 그는 그 계획표에 따라 출근과 퇴근을 되
풀이했으며 지금까지 어떤 인적 사고나 행정상의 착오 하나 없
이 모든 일을 진행시켜왔다. 그의 업무와 일상은 앞으로 최소한
일 년 뒤까지는 정확히 내다볼 수 있었는데 김 차장의 미래는 그
어떤 유명한 점술가보다 그 자신이 더 정확히 예측할 수 있었다.
　적어도 오늘 오전까지는 그랬다.
　점심을 먹고 양치를 하고, 컴퓨터를 통해 딸과 함께 저녁을 먹
으려는 레스토랑 '도무스Domus'의 홈페이지를 보려는 순간 걸
려온 전화가 문제였다.

"김 차장님, 전화 왔습니다."

경리 아가씨였다. 그녀의 나른한 목소리에 김 차장은 왠지 언제나 마주하기 싫은 최 소장의 전화일 것 같다는 생각이 들었다.

"현장에 최 소장님인데요."

현장이 운영되는 동안만 임시로 고용된 경리 아가씨는 언제나 그렇듯 버튼을 눌러 김 차장에게 전화를 돌리고 있었다. 패널로 지은 조립식 가건물의 창문을 통해 책상 위로 어제처럼 가을햇살이 비치던 너무도 평범한 오후였다. 그 햇살에 김 차장은 아주 잠시 얼굴을 찌푸렸다.

"최 소장님인가요? 점심은 먹었습니까?"

그는 내선으로 돌려진 전화를 받자마자 특별한 인사 대신 식사 얘기를 꺼냈다. 그것은 관례였다. 그리고 컴퓨터의 마우스를 아래로 내려 레스토랑의 구조와 음식의 종류를 하나하나 살펴보기 시작했다. 런던브로일이라는 쇠고기 음식 사진이 눈에 들어왔다.

"네. 식사는 했습니다."

예상대로 최 소장은 그렇게 말하였다. 수화기를 통해 사람들이 웅성거리는 소리가 들려오는 것으로 보아 최 소장은 사무실이 아닌 공사현장에 있는 듯했다.

"……"

김 차장은 상대가 자신에게 점심을 먹었냐고 묻지 않자 이번엔 점심으로 무엇을 먹었느냐고 말하려 했다. 이 절차는 그가 의도하지 않아도 이미 몸 속 어딘가에 프로그램 되어 있는 것처럼 그의 입에서 자동적으로 나오는 것들이었다. 그런데 김 차장이 막 꺼내려는 말을 이미 알고 있고 그 말은 들을 필요도 없다는 것처럼 최 소장은 엉뚱한 얘길 하기 시작했다.

"차장님, 불도저 기사가 터 파기하다가 뭔가를 발견했는데……."

점심 얘기가 이렇게 간단히 끝이 났으니 업무 이야기가 나올 차례이기도 했다. 그리고 김 차장은 어린이메뉴 코너로 들어갔다.

"……군인 같습니다."

키드 잭 다니엘 럽이라는 음식사진이 보였다.

군인?

그가 듣기로 최 소장은 방금 군인을 발견했다고 말하고 있었다.

"네? 뭐라고 하셨죠?"

잘 안 들린다는 듯, 김 차장은 말하였다. 그러자 최 소장이 대답하였다.

"지금, 하수도 인입공사하고 있잖습니까."

"……."

"거기서……, 유골이 나왔습니다."

"……."

"군인 같습니다."

최 소장은 이번엔 유골이라는 말까지 언급하였다. 모니터에 펼쳐져 있던 여러 맛깔스런 양식 스타일의 음식들이 김 차장의 눈동자에서 아주 짧은 순간 동안 어딘가로 사라져버렸다. 잠시 그는 아무런 생각도 떠올릴 수 없었다. 군인과 유골이라는 말은 참으로 황당하기 그지없는 뜻밖의 말이었던 것이다.

"……."

곧, 그 엉뚱한 말에 김 차장은 대체 그게 무슨 소리냐고 다시 한번 물어보려 했는데 최 소장은 이번에도 그럴 여유를 주지 않았다.

"지금 현장에 나와봐야겠습니다."

현장까지는 차로 불과 삼 분 거리였다.

공사公社는 대구광역시의 북쪽 구역에 대규모의 택지를 개발 중이었고 김 차장은 전체 택지개발지구를 총괄하는 팀의 가건물 사무소에서 업무를 보고 있었다. 최 소장은 그중 제3택지개발지구를 맡고 있었으며 그곳은 다른 가건물을 임시로 사용하고 있었고 걸어가도 채 십 분이 걸리지 않는 곳이었다.

운전을 하는 동안 김 차장의 머리는 여러 가지 생각으로 뒤죽박죽이었다.

군인이라니…….

그러고 보니 최 소장에게 제대로 물어보지도 못했다. 대체 군인 누구란 말인가. 군인이 그곳에 왜 누워 있으며 왜 하필 오늘, 내가 직접적으로 관여하는 현장에서 발견된단 말인가. 군인이라면 지금 현재의 군인인가, 아니면 조선시대의 군인인가……. 전화상으로 그것조차 확인하질 못했다. 다양한 이유로 문제가 복잡해질 수 있었다. 그가 알기로 공사 도중 문화재가 발견된다면 관계법령에 따라 즉시 공사를 중지하고 시청의 문화재위원회에 신고를 하게끔 되어 있었다. 만약 그렇게 된다면 모든 공사 일정에 차질이 빚어질 수밖에 없는데 이는 회사로서도 큰 손실이 아닐 수 없었다. 택지는 일반 민영건설업체에 입찰을 통해 분양하게끔 되어 있었고 공개입찰은 불과 한 달 뒤였다. 문화재위원회의 조사가 이뤄지고 그 기간이 예상보다 길어진다면 일정을 변경할 수도 있을 것이고, 입찰이 예정대로 이뤄진다 하여도 정해진 기간 중에 사업을 계획하고 있는 민영업체는 토지를 사용할 수 있는 시기가 연기될 수 있다는 사실을 알게 될 때 참여를 주저할 것이다. 더군다나 예상보다 소수의 업체가 참여한다면 낙찰가가 떨어질 수도 있다. 아파트를 분양받게 될 입주자들이 군인의 사체가 발견되었다는 것을 알게 된다면 입주를 주저할 수 있을 것이고, 이로 인해 청약자가 적어진다면 입찰 참여 업체가 줄어들 수 있다는 것은 괜한 걱정이 아닐 것이다.

그런데 군인의 사체라면 그것은 문화재가 아니고 단순한 사체일 것이다. 이런 경우는 그는 겪어보지 못하였고 회사의 상사들로부터 들어본 적도 없었다. 지점의 류 부장이 비슷한 경우를 당해봤다는 얘기는 들어봤지만 분명 이런 문제는 아니었다. 처리 절차를 알 수 없었던 것이다. 단순한 사체라면 문화재위원회가 아닌 경찰이 나서서 형사사건으로 처리해야 하지 않을까? 그렇다면 시청의 공무원이 아니라 경찰서의 공무원들이 나와야 할 것이다. 그런데 혹시……

　　"……"

　그는 대구시의 북쪽 외곽으로 몇 년 전 옮겨 온 육군 50사단 사령부를 떠올렸다. 그곳은 택지개발지구에서 사단의 정문과 사단 내 장교숙소가 보일 만큼 가까운 거리에 있었다. 그가 떠올린 것은 50사단의 병사였다. TV를 자주 접하던 시절 그는 뉴스를 통해 오래전 군대 내에서 숨진 사병의 사망원인이 자살로 되어 있다가 최근의 조사에서 구타로 인한 것으로 밝혀졌다는 등의 사건을 접한 적이 있었다. 만약, 누군가에 의해 죽임을 당하고 그곳에 암매장당한 것이라면, 그렇다면 말로만 듣던 대통령 소속의 의문사진상규명위원회의 위원과 국방부 감찰단으로부터 조사를 받아야 하는 것일까? 이런 경우는 행정적으로 어떻게 처리해야 하는가.

　아니, 또 한 가지의 경우를 들 수 있었다. 처음에 생각했던 대로 군인이 현재의 군인이 아니고 조선시대나 그 이전 시대의 군인이라면? 그렇게 된다면 의문사진상규명위원회나 국방부 직원은 아무런 필요도 없게 되고 역사를 전공하는 대학교수나 아무것도 모르는 시청 공무원만 필요할 것이다. 물론, 시청 공무원은 뒷짐만 지고 있다가 서류 작성만 해주고 우리에게 전문가라도 된 듯한 말투로 전화만 해댈 것이다.

　그리고 마지막으로 한 가지 문제는, 바로 오늘 저녁 딸 지희와 함께 하기로 한 저녁 약속이었다. 제때 퇴근할 수 있을지 알 수 없었기 때문이다.

　'왜 하필 나란 말이야?'

　그것이 가장 큰 문제였다. 그가 생각해낸 여러 경우 모두가 사업 진행에 막대한 피해를 줄 수 있는 것들이었다.

'1지구, 2지구는 아무 문제도 없더니 내가 하는 3지구에만 결국 이상한 문제가 생기는군. 이 차장하고 박 차장은 능력도 별반 없는 것들이 1, 2지구 맡아서 분양도 잘하고 인사과에 잘 보이더니, 젠장, 왜 이런 문제가 생기는 거지? 처음 겪는 일이라 처리를 제대로 못할 것만 같은데……, 장차 부장이 될 수나 있을는지 모르겠군.'

현장의 출입구가 보이고 있었다.

인도 위의 어느 사십대 여자가 그를 못마땅하다는 눈빛으로 바라보고 있었다. 잠시 눈이 마주쳤지만 그의 자가용은 이내 우회전을 하여 입구 쪽으로 향했다. 그곳엔 늙은 경비원 한 명이 먼지가 나지 말라며 물을 뿌리고 있었다. 우회전 바로 직전에 그는 백미러를 통해 얼핏 뒤쪽의 차를 살폈는데 차는 한 대도 없고 그 위로 빨간불이 켜진 신호등만 있었다. 신호위반을 했다는 것을 김 차장은 그제야 알았다. 주차를 하고 차에서 내린 뒤 멀리 인부들이 모여 있는 현장을 보니 사십대 후반에 백발이 되어버린 류 부장이 불도저 옆에 서 있었다. 김 차장이 알기로 지금 그는 지점 기획팀 사무실에서 신문을 뒤적거리며 있어야 하는데 어떻게 된 것이 자기보다 키가 두 뼘은 작은 최 소장 옆에서 그의 설명을 들으며 연신 고개를 끄덕이고 있었다.

그 장면을 본 김 차장의 머릿속은 이미 모든 결론을 내린 상태였다. 최 소장이 먼저 류 부장에게 사실을 알린 것이다. 직급이 한 단계 아래인 최 소장은 먼저 자신에게 알린 뒤 현장을 둘러보게 하고 차장이라는 직급으로 직접 류 부장에게 사실을 알리게 해야 이른바 회사의 체계라 할 수 있을 것이다. 하지만 이젠 그런 것도 없었다. 류 부장이 현장에 오려면 차로 한 시간은 족히 걸리니 이미 한참 전에 전화연락이 되었다는 것이고, 그로부터 많은 시간이 흐른 뒤에야 최 소장은 급하다는 듯이 자신에게 전화를 걸었던 것이다.

언젠가부터 그는 아래 직원들이 자신을 거치지 않고 바로 윗단계 선으로 보고를 하고 있다는 느낌을 받았는데 이런 경우는 이틀 전에도 있었다.

"김 차장, 현장에서 전도금 문제로 왜 그렇게 시끄러운 건가? 직원들끼리 왜 그래? 누군 카드 들고 다니면서 흥청망청 술이나 퍼 마시고, 누군 돈 몇백 원 때문에 잔소리 듣고, 그런 얘기가 왜 자꾸 들리는 거야? 누구는 명세서 조작해서 가짜 영수증 올린다는데, 최 소장은 잘 모르는 것 같던데 그게 대체 누구야?"

류 부장의 전화를 받고도 그는 아는 사실이 없어 아무런 대답도 해줄 수 없었다.

근래에 들어, 김 차장은 자신도 알 수 없는 어떤 이상야릇한 기분으로 의기소침해 있던 것이 사실이었다. 중요한 사업인 것을 알고 있고, 또 지금까지 어떤 실수가 있었던 것은 아니었지만 그는 최근 자신의 가슴 어느 구석에서 아주 중요한 무엇인가가 하늘로 증발해버린 듯 한 공허함을 느끼고 있었다. 하지만 여기엔 특정한 이유가 아무 것도 없었다. 만약 사십대의 나이가 아니고 이십대의 나이라면 어울릴 수 있는 단어가 '외로움' 정도일까. 외로움이라는 감정에 가까운 그 무엇이었는데, 그는 일을 기계처럼 처리한다는 느낌을 받고 있었고 오로지 떠오르는 이는 딸 지희뿐이었다. 아마 이런 분위기를 주변의 직원들도 느끼고 있었는지 그를 이상하게 보는 듯한 눈치가 많아지더니 이젠 어느새 보고체계까지 무시하여 자신을 등한시하려 드는 것 같았다.

"어이, 김 차장!"

자신을 발견했는지 류 부장은 걸음을 재촉하라는 듯 손을 들어 까딱까딱 흔들어 보였다. 최 소장은 그의 설명이 끊겨 기분이 나빴는지, 아니면 햇빛 때문인지 얼굴을 찡그려 좁은 이마에 주름을 만들었다.

"빨리 와서 여길 보라고."

류 부장의 말대로 김 차장은 재빨리 걸어 그에게 다가갔다.

"……."

그곳에 다가가자마자 그는 불도저가 파놓은 구덩이를 내려보았다. 그리고 김 차장은 하마터면 저게 뭐냐고 물을 뻔했다. 이곳까지 오는 동안 머릿속에서 그렸던 모습과는 판이하게 다른 장면이 구덩이 속에 있었던 것이다. 그는 군인이라고 해서 파란 군복에 철모를 쓴 유골 비슷한 것들이 있을 거라 생각했다. 그런데 그의 밑에는 찢어진 헝겊 조각 같은 것들이 몇십 년 간 땅속에 있었던 듯 한군데 엉켜 있고 사람의 것인지 동물의 것인지 알 수 없는 뼛조각들, 그리고 여러 녹슨 쇳조각들이 군데군데 있을 뿐 도무지 군인의 것이라고는 생각할 수가 없었다.

"해골이 세 개가 나왔어. 저쪽을 보라고."

김 차장의 실망감을 알기라도 한 듯 류 부장은 불도저의 캐터필러 쪽을 가리켰다. 그곳엔 작업 중 파낸 흙더미와 함께 부장의 말대로 세 개의 해골이 녹슨 권총 세 자루와 함께 나란히 놓여 있었다.

류 부장은 헛기침을 하고는 담배를 꺼내 물었다. 최 소장 역시 담배를 꺼내 피우기 시작했다.

물을 뿌리던 경비원이 상황이 궁금한 듯 터벅터벅, 인부들을 향해 걸어왔다.

"학원 다녀와서 배고프면 냉장고에 샌드위치 있으니까 그거 먹어, 응? ……오늘도 좀 늦을 것 같다."

삼 일 동안 똑같은 얘기를 하는 것만 같았다. 오늘도 야근임에 분명하기에 미리 말해두는 것이었다. 딸 지희는 도무스에는 차라리 친구들과 같이 가는 게 나을 것 같다고 말했다. 김 차장은 벌써 열두 살이 된 딸의 말에 그저 소리 없이 웃고 말았다.

그 삼 일 동안 세 개의 해골이 김 차장의 머릿속에서 떠나질 않았다. 인간의 해골이 자신의 현장에서 발굴된 것이다. 더 이상의 어떤 설명도 필요 없었다. 다른 이들이 맡았던 현장에서는 없었던 일이 유독 자신의 현장에서 발생한다는 것 자체가 그들과 자신의 차이를 말해주는 것이라고 그는 생각하고 있었다.

유골이 발견되고 바로 다음 날 하필 점심시간에 맞춰 최 소장보다 키가 더 작은 시청의 공무원이 노트를 한 권 들고 나타났다. 류 부장이 그에게 전화를 했던 것인데 그는 문화재위원회 소속의 박 주사라는 사람이었다.

부장은 삼 일 전 현장을 둘러본 뒤 김 차장과 최 소장을 따로 사무실에 불러 모으고는 우선 입단속을 시켰었다.

"밑에 사람들도 입 조심하라고 하고……."

라고 말하며 그는 녹차를 한 잔 들이켰다. 그리고는 김 차장을 보더니 담배가 있냐고 물어보았다. 김 차장은 담배를 건넸고 최 소장은 주머니의 라이터를 꺼내 두 손으로 불을 붙여주었다. 그는 소문난 골초였다.

"완전히 우리끼리 감출 수는 없을 테니, 내가 시청에 연락은 해보겠지만, 정식으로 공문을 만들지는 말고, 일단은 구두 상으로 통보할 거니까……, 나머지는 내가 알아서 할 테니 입조심만 하자고."

"……."

"공문은 안 만들더라도 회사 내부적으로 보고서는 작성할 필요가 있으니까 상황 돌아가는 것 보고 자네들 둘 중 한 명은 대외비용으로 보고서를 하나 만들어서 나중에 결재를 한번 올려보게. 알고 보면 별 것 아닌데 괜히 일 크게 만들어서 손해볼 일은 없잖아. 안 그래?"

부장의 연락을 받고 현장에 나온 사람이 난쟁이 같은 박 주사였고, 그는 어울리지 않게도 빨간 테의 도수 높은 안경을 쓰고 있었다. 그는 배가 고프다며 우선 밥부터 먹자고 하였다. 그리고 식사 후에는 현장을 한번 둘러보긴 했지만 전문가적인 식견이 부족한 것인지, 아니면 시청 공무원의 업무에서 벗어난 것이기 때문인지는 몰라도 이틀 뒤 관계자들을 소집해 다시 방문하기로 하였다.

그 이틀 뒤가 바로 오늘이었는데 박 주사는 뜻밖에도 각 계의 전문가를 무려 열한 명이나 데리고 왔다. 그 시간이 오후 두 시였고 가을비가 내릴 듯 말 듯하는 침침한 날씨였다.

박 주사는 사람들을 일일이 소개시켜주는 것 대신에 A4용지 한 장을 참석자들에게 돌렸다. 그곳에는, 대구시청 문화재위원회 이영호 과장, 대구시청 건축과장 추전, 국방부 정훈기획관실 양정윤 소령, 국방부 획득정책관실 조진철 대위, 육군 50사단 감사실 임낙진 소령, 구본근 중위, 문화재청 문화재기획과 진문기 계장, 대통령소속 의문사진상규명위원회 특별조사과 조사 1팀 팀장 박태순, 주임 한희철, 경북대학교 박물관 행정실장 최주룡, 이라고 적혀 있었다. 종이에는 한 명이 빠져 있었는데 그는 NIKON 로고가 붙어 있는 카메라 가방을 들고 있던 매일신문 김경덕 기자였다. 이렇게 해서 모두 열한 명이고 박 주사와 나머지 공사 직원까지 합하면 스무 명 가까이 되었다. 그들 모두가 찌뿌드한 하늘 아래 뒷짐을 진 채 일부러 반원이라도 만든 듯이 둥그렇게 모여 있었다.

김 차장은 이들 중엔 직장이 서울인 사람들도 있는데 단 이틀 만에 이렇게 모일 수 있었다는 것이 놀라웠지만 잠시 후에는 이들은 직장에서 그다지 할 일이 없기 때문일 것이라고 스스로 결론을 내렸다. 군복을 입고 있는 사람들 중엔 획득정책관실이라는 곳에서 일하는 사람도 있었는데 획득정책이란 것이 뭔지, 지금 이 일과 대체 무슨 관계가 있는 것인지 김 차장은 도무지 알 수가 없었다.

또 한 가지 황당한 것은 입조심하라며 몇 번을 당부하던 류 부장이었다. 입조심은커녕 이미 모든 사실이 퍼져 전국의 전문가들이 모여 있었고, 심지어 류 부장이 평소에 탐을 냈었던 니콘 카메라를 든 신문기자도 와 있었다. 무얼 하자는 것인지 대체 알 수가 없었다.

발굴된 유골과 옷가지, 총기류 등은 현장의 창고 깊숙한 곳에서 꺼낸 꾀죄죄한 텐트 아래에 있었고 누군가가 그곳에 지게차 용으로 쓰이는 플라스틱 팔레트 여러 개를 연결해놓았다. 그 위에 기다란 흰색 천을 덮은 뒤 유골은 유골대로 모아놓았고 옷가지, 총기류 등도 구분하여 정리해놓았다.

대략적인 설명은 현장 직원이 아닌 손님을 초빙한 시청 문화재위원회의 박 주사가 담당했다. 박 주사는 발견된 일시와 발견 경위, 발견물의 종류에 대해서만 언급을 했다. 이는 현재로서는 누가 박 주사의 역할을 맡더라도 그 이상의 설명은 어려운 것이었다.

박 주사는 짧은 설명을 모두 마친 뒤 아주 잠시 몇 초 동안 아무런 말도 없이 서 있었다. 그는 그동안 빨간 테의 안경알을 만지작거렸다. 분위기를 파악했는지 가장 먼저 입을 연 것은 건축과 추 과장이었다.

"저기 사진 한 장 있는 것 같은데……."

뭔가를 더 말하려 함이 분명한데 50사단에서 온 임 소령이 추 과장의 말을 끊고 말았다. 김 차장을 제외한 다른 이들은 추 과장의 말을 아예 듣지도 못했다.

"이 총 말이야, 총신하고 손잡이 각도 보니까 아무래도 일제 같은데 말이야."

모두의 시선이 임 소령으로 옮겨갔고, 그 시선들은 그가 보고 있던 권총으로 이어졌다. 권총은 찢겨진 헝겊 따위의 옷가지들 속에서 그나마 원형이 잘 보관된 상태로 발견된 것이었다. 그곳을 향해 김경덕 기자가 들고 있던 니콘의 플래시가 번쩍였다. 임 소령과 함께 온 구 중위는 쪼그려 앉아 권총 가까이에 다가갔지만 그는 이 분야의 전문가가 아닌지 그저 무표정한 얼굴로 내려다보고는 아무런 대답도 하지 않았다.

"아는 일본 사람이 있는데 그 사람은 알려나 모르겠네. 만약 그렇다면, 일제 강점기 때 순사라도 되는 걸까요?"

이는 의문사진상규명위원회 소속 위원의 말이었다. 그는 이 말 한마디로 자신들은 이번 발굴사건과 아무 관련이 없게 될 것임을 스스로 밝힌 셈이었다.

"알 수 없죠. 그럴 수도 있겠지만 육이오 때 이남이나 이북이나 일제 무기 많이 썼으니까 아무래도 이쪽이 가능성이 더 높겠죠."

임 소령은 한국전쟁 때의 군인 희생자에 무게를 두었다.

"서울에서 내려오신 분들은 아실지 모르겠지만, 여기서 국도 타고 차로 이십 분만 북쪽으로 올라가면 다부동전적기념관이 있습니다. 육이오 때 다부동 전투라고 모두 들어보셨죠? 아군인지 적군인지는 아직 몰라도 그때 희생된 군인일 겁니다."

"학도병들 많이 동원된 그 전투 말예요?"

무거워 보이는 휴대폰을 목에 걸고 있는 문화재청 진 계장의 말이었다. 그 역시 다음 조사 때는 나오지 않을 가능성이 높아졌다.

"맞습니다. 그때 어린 학생들 많이 죽었죠."

임 소령이 대답해주었고, 그의 말에 김 차장은 근처의 사단에서 발생하여 그동안 숨겨져온 지저분하고도 복잡한 문제는 아닐 것 같아 그나마 다행이라고 생각하고 있었다.

"이럴 줄 알았으면 최 대위를 데려올 걸 그랬는데 말이야."

이는 임 소령이 구 중위에게 하는 말이었다.

"우리 사단본부에 최 대위라고 있는데 전쟁사와 무기와 관련된 공부를 많이 해서 이 분야엔 전국 최고라 할 만한 인재가 있어요. 아마 이걸 보면 답을 내릴 수 있을 것 같은데, 구 중위, 지금 연락 한번 해보겠나?"

그러자 구 중위는 박 주사를 한번 보더니 바지주머니에서 휴대폰을 꺼내 통화를 하기 시작했다. 그는 무슨 죄라도 지은 것처럼 조용히 얘기하여 다른 이들은 그의 통화를 들을 수 없었다. 그동안 추 과장은 쪼그려 앉아 옷가지들을 기웃거렸고 서울에서 내려온 몇 명의 손님들은 시계와 하늘을 번갈아 보았다. 곧 비가 내릴 것만 같았다. 먹구름 아래로 그보다 더 거무튀튀한 구름들이 동쪽을 향해 바람 따라 쫓기듯 내달렸다.

구 중위의 연락 후 최 대위라는 사람은 정확히 십 분 만에 현장에 도착했다. 사단이 바로 옆이라고는 하지만 그는 지나치게 빨랐다. 그가 도착하기 전 류 부장은 매일신문의 김 기자를 구석으로 불러내 담배를 피우며 얘기를 나눴는데, 카메라를 가리키는 것으로 보아 니콘 카메라의 가격을 물어보는 것 같기도 했지만 그럴 리는 없을 것이고, 아마도 사진을 찍는 것에 대해 어떤 의견이 있는 듯하였다.

최 대위는 20대 후반이 되었을까, 길쭉한 얼굴형에 은테 안경을 한 전형적인 사관학도 출신 모습이었다. 그는 권총을 보고 몇 초 지나지도 않아, 아니 보자마자 다음과 같이 말하였다.

"일제 남부총이군요."

이 말에 옆에 있던 임 소령과 국방부의 조 대위는 머리를 끄덕였지만 다른 이들은 무슨 말인지 알아듣지 못했다.

"남부요?"

박 주사가 끼어들었다. 최 대위가 그를 내려보았다.

"백 년 전쯤 활동했던 키지로 남부南部麒次郎라는 일본인이 있었습니다. 훗날 군에 들어가 총기를 디자인했는데 특히 핸드건으로 명성을 떨쳤죠. 일본의 현대 무기 개발에 지대한 영향을 끼친 인물입니다."

그는 그 남부총을 한 손으로 들어보더니 눈에 가까이 대보고는 설명을 이어나갔다.

"남부는 여러 권총을 개발했는데 이건 천구백사 년형 남부권총이라 불리는 것으로 여덟 발을 장전할 수 있는 것입니다. 육이오 때는 중공군이 많이 사용했습니다. 물론 북한군이나 한국군도 일부 사용했구요."

그렇다면 그의 말대로 유골의 주인공은 전쟁 당시의 군인일 가능성이 높아졌다. 세찬 바람이 갑작스레 몰아쳐 텐트 지붕을 흔들어댔다.

"아마도 북한군이겠죠."

최 대위의 강연이 계속되었다.

"중공군은 일제는 물론 소련제, 체코제, 심지어 미제나 벨기에제도 쓰고 있었습니다. 남부총이라고 해서 중공군이라고 단정지을 수는 없다고 봅니다. 우리 한국보다는 북한 쪽이 이 총을 더 많이 사용했고, 더군다나 이곳은 북한군이 많이 죽은 곳이지 않습니까? 중국인들은 이곳까지 내려오지도 않았구요."

임 소령과 조 대위가 뒤에서 수군거렸다. 얼핏 듣기로 임 소령은 중공군은 강원도까지 내려왔다가 다시 올라갔다고 하는 듯했고, 그보다 젊은 조 대위는 이곳 경상도 지방까지 떼 지어 왔다고 하였다.

어찌되었든, 북한군이든 중국군이든, 한국군이든, 김 차장에겐 일의 처리와 보고서가 문제였다. 류 부장은 자신이 알아서 할 것이라 했는데 이처럼 사람들이 많이 모인 상황에서 과연 그가 약속을 지킬 것인지도 궁금한 일이었다. 그가 부장으로서 모든 일을 마무리 지을 수만 있다면 더 이상 원할 것이 없지만 말이다.

빗방울이 떨어지기 시작하더니 이내 우박이 쏟아지는 것처럼 텐트가 요동치기 시작했다. 비좁은 텐트 안으로 사람들이 몰려들었다. 그 와중에 누군가는 유골인지 총기류인지를 밟아 그것을 부러뜨리는 소리를 냈다. 김 차장이 알기로 이곳에 모인 사람들 중에는 지금까지 단 한 마디도 하지 않은 자도 있었다.

"이것 봐요. 이거 사진 맞잖아요."

추 과장이었다. 쪼그려 앉더니 두꺼운 종이처럼 되어버린 천 조각 사이에서 모서리가 온전치 않아 제대로 알 수 없는 사각형의 낡은 뭉치 하나를 꺼내 집는 것이었다. 좁은 텐트 안에서 웅성거리던 모든 이들의 시선이 늙은 대머리 시청 공무원에게로 쏠렸다.

그가 들어보인 것은 검은색의 수첩 같은 것이었는데 수첩 한편으로 삐죽이 종이 한 장이 나와 있었고 그곳엔 사람의 팔 같은 것이 어렴풋이 있었다. 추 과장이 짙은 먼지와 함께 꺼내 보이니 그것은 다름 아닌 사진관에서 찍었을 법한 가족사진 비슷한 것이었다.

"사진 아녜요? 그게 지금 어디서 나온 겁니까?"

류 부장의 말이었다. 그는 추 과장에게 다가섰다.

어디서 나온 것인가 하니 발굴품이라고 진열해놓은 천 조각 속에서 나온 것이었다. 가장 중요한 자료를 이렇게 우스꽝스럽게 발견한 것이다.

사진 속에는 유골의 주인공일 법한 젊은 주인공이 가운데에 있고 그 양쪽으로 그보단 나이가 조금 들어 보이는 여자 둘이 나란히 앉아 있었다. 사진이 많이 훼손되어 있었지만 이들의 얼굴이 무표정하고, 얼굴 생김새나 분위기로 보아 남매지간으로 보이며 남자와 여자 모두 전통의상이 아닌 당시의 서양식 복장을 하고 있다는 것은 알 수 있었다. 그리고 사진 하단에 사진이 찍힌 연도와 장소를 명시해놓았을 법한 글씨가 어렴풋이 보였지만 이것만은 확인이 되지 않았다. 만약 유골이 정말 전쟁 당시의 것이라면 이미 수십 년 동안 땅 속에 있었다는 이야긴데, 쇳덩이가 녹이 슬어 알아보지 못할 정도임에도 수첩과 사진이 형태를 유지하고 있다는 것은 놀라운 일이 아닐 수 없었다.

추 과장은 사진을 국방부 장교에게 건넸고, 장교는 주변의 여러 사람들과 얼굴을 맞대고 유심히 살펴보았다. 결정적 증거는 사진을 보관하고 있던 수첩 속의 글귀에서 나왔다. 하지만 국방부 장교는 글귀를 알아보지 못해 수첩을 젊은 최 대위에게로 넘겼다.

최 대위는 글자 하나하나를 읊어나갔다.

"민…… 해, 그 다음 글자는 완전히 지워졌군요. 그 밑에는 제 이십칠, 팔일, ……사일, 육, 일이, 삼이라고 적혀 있습니다."

라고 말하며 그는 수첩을 위로 들어 다른 이들이 볼 수 있게끔 하였다. 그곳에는 한문으로 民, 解, 第二十七-八一一-…四一, 六-一二-三이라고 적혀 있었다.

그것이 무엇을 뜻하는 것인지 누구도 짐작을 못하는 상황에서 명석한 최 대위가 모든 것을 해결해주었다.

"이들은 중공군입니다. 民, 解는 인민해방군을 의미하는데 앞뒤 글자가 모두 없어진 걸로 보입니다. 그 다음 보이는 숫자에서 第二十七은 이십칠 군단을 말하고 순서대로 사단, 연대, 대대, 중대, 소대를 나타낸 것이지만 연대의 첫 부분이 지워진 것 같습니다."

참석자들 모두가 떠났다. 현장 사무실엔 공사 직원들만이 남
았다. 보통 이런 경우엔 주변의 이름난 식당을 예약해 참석자들
에게 저녁식사를 제공하는 것이 관례였다. 하지만 류 부장은 서
둘러 그들을 보냈고 대신 봉투 하나씩을 전달했다.

류 부장이 소파에 앉아 담배를 꺼내 물었다. 그리곤 물을 한
잔 마셨다. 어떻게 마셨는지 컵 속의 물이 튀어 그의 백발에 묻
었다. 곧 최 소장이 옆에 앉더니 담배를 꺼내 피우기 시작했다.
이윽고 김 차장도 윗주머니에서 담배를 꺼내 불을 붙였다. 그리
곤 소파에 앉았다.

비는 그쳤다. 가을에 어울리지 않는 소나기였다. 하지만 다시
한번 쏟아붓기라도 할 듯 하늘은 이전처럼 어두웠고, 비온 뒤의
흙 냄새 같기도 한 특유의 대기의 향이 느껴졌다.

"상황 끝이야."

부장이 입을 열었다.

"모두 없던 일로 하기로 했어. 그러니 신경 쓰지 말고 업무에
나 충실하라고."

김 차장은 의외라는 듯 부장을 바라보았지만 한편으론 이렇게
되리라 예상하고 있었다. 그가 건네준 봉투가 모든 것을 설명해
주었던 것이다.

"생각해보라구. 육이오? 지금이 어떤 시대냐 말이지. 더군다
나 뙤놈인데, 중국애들 유골 때문에 대한민국의 주택사업이 중

단될 수는 없는 일이잖아? 근처 어디서 죽었다는 대구 소년병이
라면 또 모를까, 이건 뭐……, 빨리 화장해서 없애버리라고. 삼
일 동안 괜히 신경 썼다는 생각만 드니, 원. 이거 때문에 그 많은
사람들이 모였다니 우습지 않아?"

김 차장은 화장터도 아닌 현장 구석 어딘가에서 불에 태워질
유골과 옷가지들을 떠올려보았다. 사실, 그에게도 잘된 일이지
않은가. 사건이 없었던 일로 된다는 것은 그야말로 가장 이상적
인 경우였다. 그가 담당한 사업도 아무 지장을 받지 않을 것이고
그가 잠시 신경 쓰고 있던 그의 미래에도 아무런 영향을 주지 않
을 것이다.

"괜히 마음 조리고 있었군요. 아무 일 없이 앞만 보고 달려와
서 곧 무슨 일이 생길 것만 같았는데, 정말 다행입니다."

최 소장이 마음에도 없는 소리로 부장을 거들고 있었다.

"그래, 다행이지. 자네들은 안 겪어봐서 모르겠지만, 이거 말
이야, 이런 일 생기면 처리가 얼마나 복잡하고 시간은 또 얼마나
질질 끄는지 아나? 할 일은 많은데 말이야, 정말 미칠 노릇이지.
별 생각 다 든다고."

류 부장이 칠 년 전에 맡았던 전라남도 승주군의 한 택지개발
사업에서는 백제시대의 유물과 까마득한 과거에 생긴 공룡 발자
국이 동시에 발견된 적이 있었다. 그의 경험은 회사 내에서 유명
한 일화로 회자되고 있었다.

"그건 그렇고 말이야."

류 부장은 맞은편의 김 차장을 바라보았다.

"일 마무리 되었다고 해도 이미 일어난 사안인 만큼 보고서는
한 장 있어야 되네."

그러자 최 소장은 고개를 숙여 담배를 비벼 끄기 시작했다.

"이건 시청 놈들도 요구한 건데, 대신 공개는 안 할 거고, 공사
내부용과 시청 대외비용으로 보관만 할 것이라고 하니까, 그놈
들 말이야, 밖에 출장을 나왔으니 근거 서류는 있어야 한대잖아.
이건 보고서 양식인데……."

류 부장은 종이 한 장을 주머니에서 꺼내 김 차장에게 내밀
었다.

"그 양식에 맞게 자네가 한번 작성해보게."

종이에는 보고서가 취해야 할 형식이 요약되어 적혀 있었다.
대략적인 순서는 발굴일시를 명시하고 현장 현황도 위에 발굴장
소를 표시하며 발굴된 품목을 열거한 뒤 그 각각의 사진을 첨부
하라는 것이었다. 마지막 결론 부분은 앞으로도 어떤 결론도 나
지 않을 것임이 분명함에 따라 작성자가 사실자료를 바탕으로
추론하여 작성하라는 것도 친절히 언급되어 있었다.

"내일부터 일이 많을 것 같은데, 시간이 좀 걸려도 괜찮겠습
니까?"

추론이고 뭐고 김 차장은 우선 그 말을 하고 싶었다. 최 소장
은 이제 고개를 들었다. 천장을 보며 알 수 없는 미소를 짓는 것
만 같았다. 사실, 김 차장은 이런 일을 하고 싶지 않았다. 왜 이
것도 하필 자신이란 말인가. 바로 옆에는 최 소장이 있지 않은
가. 류 부장은 분명 자신과 최 소장 둘 중 한 명이 보고서를 맡으

라 하였다. 그리고 최 소장의 저 웃음은 대체 무엇인지. 골치 아
픈 일 네가 맡아서 다행이라는 것인가. 김 차장은 그런 생각을
하고 있었다.

"김 차장, 이런 일은 빨리 끝내고 매듭지어야 속 시원한 거 아
닌가. 그래도, 자네가 여기 책임자니까 맡아서 보고해보게. 사진
은 컴퓨터 속에 있으니 찾아서 하고, 어려울 거 없잖아? 내일부
터 이틀 휴가 내서 천천히 한번 해보게. 위에 얘기해서 정기휴가
에 포함시키지는 않을 테니까 이틀 안으로 한번 끝내보라고"

김 차장이 기억하기로 류 부장은 시청이 아니고 공사 내부용
으로 보고서가 필요하다고 말한 적이 있었다. 그렇다면 시청은
보고서를 요청하지 않았을 수도 있었다. 오히려 류 부장이 걱정
하는 만일의 경우가 있을 수 있었다. 그 만일의 경우란 유골이
발견된 것을 숨겼다는 사실이 문제화될 경우를 말하는데 이 사
실을 숨긴 것이 확대되어 외부로 유출된다면 그가 법적인 책임
을 물을 수도 있지 않을까. 그것에 대비해 류 부장은 언젠가 관官
에 제출하게 될지도 모를 보고서를 미리 준비해놓을 필요성을
느꼈을 것이다. 회사와 책임자는 할 일을 다했다는 성의가 담긴
보고서 말이다. 생각이 이에 미치자 김 차장은 류 부장이 애초에
사실을 숨겼다면 간단히 끝날 것을 구태여 각계의 전문가를 그
렇게 많이 모이게 한 것도 만일의 경우가 실제 일어났을 경우 그
들을 전면에 내세워 이른바 방패막이로 이용하기 위함이 아니었
을까라는 생각도 해보았다.

김 차장은 그 이틀이라는 말에 내일 일을 떠올리며 무슨 말인

가를 하려 했다. 하지만 최 소장이 끼어들었다.

"그런데 부장님, 사진 하니까 생각나는데 현장에서 그, 카메라 든 매일신문 기자 있었잖습니까? 그 기자도 그냥 없었던 일로 하기로 했습니까?"

그 말에 류 부장은 대뜸 최 소장을 쳐다보며 웃음을 터트렸다. 동시에 그는 김 차장 앞으로 담뱃갑만한 투명 플라스틱 상자를 툭 내던졌다. 그 안에는 현장에서 발견된 수첩이 있었다.

"자네 뭔 소리야? 그 딴 신문사 기자들이 언제 사건에 관심이나 있었대? 봉투 하나면 끝날 애들이지."

그 말에 최 소장도 웃고 있었다.

원래의 업무로 돌아와야 하는데 내겐 난데없는 이틀 간의 휴가와 유골보고서가 주어지고, 그렇다면 그 이틀 동안 현장은 최 소장에게로 넘어가나? 최 소장의 웃음 뒤에서 김 차장은 생각하였다.

"아, 참 최 소장!"

갑자기 뭔가가 생각난 듯 부장은 소장을 불렀다.

"혹시나 몰라서 하는 얘긴데, 유골 말이야. 당장 화장하진 말고, 한 달 동안은 어디 선선한 곳에 보관해두는 게 낫겠네. 만일을 위해서 말이야. 찜찜하게 생각하지 말고 지하 재료실험실 같은 곳에 잠시 보관만 해두게."

밤 열한 시가 다 되어서야 김 차장은 집으로 돌아왔다. 류 부장과 최 소장은 단 둘이 근처의 술집엘 갔다. 그의 손에는 샌드위치가 들려 있었다.

거실만 불이 켜진 채 방은 어둠과 정적만이 흘렀다. 작은방의 문을 열어보니 지희가 새우잠을 자고 있었다. 디지털 피아노의 전원이 켜져 있는 것으로 보아 혼자 피아노를 치다 잠이 와 전원을 끄지도 않은 채 침대에 누운 듯했다. 그는 전원을 끈 뒤 지희 곁으로 다가가 이마를 한번 짚어보고는 머리카락을 만져주었다.

샤워를 한 뒤 옷을 갈아입고 침실로 가니 컴퓨터가 켜져 있었다.

'도무스! 아빠, 잊었어?'

컴퓨터 화면으로 그 문구가 연달아 나타났다가는 계속해서 이어지고 있었다. 잠들기 전 지희는 화면보호기를 직접 만들어 문구를 만들어넣으며 아빠를 원망했던 것이다.

엄마 없이, 생각만 많을 뿐 아무 것도 해주지 못하는 아빠만 보며 살고 있으니 외로움을 많이 탈 것이다.

그는 생각하였다. 그리고 컴퓨터를 끄고는 침대에 누웠다. 피곤이 몰려왔는지 최 소장과 류 부장의 얼굴이 몇 번 머릿속을 스치자 바로 잠 속에 빠져들었다.

II

"오늘 쉬는 날이면 도무스엔 가는 거야?"

아침 일곱 시 삼십 분.

지희가 흔들어 깨우자 김 차장은 회사 안 가도 되는 날이니 조금만 더 자자고 하였고 냉장고에 샌드위치가 있으니 꺼내 먹으라고 하였다. 먹고 씻으면 삼십 분 정도는 더 잘 수 있을 것이고, 그때 일어나서 학교에 태워줄 생각이었다.

하지만 지희는 샌드위치에는 관심이 없어 보였다. 딸아이의 관심은 도무스였다.

"그래, 지희야. 학교 다녀온 뒤에 저녁에 가자."

그러자 지희의 눈동자에서 반짝반짝 빛이 났다.

"정말?"

딸아이의 눈을 보니 일어나야 할 것만 같았다.

"그래, 정말."

지희는 곧장 거실로 달려나갔고 냉장고를 열고는 샌드위치를 꺼내 먹기 시작했다.

도무스는 흔히 접할 수 있는 가족레스토랑일 뿐인데, 그곳을 못 가서 저렇게 가고 싶어 하는구나. 도대체 아빠인 나는 뭐냐?

그에겐 딸아이가 이 세상의 전부라 해도 지나친 말이 아니었다. 하지만 언제나 그 생각은 그의 머릿속에서만 존재할 뿐이었다. 현실의 삶 속에서 그가 딸아이에게 행복을 주고 있느냐고 자문한다면 그는 쉽게 대답을 할 수 없었다. 이러다 지희가 나이를 먹어 중학생이 되고 고등학생이 되면 그때는 아빠에 대해 어떤 느낌을 간직하고 있을까. 좋은 추억은 어떤 것이 있을 것이며, 어린시절에 각인된 아빠의 모습에는 어떤 것들이 있을까. 혹시 직장에서의 스트레스가 나도 모르는 사이 집에서도 의기소침한

모습으로 표현되어 딸아이에겐 그 모습이 아빠의 모습으로 굳어
버리는 것은 아닐까.

그런 생각에 이제는 다시 잠들 것 같지 않았다. 지희는 샌드위
치를 다 먹고 양치 중이었다. 김 차장은 일어날 생각은 않은 채
초점 없는 눈으로 멍하니 반대편의 벽지만 보고 있었다.

'그게 사람들이 말하는 권태일지도 모르겠다. 아무리 생각해
도 외로움이란 건 정말 아닌 것 같다. 외로움은 사십대가 쓰는
단어가 아닐 게다. 외롭다면 가슴이 아프기라도 해야겠지. 아프
기는커녕 가슴이 텅 빈 것만 같다. 내가 세상사에는 지쳤지만 쉴
곳을 찾지 못해 어느 순간 반복되는 삶 속에 그냥 파묻혀서 살기
로 작정을 했고, 그러다보니 예전처럼 생각과 행동이 일치되지
못한 채 생각만 많아지는 것 같구나.'

세 시간 뒤 그는 K대 도서관 입구에 있었다.

지희를 학교에 바래다주며 저녁약속을 한번 더 다짐한 뒤 김
차장은 다시 집으로 돌아와 세수를 하고는 옷을 갈아입고, 서류
가방을 챙겨 곧장 K대학으로 향했다. 그는 K대 도서관에 들어
가 보고서 작성에 필요한 관련자료를 찾아볼 생각이었다.

부장이 제시한 보고서의 양식 중 대부분은 이미 작성이 완료
되어 있었다. 그가 제시하였던 발굴일시나 발굴장소, 발굴품, 관
련 사진 등은 이미 그 내용을 알고 있거나 현장에 준비되어 있던
것이라 파일에 첨부만 하면 되는 것이었다. 마지막 추론 부분이
남아 있었는데 이는 가장 불필요한 것이라 볼 수 있는가 하면 그
반대로 가장 핵심이 될 수도 있는 중요한 것이었다. 결론을 내릴

수 없는 것이니 추론을 내리더라도 의미가 없을 수 있다고 하겠으나, 류 부장의 머릿속에 있을 만일의 경우를 생각한다면 신중을 기해 끝맺음을 지어야 할 것이다.

K대 도서관의 열람실 입구는 많은 학생들이 몰려들어 입구 앞에서 줄을 서야 할 정도였다. 그는 젊은 학생들 사이에서 똑같이 줄을 섰고 순서가 되자 직원에게 도서대출증을 제시하였다. 몇 년 전부터 K대학은 수업을 듣는 학생뿐 아니라 K대를 졸업한 졸업생들에게도 도서대출이 가능하도록 하였는데, 김 차장은 바로 이 대학의 토목공학과 졸업생이었다.

자료검색실이란 곳에는 어림으로도 컴퓨터가 백여 대 정도는 비치되어 있었다. 그가 기억하기로 그의 학창시절에는 이곳에 단 두 대의 컴퓨터가 있었다. 그 두 대를 차지하기 위해 학생들은 어느 날 몇 시에 사용하고 싶다며 도서관 직원에게 신청서를 만들어 제출해야 했다. 지금의 학생들과 그는 지식을 습득하는 면에서 엄연히 다른 세상에 살고 있는 것이다.

적당한 자리를 물색한 뒤 그는 의자를 당겨 모니터 앞에 앉았다. 컴퓨터의 검색란에 '전체검색'이란 항목이 있어 그 칸에 그는 우선 '한국전쟁'이라고 타이핑 해보았다. 그러자 기다리라는 메시지가 뜨더니 이윽고 검색결과가 나왔는데 무려 38,000건이나 나왔다. 도서관의 장서가 아무리 많다 하여도 이 정도로 나올 리는 없을 것이라 생각한 그는 이번엔 '6.25'라고 쳐보았다. 그러자 6만 건이 넘는 결과가 나왔다. '중공군'이라고 해보니 그보단 많이 적은 1,300여 건이 나왔다. 그럼에도 지나치게 많다고 생각해서 알아보니 이는 책 제목뿐만이 아닌 본문의 내용도 검색한 결과였다. 즉, 책 제목은 아니더라도 본문 속에 한국전쟁을 다룬 것이 있다면 검색결과에 표시되는 프로그램이었다. 그렇다면 이는 정말 대단한 시스템이 아니던가. 이곳 도서관의 보유 장서는 무려 백만 권이었다. 그렇다고 백만 권이 넘는 책의 본문을 모두 서버에 넣었을 리는 없을 것이다. 아마도 본문 중에서 주제를 이루는 키워드를 몇 개 골라 검색어로 넣으면 그와 관련되는 모든 책이 열거되도록 하였을 것이다. 가령, 『토목구조공학원론』이라는 책이라면 학생들은 검색어에 '매트리스', '역학', '교량' 등의 단어를 입력하면 될 것이다.

그렇게 해서 삼십여 분에 걸쳐 골라낸 책은 모두 네 권이었다. 그의 검색 키워드는 '27군단' 과 '중공군' 이었다.

홍쉐즈洪學智라는 중국 장성 출신이 집필한 『항미원조전쟁회억抗美援朝戰爭回憶』, 미군으로 참전한 마틴 러스Martin Russ의 『브레이크아웃Breakout』, 참전 군인이었던 중국인 쑨요우지에孫佑杰의 『압록강고소니鴨綠江告訴你』는 숫자가 5번으로 시작되는 일련번호 속에서 찾아냈다.

그리고 나머지 한 권은 소설책으로 박완서 씨가 1978년에 발표한 『목마른 계절』이란 작품이었다. 그는 소설을 참고할 생각은 없었다. 그것은 그저 호기심일 뿐이었다. 그가 검색어에 '중국군' 혹은 '중공군' 이라고 입력해보니 그녀의 책이 나타나는 것이었다. 그는 그 소설을 찾아보기로 하였고 어떤 내용이 들어있는지 확인하기로 했다.

소설을 제외한 세 권의 책은 모두 5층 역사서적 코너에 있었다. 그는 그곳에서 점심도 먹지 않은 채 네 시간 동안 속독하듯이 글을 읽어내려갔다.

홍쉐즈의 작품은 그가 참전 중국군의 사령부에 있으면서 경험했던 것을 적은 회고록으로 세세한 경험담보다는 삼 년 간의 전쟁에 큰 줄기를 이뤘던 여러 사건들의 핵심들을 중점적으로 표현해놓았다. 그의 경험도 있겠지만 그보단 다른 자료들을 많이 참고한 듯 보였다. 27군단에 관한 내용은 단 두 페이지에만 나와 있었는데 그것은 장진호 전투에 관한 것이었다. 그는 '월동준비를 제대로 하지 못해 동상에 걸린 병사들이 속출해 전투력의 속출이 엄청났다'라고 표현하였다. 그는 후일 중국정치협상회의 부주석을 지낸 고위층 인사였다.

미국인 마틴 러스의 책은 장진호 전투만을 다룬 책이었다. 그는 미국 해병 1사단 소속의 병사로 홍쉐즈의 작품과는 달리 실제 전쟁터에서 보고 겪었던 참상을 사실적으로 묘사하고 있었다. 하지만 미군이다보니 27군단을 자세히 언급하지는 않았다.

쑨요우지에는 27군단에서 신문 등의 홍보물을 만들었던 병사로 그의 작품은 장진호 전투를 시작으로 이 년 뒤 군단이 한반도에서 철수할 때까지를 기록한 것이었다. 그는 소설을 쓴 경력도 있어 문체가 화려했고 표현력이 풍부했다. 책 속에는 중국의 전 국방부장이었던 츠하오텐遲浩田의 활약상이 여러 번 언급되고 있었는데 그 역시 27군단 출신이었고 작가는 이 사실에 대단한 자부심을 느끼는 듯하였다. 김 차장은 그 국방부장이 몇 년 전

서울을 방문해 군의 사열을 받는 장면을 TV 뉴스를 통해 본 기억이 있었다.

김 차장은 이 책을 통해 여러 자료들을 수집할 수 있었다. 그는 먼저 서류가방 속의 수첩을 꺼내보았다. 최 대위의 추측이 맞는다면 사진 속 주인공은 바로 27군단 출신 병사였지만 연대의 앞부분이 지워져 정확한 소속은 알아낼 수 없었다. 그런데 바로 쑨 작가의 책을 통해 27군단의 81사단에는 241연대가 존재했었다는 것을 찾아낼 수 있었던 것이다. 그렇다면 이 병사는 중국 인민해방군 제27군단 81사단 241연대 6대대 12중대 3소대 소속의 병사가 되는 것이다.

그는 보고서의 내용이 이로써 한층 더 정확해질 수 있다고 생각하며 활자 속 추적을 계속하였다. 하지만 곧 문제가 발생하였다. 중공군은 대구까지 내려오지 않았던 것이다. 특히 27군단은 거침없이 남하하다 미군의 융단폭격으로 인해 임 소령 말처럼 강원도 원주 부근에서 저지되었고, 그 후로는 퇴각을 거듭하며 현재의 삼팔선 부근에서 전선을 형성하고는 다시는 내려오지 못했다. 이는 홍쉐즈의 책과도 일치하는 부분이었다. 이렇게 된다면 27군단 병사의 유골이 대구의 택지개발지구에서 발견된 것을 설명하려면 류 부장의 말대로 추론뿐이었다. 이는 김 차장이 원하지 않았던 것으로 그는 사실적인 자료만을 발췌해 인용을 하고 싶었다.

책을 덮고 세 권을 모두 반납한 뒤 그는 계단을 올라 7층 문학 코너로 향했다. 그곳에서 그는 짙은 먼지가 뽀얗게 앉아 있는 박완서의 작품을 찾아냈다. 전쟁을 통해 우여곡절을 겪는 가족의 이야기란 것을 어렵지 않게 알 수 있었다. 본문 중에 '중공군은 인민군 몇 배 포악하대요. 어린애를 마구 찔러 죽이고 부녀자를 닥치는 대로 욕보이고.'라는 부분이 있었다. 이로써 그의 괜한 호기심은 사라졌다. 그는 애초부터 소설은 참고할 가치가 없다고 생각하고 있었다.

진열대 밑에서 그는 누군가 떨어뜨리고 간 연두색의 형광펜을 우연히 발견하였다. 그것을 잠시 보다가 다시 수첩을 꺼내보았다. 죽은 병사가 그를 보고 있었다. 그는 사진 오른쪽 하단에 연도와 장소가 표시되어 있을 것 같지만 지워져 보이지 않는 부분을 엄지손가락으로 문질러 보았다. 그리곤 그 형광펜을 주워 그곳에 그어 보았다. 그러자 '上海'라는 글자와 그 바로 밑에 '魯迅公園'이라는 글자가 너무도 또렷이 드러났다. 하지만 찢겨진 부분이 있어 연도는 결국 드러나지 않았다.

그는 곧장 7층 입구 쪽의 컴퓨터로 향하였고 곧 상하이에는 노신공원이 실제로 있음을 알아냈다. 작가 루쉰을 기념하기 위한 공원으로 그곳에는 루쉰의 묘와 기념관이 있다고 했다. 그는 토목관련 학문을 전공한 사람이었지만 『아큐정전阿Q正傳』이란 작품쯤은 학창 시절에 읽은 기억이 있었다. 노신공원은 훙커우공원虹口公園, 즉, 홍구공원으로 불리기도 하는데 이곳은 바로 윤봉길 의사가 일본군을 향해 폭탄을 던진 곳이기도 했다. 누군가의 블로그는 친절하게도 노신공원에 있는 윤봉길 의사의 기념비 사진을 게재해놓았다.

사진은 분명 상하이의 노신공원 근처 어느 사진관에서 찍혔을 것이다. 그가 상하이에서 살았다는 것은 불분명하다. 중국의 27 군단을 직접 방문하여 과거의 병적부를 뒤져보지 않는 이상은 알아낼 수 없을 것이다. 더 추리를 한다면 그는 화창한 날을 골라 누이로 보이는 사람들과 노신공원에 나들이를 갔을 것이다. 그리고 공원을 둘러본 뒤 우연히 사진관을 발견하고는 누군가의 제의에 따라 기념사진을 찍었을 것이다. 그 당시로는 교통편이 수월치 않았을 것이니 먼 곳에서 공원을 보기 위해 오지는 않았을 것이다. 추론일 수밖에 없지만 그는 상하이 사람이거나 상하이에서 아주 가까운 조그만 시골동네에서 살았을 것이다.

집에 들어오니 오후 네 시가 지난 시각이었다. 그는 먼저 냉장고를 열고 먹을 것을 찾았다. 냉장고엔 어제 사다놓은 샌드위치가 몇 개 남아 있었다. 우유를 한 잔 따른 뒤 거실 소파에 앉았다.

'추론이라고 해서 소설을 쓸 수는 없을 테고, 보고서 스타일대로 딱딱한 문투로 간결하게 정리를 해야 할 텐데, 무엇보다 중요한 것은 이견이 나올 수 없게 근거 있는 추론으로 매듭을 짓는 것일 게다.'

그는 그렇게 생각하고 있었다.

그가 생각해낸 경우는 모두 세 가지였다.

첫째, 사진 속 주인공과 다른 유골들의 주인공은 미군이나 국군에 의해 포로가 되었다는 가정을 할 수 있었다. 어느 전투에서 이들은 포로로 붙잡혔고 당시 가장 큰 포로수용소였던 거제도로 향하기 위해 트럭에 실렸다. 그들은 굽이굽이 산길을 돌아 아주 오랜 시간 동안 남하하였다. 하지만 이들은 거제도까지 오지 못한 채 어떤 이유로 미군이나 국군에 의해 대구 외곽지에서 죽임을 당한 뒤 그곳에 매장되었다. 그 당시는 전쟁포로를 보호해야 한다는 제네바협약의 개념이 제대로 정립되지 않았던 시절이었을 것이므로 포로를 죽이는 일은 비일비재했을 것이다. 세 명의 포로는 반항한다거나 탈출을 시도했거나, 그것도 아니면 아주 사소한 이유로 살해되었을 수 있다. 병에 걸리거나 굶어서 죽은 경우도 물론 생각해볼 수 있다. 이들은 포로가 된 후 식량을 단 한 끼도 제공받지 못했을 수도 있고 하루에 잠을 단 한 시간도 못 잤을 수도 있으니 이런 열악한 환경에서 그들은 병에 걸리기 쉬웠을 것이며 제대로 된 치료가 이뤄지지 않아 허무하게 죽었을지도 모른다.

하지만 이 가설에는 큰 문제가 있었다. 그것은 바로 그들의 총기류도 함께 발견되었다는 것이다. 포로라면 당연히 무장해제되었을 것이지 않은가. 그들은 포로로 붙잡히자마자 명령에 의해 무기를 땅에 내려놓았을 것이다. 그렇다면 빼앗은 무기도 함께 이송하다 같이 묻은 것일까? 하지만 그것은 지나친 상상이었다. 오히려 포로를 잡은 이들은 전리품인 일제 남부권총을 서로 차지하기 위해 다투었을 것이다.

그는 리모컨을 들어 TV를 켰다.

어린이방송의 만화가 나오고 있었다. 채널을 이곳저곳 돌리니

건강보조식품 광고며 패션쇼, 영어방송 등이 나왔다.

"……."

그러고 보니 TV를 시청한 지도 꽤 되었다.

'뉴스를 언제 보았더라?'

잘 생각이 나지 않았다. 그는 세상 소식을 회사의 인터넷으로 접하고 있었다. 그것마저도 자신이 원해서 보는 것이 아니라 접속을 하면 자동적으로 보게끔 되어 있었다. TV를 볼 수 없을 정도로 그가 바쁜 것은 아니었다. 언젠가부터 그는 회사 일을 마치고는 집에 들어와 컴퓨터를 좀 보다가 잠이 드는 일상에 빠져 있었다. 드라마 같은 것은 원래부터 보지 않았지만 그래도 관심이 가는 뉴스 정도는 보아왔는데 이젠 세상사에 흥미를 잃은 것만 같았다. 집과 택지개발지구, 그것이 그의 인생이었다.

그가 생각해낸 두 번째 경우는 그들이 작전 도중 길을 잃었다는 추측이었다.

1951년 5월, 군단은 미군의 공격으로 북으로 후퇴를 하게 되었지만 최전방, 즉 가장 남쪽에 있던 부대 중 일부는 철수를 못했을 뿐더러 그중 일부는 철수하라는 명령도 받질 못해 상황이 바뀐 줄도 모르고 계속 남하하였다. 이는 쑨 작가의 책에 근거한 것이었다. 세 병사는 중대나 소대보다도 더 소규모로 활동하는 정찰부대의 일원일 수도 있지 않을까? 이들은 후퇴하기 전에도 이미 최전방 부대보다 훨씬 남쪽에서 정찰을 하고 있었는데 자신이 속한 부대가 북으로 도망 중인 상황에서도 어떤 연락도 받지 못한 채 계속 남진을 하였던 것이다.

'하지만 너무 많이 내려온 것이 아닌가.'

그는 곧장 자신의 추론에 이의를 달았다.

'강원도에서 대구까지 걸어서 내려온다면 많은 시일이 걸릴 것이 분명한데, 그 시간 동안 어떤 의심도 없이 전진만 했다는 것은 명령 없이는 후퇴하지 않는다는 군대라 하여도 현실적으로 어려운 부분이다. 그들은 상부에서 연락이 없다면 단 한 번이라도 의심을 하며 전진을 중단하고 어느 곳에서 멈추었을 게다. 더군다나 미군과 국군이 북진하는 와중에 몇 번이고 마주쳤을 텐데, 대구까지 내려온다는 것은……, 아, 내가 지금 뭘 하고 있는 것인지. 비약적인 상상으로 소설을 쓰는 것도 아니고……. 추론이라…….'

지희가 오기까진 세 시간 정도 남았다. 지희는 학교를 마치면 바로 피아노학원으로 달려갔다. 지희는 수학이나 언어에는 소질이 없었다. 하지만 타고난 음감이 있는지 피아노 실력만은 언제나 또래 아이의 부러움을 샀다. 지희가 갓 돌을 넘긴 후부터였는데 오디오에서 음악이 흘러나오기만 하면 춤을 추듯 어깨를 덩실거리던 모습을 그는 기억하고 있었다. 누가 가르쳐준 것도 아니었는데 말이다.

일곱 시쯤이면 지희가 피아노를 치고 돌아올 것이고……, 그때까지 오랜만에 낮잠이나 자둬야겠다고 김 차장은 생각하였다. 그는 우유잔을 거실 바닥에 내려놓은 뒤 채널을 끄고 소파에 누워버렸다.

'이런 경우는 어떨까.'

천장의 수은등을 보며 그는 생각하였다.

'만약 그들이 탈영을 한 것이라면?'

마지막 추론이었다.

'세 병사가 힘든 군생활을 더 이상 견디지 못하고 몰래 도망을 나왔다. 그리고? 그리고……, 중국땅으로 무작정 도망을 가는데, 중국이 북쪽에 있고 서쪽으로 가면 바다가 나온다는 것쯤은 모두가 알고 있지만 도중에 길을 잃어버렸다면? 그들은 어느 산속에서 방향감각을 상실한 채 자신들이 북쪽이라고 알고 있는 곳으로만 도주를 하지만 그게 사실은 북쪽이 아닌 남쪽이었다면 어떨까. 그들은 자신의 고향과는 정반대 방향으로 도망을 치다가 대구 외곽에서 사살되었거나 아니면 스스로 지쳐 쓰러져 죽었다는 가정을 해보자. ……과연 타당한 추론일까. 아니지……. 그럴 가능성도 물론 있겠지만, 역시 지나친 상상이고 만약 이것으로 보고서를 쓴다면 모두가 나를 이상하게 볼 것이다. 어떻게 이런 상상까지 오게 된 거지? 차라리 소설가나 될 걸 그랬나.'

어느 순간, 그는 잠이 들었다.

그를 깨운 것은 지희가 아닌 휴대폰이었다.

"일이 이상하게 되어버렸네요. 빨리 나와보세요."

최 소장이었다.

급한 일이 있으니, 다짜고짜 빨리 와보라는 것이었다. 여섯 시가 조금 넘은 시각이었다. 또 이런 식이었다. 아주 급한 듯이 전화를 하지만 막상 도착해보면 자신보다 훨씬 늦게 도착해야 할 류 부장이 먼저 와 연기를 뿜어대고 있을 것이다. 그리고 최 소장은 분명 김 차장이 걱정스러운 투로 무슨 일이냐고 물어주길 원했을 것이다. 하지만 그는 최 소장에게 아무 질문도 하지 않았다.

도착하니 여섯 시 반이었다.

그는 삼십 분이 채 되지 않는 시간 동안 머리를 감고 세수를 하고 옷을 갈아입고 운전을 하였다. 사무실 문을 열고 들어섰을 때 그를 맞아준 것은 퀴퀴한 담배 냄새였다.

"자네 이제 오나?"

고개는 돌리지 않은 채 눈동자만 한쪽으로 돌려 얘기하는 류 부장의 모습이 보였다.

"여기 와서 앉아보게."

그는 자신이 앉아 있는 소파 맞은편을 가리켰다. 그곳엔 담뱃재를 털고 있는 최 소장이 이미 앉아 있었다.

"공사기간 내에 택지개발 하는 건 물 건너갔네."

자리에 앉자마자 부장이 말했다.

"지금 저 방에 누가 와 있는 줄 아나?"

그는 건너편의 접대실을 가리켰다. 그곳은 불은 켜져 있었지만 문은 잠겨 있었다. 김 차장은 접대실 안에 누가 와 있는 줄 모를 뿐 아니라 그 누구도 떠올릴 수 없었다.

"도대체 어떻게 된 건가? 일본 기자들이 대체 왜 와 있는 거야?"

류 부장은 입과 콧구멍으로 담배연기를 단어 하나하나마다 내뱉으며 그렇게 말하였다.

“······.”

일본 기자라는 말은 또 도대체 무언가?

그 말은 며칠 전 군인 유골이 발견되었다는 전화를 받은 것만큼이나 터무니없는 것이었다.

“빨리 들어가서 해결해! 자네가 이곳 책임자잖아. 도대체 어느 놈이 이런 얘길 퍼트렸는지도 알아내고!”

그의 큰소리에 김 차장은 아무 대답도 할 수 없었다. 최 소장은 멀쩡한 시계를 노려보고 있었다. 보아하니 난데없는 일본인들의 방문에 최 소장은 류 부장에게 급히 전화를 걸었고, 현장에 온 류 부장은 그들의 취재에 머리를 굴리다 접대실로 안내한 뒤 커피를 주고는 잠시 기다리라고 하였을 것이다. 그리곤 자신에게 전화를 걸어 현장에 오게 한 뒤 책임자라는 이유로 취재에 응하게 해놓고선 그 결과만 소파에 앉아 듣겠다는 것이었다.

“저 사람들, 누굽니까?”

뻔히 눈치 챘으면서도 그는 부장에게 물어보았다. 그러자 대뜸 이런 대답이 돌아왔다.

“일본 기자들이라고 하지 않았나! 그냥 보내면 어떤 기사가 나겠어? 자네가 책임자니까 인터뷰 해주고 대체 어떻게 알고 왔는지, 그리고 뭘 어쩌겠다는 건지 한번 물어보라고! 자네가 쓰고 있는 보고서 외의 말은 아예 하지도 말고 말이야.”

그리곤 혼잣말인지 들으라고 하는 애긴지, 창문 쪽을 보며 중얼대기 시작했다.

“젠장, 직장생활 오래 하다보니 별 경우를 다 접해보네. 그 케

케묵은 이야길 꺼내서 뭘 어쩌겠다는 거야? 지네들이 한국 사람
이라도 돼? 육이오 다큐멘터리가 어쩌고, 내 참, 일본 놈들이 언
제부터 그렇게 남의 역사에 관심을 가졌어?"

류 부장다운 생각으로 그 자신은 기자들을 상대하는 전면에서
빠지고 대신 '책임자'라는 김 차장이 나서게 되었다. 소파에서
일어나 일본인들에게 향하며 그는 택지개발이 물 건너갔다는 류
부장의 말을 되새겨보았다. 택지개발이란 것은 회사는 물론이거
니와 그 자신에게도 중요한 일임이 분명했지만 어쩐지 별 느낌
이 오질 않았다. 이는 그 자신도 다소 의외였는데 그는 택지개발
이 자신의 미래에 큰 영향을 줄 수 있는 사업이라고 생각하고 있
었다. 처음에 유골이 발견되었을 때만 하여도 그는 특히 승진문
제와 관련하여 조금 예민한 상태에 있었다. 하지만 막상 부장이
라는 사람이 사업에 큰 지장이 생겼다고 얘기함에도 불구하고
그는 좌절이나 절망 따위의 부정적인 감정을 단 일 초도 느끼지
못하였다. 이는 분명히 그의 진심이었고 그것은 곧 택지개발은
그의 현재의 삶에 큰 비중을 차지하고 있는 듯 보이지만 실은 그
렇지도 않음을 반증해주는 것이었다.

접대실 안엔 외모로만 보아도 분명히 일본인일 것 같은 사십
대 전후의 두 명의 남자가 앉아 있었다. 노크를 하고 들어서자마
자 그들은 벌떡 일어나 그에게 인사를 하였다.

"안녕하십니까, 아베 마에다라고 합니다."

콧수염을 기르고 아직도 반팔 푸른 남방을 입고 있는 사람이
자신을 한국말로 소개하였다. 그의 한국말은 전혀 어색하지가

않았다.

"그리고 이쪽은 며칠 전 일본에서 온 사토라고 합니다."

아베의 소개에 사토라는 사람이 인사를 하였다. 사토라는 사람이 앉아 있던 곳 앞에는 'Fuji'라고 적혀 있는 방송용 카메라가 있었다. 그리곤 그 둘은 제각각 김 차장에게 명함 한 장씩을 건넸다. 아베의 명함에는 '후지TV 서울지부 취재팀장 阿部前田 아베 마에다'라고 적혀 있었다. 명함에는 한국인들을 위해 한자 이름 밑에 한글 표기가 있었다. 사토의 명함에는 한글은 없이 佐藤信淵라는 이름이 한문으로 적혀 있었고 그 밑에 영어로 Sato Nobuhiro라고 되어 있었다. 사람의 눈과 눈썹을 묘사한 것 같은 방송국의 로고 밑에는 후지TV 후쿠오카지부 취재팀이라고 적혀 있었다.

사토와 인사를 한 김 차장은 답례로 명함을 건넨 뒤 소파에 앉았다. 이들은 자신이 도착하기까지 최소 삼십 분 이상은 분명 이곳에서 기다렸을 것이다.

"한국말로 대화가 괜찮겠습니까?"

혹시나 하는 생각에 그는 아베를 보며 말하였다.

"물론입니다. 한국말을 잘해서 한국지부에서 일하는 걸요."

그렇게 말하며 그는 웃음을 보였다.

"하지만 사토 씨는 한국어를 못합니다. 사토 씨는 후쿠오카에서 촬영을 위해 삼 일 전 부산에 도착했답니다. 국영방송으로부터 재정적으로 지원을 조금 받아 한국전쟁에 관한 다큐멘터리를 만드는 중인데 전체 기획은 제가 맡아 하지만 카메라 기자는 몇 명이 돌아가면서 하고 있답니다."

국영방송이라면 NHK를 두고 하는 말일 터인데 그 방송국에서 상업방송인 후지TV에 돈을 대줘 한국에서 수십 년 전 일어난 전쟁에 관한 프로그램을 제작하고 있다는 얘기였다.

"그런데 어떻게 여기까지 오시게 된 건지……."

김 차장은 말끝을 얼버무렸다. 본론으로 들어갈 차례였다.

"차장님, 용산에 있는 전쟁기념관도 가보고 인천, 낙동강, 지리산, 제주도도 가보고, 그렇게 이곳저곳 다니다가 우연히 대구에서 유골이 발견되었다는 얘길 들었습니다. 그것도 한국이나 북한 병사가 아닌 중국사람 것이라기에 흥미 있는 소재일 것 같아서 연락을 하고 오는 길입니다."

"연락을 미리 하셨나요?"

"이미 며칠 전 취재를 하고 싶다는 의사를 전화상으로 표시했었죠. 정식으로 지부 이름으로 공문을 작성해 팩스로 넣었답니다. 솔직히 말씀드려서, 공식적으로 허가를 받지는 못했습니다. 이곳 책임자께서 확실한 답을 하지 않으셔서……, 된다, 안 된다 뚜렷이 얘기를 하지 않아 실례를 무릅쓰고 이렇게 찾아오게 된 겁니다. 이해해주시기 바랍니다."

"책임자는 누구였습니까?"

"공사를 책임지고 있는 소장이라고 들었습니다."

"……그런데, 유골이 발견되었다는 사실은 누구한테 듣게 되었나요?"

어떻게 되다보니 서두가 김 차장이 후지방송국 기자들을 취재하는 것처럼 되어버렸다. 아베 팀장은 알듯 모를 듯 미소를 짓고 있었다.

"서울에 있는 분인데 사적인 자리에서 우연히 듣게 된 것이라……."

그는 그렇게 말하며 작게 웃은 뒤에는 어떤 말도 하지 않았다.

아베는 김 차장과 한 시간에 걸쳐 여러 이야기들을 나누었다. 그는 류 부장의 말대로 보고서에 기록할 것 외에는 어떤 말도 하지 않았으며 사실 할 말도 없었다. 특히 아베는 조사가 어디까지 진행되었으며 어떤 전문가들이 참여하고 있는가에 대해 많은 궁금증이 있었다. 그는 대답 대신 시청의 박 주사가 복사해서 나눠준 종이를 건넸고, 전문적인 조사는 종이 속에 적혀 있는 사람들이 맡고 있는 것이라 자신은 잘 모르겠다고 하였다. 여기서 아베 팀장의 반응은 두 가지로 예상할 수 있었는데 하나는 이들에게 연락을 하여 더 심층적인 취재를 해야겠다는 생각을 하는 것이고, 다른 하나는 대구에서 유골이 발견되었다는 사실을 알려준 사람의 이름이 종이에 적혀 있는 것을 보고 미소를 지으며 이미 조사가 끝났다는 것과 사실을 은폐하려한다는 것은 들어 알고 있지만 혹시나 했던 이 자, 즉 김 차장도 아무 것도 모르고 있구나라는 생각을 하고 있는 것이다.

얼마 후 아베는 예상대로 유골의 모습을 카메라에 담고 싶다고 하였다. 이는 김 차장으로서는 거절할 수 없는 요청이었다. 일본 기자들은 이미 발굴 사실을 알고 있지 않은가. 만약 이마저 숨긴다면 더 큰 문제가 될 수 있었다. 만약 그렇게 한다면 그들은 다큐멘터리에 발굴 사실을 분명히 거론할 것이고 거기에 현장 직원들이 취재를 거부했다는 내용도 첨가할 것이다. 결국은 갑작스레 일어난 발굴사건은 다시 땅 속에 묻혀지지 않았고 부장의 의도와는 다르게 어떤 형태로든 세상에 알려지게 되었다. 엉뚱하게도 일본인들에 의해 말이다.

접대실을 나오니 사무실 소파에 앉아 있어야 할 류 부장과 최 소장이 보이지 않았다. 넓은 사무실엔 뜻밖에도 임시로 고용되어 있는 경리 아가씨뿐이었다. 손님이 나와도 쳐다보는 둥 마는 둥 하며 입을 굳게 다문 채 컴퓨터 모니터만 보고 있는 것으로 보아 그녀의 관심사는 이번 사건이 아니라 현재의 퇴근시각이었다. 갑작스레 찾아온 손님으로 인해 자신의 퇴근이 늦어진 것이 불만인 것이다.

"한 이십 분 전에 최 소장님이랑 술 한잔한다며 나가셨는데요?"

류 부장의 소재를 묻자 그녀는 대답하였다. 그는 사무실은 직접 문단속할 것이니 먼저 퇴근하라고만 하였다.

유골과 남부권총 등은 비닐에 포장된 채 지하실 한 귀퉁이에 있는 보관대 위에 놓여 있었다. 그 보관대는 낡아서 사용되지 않는 측량기구들을 얹어 놓은 곳이었다. 비닐을 들추니 유골이 모습을 드러냈다. 김 차장의 머릿속으로 사진 속 젊은이의 모습이 얼핏 스쳐 지나갔다.

"차장님, 이번에 느낀 건데……."

"……."

"이곳 현장 직원 분들은 발굴된 것을 잘 알려주지 않으려는 것 같았습니다. 솔직히 부장님도 좀 그랬고……. 뭐랄까. 옛날에 일어났던 것인데 군이 파헤칠 필요가 있느냐, 뭐 이런 식 말이죠."

"……."

"그건 여기뿐만이 아니라 제주도며 지리산 근처 경상남도의 마을 사람들, 그리고 서울 사람들도 마찬가지였죠. 일본인으로서 한국 역사에 대한 다큐멘터리 만들기가 쉽지가 않았습니다. 모두가 꺼리더군요. 우리가 한국 사람들이 싫어하는 일본인이기 때문인가요? 아니면 다른 이유 때문인가요?"

백열등 하나만 켜져 있는 지하 재료실험실에서 사토가 촬영을 하는 동안 아베는 팔짱을 낀 채 그렇게 말하였다.

아직까지는 부장의 전화가 없었으니 김 차장은 부장의 지시대로 보고서는 예정대로 만들 것이다. 그렇지만 유명 방송사에서 다큐멘터리 제작을 위해 촬영까지 마친 이상 그의 추론은 우스운 꼴이 될 것이다.

집에 돌아오니 밤 열한 시가 넘어버렸다. 여러 차례 사양을 하였음에도 아베는 그를 인근의 갈비탕 집으로 데려가 식사와 술을 제공해주었다. 그는 한국 음식 중엔 갈비탕이 최고라 하였다. 사토 역시 대단한 맛이라며 칭찬을 아끼지 않았다. 그들은 헤어지며 이틀 후 낮에 다시 방문하고 싶다고 하였다.

"그때는 발굴된 곳도 촬영하고 인부 몇 명도 인터뷰하고 싶습니다. 총알이 발견되었는지도 더 정확히 알아보고요. 일을 마친 후에는 내부적으로 편집회의를 거친 뒤 중요성 정도를 판단해 방송 여부를 결정해야겠죠. 그리고 주말쯤엔 중국대사관에도 공문을 보내 중국 측에서는 사실을 알고 있는지, 만약 알고 있다면 어떤 조치를 취할 것인지도 알아볼 예정이랍니다. 차장님께서 계속 협조해주시면 무척 감사할 겁니다."

그런데 문제는, 저녁식사 내내 지희를 단 한 번도 떠올리지 않았다는 것이다. 심지어 그는 집 현관문에 들어서며 신발을 벗을 때까지 딸을 생각하지 못했다. 신발을 벗는 행동마저도 그에게는 그의 의식의 결과물이 아니라 몸속에 프로그램되어 있던 것이 자동적으로 손에 전달되어 이뤄지는 기계적인 처리과정일 뿐이었다. 자신도 모르게 그는 한숨을 내뱉었다.

다행히 지희는 잠이 들어 있었다. 그는 재빨리 컴퓨터로 향하였다. 하지만 컴퓨터에는 아무런 메시지도 없었다. 차라리 무슨 말이라도 적혀 있으면 좋으련만……, 단단히 화가 났음이 분명했다. 지희는 전화 연락조차 하지 않았다. 물론 그 자신도 연락을 하여 저녁식사를 챙겨주지 못했다. 기다리다가는 결국엔 포기한 뒤 다시는 아빠와 얘기하지 않겠다며 다짐하곤 잠이 들었을 것이다.

"……"

어쩔 것인가.

방법은 없었다. 내일 만회할 수밖에는. 아마 이런 일이 세월과 함께 반복되어 결국은 딸과 아빠의 사이가 멀어지게 될 것이다.

샤워를 한 뒤 그는 잠옷으로 갈아입고 소파에 앉아 TV를 켰다. 리모컨을 이리저리 누르다보니 잠이 몰려왔다. 그는 그대로 소파에 누웠다.

'어떤 반응이 나오든지 내일은 보고서를 완료하고……'

그는 생각하였다.

또다시 전문가라는 사람들이 몰려올 것인지, 아니면 일본 방송국의 취재에도 불구하고 별 탈 없이 지나갈 것인지, 그는 궁금했다.

'류 부장은 결국 그 후론 모습도 보이지 않았군. 그래도 기다려줄 것이라 생각했는데……. 지금도 최 소장과 어디서 술 한잔하고 있을 게다. 내일이 되면 또 뭐라 뭐라 말이 많겠지. 무어라 얘기하든, 하라는 대로 하고, 빨리 매듭을 지어야겠지. 이번 일은 일본인들 외에는 누구한테도 도움이 안 되는 일이 되었구나. 영원히 묻혀 있어도 아무도 상관하지 않는 일인데 괜한 옛날 것이 세상에 나와 지금 사람들을 잠시 붙잡아두었구나.'

거실 창문 너머로 달이 보였다. 반달이었다.

'내일 저녁은 무슨 일이 있어도 지희랑 함께 있어야겠지? 무슨 일이 있어도.'

반달을 보다 그는 얼마 후 잠이 들었다.

1월 1일

1

　지금부터 정확히 4천 년 전, 북서쪽의 바다 어느 곳에는 오십 명 남짓의 민초들이 모여 사는 아주 자그마한 마을이 있었다.

　'어느 곳'이라고 표현하였듯 마을이 어디였는지는 정확히 알 수 없지만 현대의 어느 민속학자는 이곳이 지금의 평안북도 소화도小和島라고 하기도 하고 또 어느 베스트셀러 소설가는 이곳이 황해도의 어화도漁化島라고 주장하는 것으로 보아 마을이 있던 곳은 아마도 섬이었던 것 같다.
　4천 년 전이라면 까마득한 옛날이라 생각하기 쉬울 것이다. 네 번의 천 년…… 마흔 번의 백 년…… 사백 번의 십 년…….

사람들이 그 긴 세월을 상상이나 할 수 있을까?

하지만 실은 그렇지도 않다. 약간의 괴상한 것들만 제한다면 지금의 세상이나 그때의 세상이나 거의 똑같으니 말이다. 오히려, 지금의 시대가 훨씬 풍요롭다는 모든 이들의 생각과는 달리 4천 년 전의 세상에는 더 많은 생물들이 있었고 더 많은 별이 있었다.

그때나 지금이나 똑같은 것은 우리가 살고 있는 이 땅도 마찬가지다. 현재의 우리가 볼 수 있는 대부분의 것들은 그때의 사람들도 볼 수 있었다. 제주도와 울릉도가 지금과 똑같은 모습으로 있었고 남쪽의 나무에서는 배와 사과가 열렸고……, 북쪽의 땅에서는 감자와 조가, 그 밑으로는 콩과 쌀이 났고 또 분명히 그것들을 수확하는 사람들이 이곳저곳의 구석구석에서 봄과 여름, 가을과 겨울을 맞고 있었다.

서쪽 바다 어느 마을에도 사람들이 살고 있었는데 내가 들려주고자 하는 이야기가 바로 그 시대에 그곳에 살던 어민들에 관한 것이다.

그런데 당시에 국가라는 것이 있었을까?

분명히 있었다. 하지만 나라의 이름이 무엇인지 우린 알지 못한다. 고조선이라는 나라를 익히 들어 알고 있지만 그 서쪽 바다 어느 곳에는 그로부터 천 년 후 잊힌 미지의 나라가 있었을지도 모를 일이다. 우리가 가지고 있는 사료史料는 너무도 부족하다.

또 나라의 백성들 대부분이 국가라는 것을 의식하지 못하고 있었음이 확실하다. 서쪽 바다에 사는 사람들은 고기를 낚고 석양을 바라보며 집에 돌아오기만 했지 자신이 어느 나라에 속해 있다는 생각이 없었고 왕이 누구인지도 몰랐다. 그들은 먹고 자고 일할 뿐이었다.

국가나 왕도 다를 게 없었다. 왕은 서쪽 바다 어느 곳에 마을이 있다는 것을 몰랐음은 물론이거니와 그런 곳에 사람이 살고 있을 것이란 것을 상상도 못하고 있었다. 곧 국가가 있되 국가가 없던 시대였고 백성이 있되 백성이 없던 시대였다.

지금 시대 사람들이 1월 1일이라고 부르는 새해 첫날, 그리고 4천 년 전의 사람들에겐 수많은 날들 중 하루일뿐이었던 그날, 그곳에선 아주 조그만 사건이 있었다. 무명이라는 이름을 가진 젊은 어부와 그의 아내의 죽음에 관한 일이었다. 무명씨와 그의 아내는 같은 날에 죽었는데 먼저 무명씨가 죽었고 얼마 뒤 아내가 뒤를 따랐다.

무명씨는 여느 날처럼 해가 뜨자 바다로 나갔다. 그리고 고기를 낚았다. 눈이 내릴 것 같은 아침이었다.

그때나 지금이나 서해에서는 조기와 멸치가 많이 잡혔다. 무명씨는 주로 멸치를 잡았다. 잿빛의 바다, 파도가 일렁이는 바다, 수평선이 있는 바다……, 4천 년 전의 바다는 지금과 완벽히 똑같은 모습이었다.

그런데 단 하나 다른 것이 있었다.

지금은 없지만 4천 년 전에는 존재했던 것, 그것은 바로 백 년에 한 번 출몰한다는 거대한 용이었다.

용은 인간이 상상해낸 동물이 아니다. 용은 공룡처럼 멸종해 버렸을 뿐이다. 이슬람 제국의 베헤못이나 중국의 천룡天龍, 지룡地龍, 그리고 영국에도 성 조지St. George가 물리친 용이 있었던 것처럼 과거엔 각 나라마다 한 마리 이상씩의 용이 살고 있었다. 하지만 그 수가 워낙 적다보니 용은 신성시되거나 두려움의 대상이 되었고 또 그것은 지금도 여전하다.

무명씨……, 그는 결국 멸치를 잡다가 그물과 멸치와 함께 용의 먹이가 되어버렸다. 무명씨는 멀리서 얼굴을 수면 위로 내민 채 엄청난 괴성을 질러대는 용을 발견하고 기겁을 했는데 그것이 다른 곳도 아닌 자신을 향해 다가오는 것을 보고 이젠 죽었구나라고 생각을 했다. 실제 그는 살아남을 가능성이 없었다. 재빨리 노를 잡고 허둥거려보긴 했다. 하지만 멀리서 이 장면을 목격한 사람이 있었다면 무명씨는 차라리 그러지 않는 편이 좋았을 만큼 그의 행동은 그저 헛된 것일 뿐이었다.

마을의 어부 곽씨는 갯벌에 걸쳐 있던 배에 걸터앉아 무명씨의 죽음을 생생히 목격했다. 때마침 곽씨는 찢어진 그물을 손질하고 있던 참이었다. 멀리서 처음 들어보는 이상한 소리가 나기에 바다를 바라보았는데 그곳엔 거대한 용이 있었고 또 그 앞에는 황급히 노를 젓고 있는 자그마한 무명씨가 있었다.

곽씨 덕분에 무명씨의 죽음은 마을에 사실대로 알려졌다.

"물이 하늘로 치솟기에 바다를 보았더니 그곳에 용이 있지 않겠습니까? 백 년에 한 번 나타난다는 그 용 말입니다! 그런데 용 앞에는 무명씨가 있지 뭡니까!"

마을 사람들에 둘러싸인 곽씨는 몸을 빙빙 돌려가며 고래고래 소릴 질러댔다.

그의 말을 믿지 않는 사람은 단 한 명도 없었다. 그것은 무명 씨의 아내도 마찬가지였다.

무명씨의 아내는 잠시 눈을 감았다 떴다 감았다 떴다 하였다. 그녀 주위엔 많은 이웃이 있었지만 아무 것도 보이지 않았다.

산도 나무도 하늘도 보이지 않았다. 보이는 것은 바다뿐이었다.

곽씨를 에워싸고 있는 이웃들 속에서 빠져나온 무명씨의 아내는 홀로 바다로 향했다. 매서운 바람이 불었지만 춥지 않았다. 바람과 그녀는 아무런 관계도 없었다. 갯벌에 도착한 그녀는 해가 수평선 너머로 사라질 때까지 석양을 바라보았다. 그녀는 울지 않았다. 무엇인가 생각만 하였다. 그리고 얼마 후 천천히 바다 속으로 들어갔다.

밤이 되어 세상이 어두워졌을 때 마을 사람들은 무명씨의 아내가 쓰러져 있는 해안으로 몰려들었다. 그리고 이번엔 시체를 에워쌌다. 마을 사람들은 슬펐다. 마을에 희생자가 나올 줄은 미처 모르고 있었는데 더군다나 그로 인해 한 사람이 더 죽다니…….
용이 사람을 잡아먹는다는 얘기는 오래전 할아버지로부터 들어 알고 있었지만 같은 마을의 젊은 내외가 화를 당하리라곤 생각지도 못했었다.

"정말 슬픈 일이군요. 내가 살아 있는 동안 이런 일이 일어날 줄은 몰랐어요."

어떤 이가 말하였다. 사람들은 걱정이 많았다.

"앞으론 어떡해야 되지? 우린 고기도 잡을 수 없을 거야."

"누군가가 또 당하겠지?"

"……!"

"용을 물리쳐야 해요!"

"무슨 수로?"

"죽여야죠!"

"어떻게?"

"아냐. 용은 다시 나타나지 않아. 놈은 벌써 멀리 다른 곳으로 가버렸어."

"그걸 어떻게 믿어?"

"용은 백 년에 한 번씩 나타나게 돼 있지. 할아버지로부터 들은 얘기야."

"그건 나도 알아요. 하지만……."

"하지만 뭐?"

사람들은 추운 바람을 상관치 않았다. 세상이 깜깜해져도 그들은 여전히 시체를 둘러싼 채 이야기를 나누었다. 사람들은 저마다 꼭 한 마디씩을 내뱉었다. 불안 때문이었다. 이야기는 그칠 줄 몰랐고 달은 이상하리만치 빨리 움직였다.

"용은 백년 후에 나타날 거야."

달이 머리 위에 와 있을 때 이야기는 그렇게 매듭이 되었다. 다행이었다. 마을 사람들은 그제야 안심이 되었다. 그리고 춥다

196

는 걸 알았다. 이제 집에 가고 싶었고 잠을 자고 싶었다. 내일도 고기를 잡아야 한다.

그런데 무명씨의 아내.

그녀와 무명씨는 운이 나빴다. 백 년에 한 번 나타나는 용에 죽임을 당한다는 것은 재수가 없어서였다. 하지만 무명씨가 죽지 않았다면 그 대신 자기 자신이나 또 다른 이웃의 사람이 죽었을 것이란 걸 마을 사람들은 알고 있었다.

무명씨의 아내는 파도가 닿지 않을 곳으로 옮겨졌다. 사람들은 해가 뜨면 다시 이곳에 모이기로 했다. 모두들 떠났고 그녀는 홀로 남았다. 달은 서쪽으로 조금씩, 조금씩 움직였다. 밤은 깊어 파도 소리만이 가득했다. 새벽에는 눈이 내렸다.

2

오슬로發 AF2074.

어디서 여자의 비명소리가 들리는 것 같아 소영은 읽던 책을 내려놓았다. 영화 속에서나 접할 수 있는 그런 비명소리였다.

소영은 고개를 들어 앞을 바라보았다. 하지만 그곳에는 아무 것도 없었다. 그래서 화장실이 있는 뒤쪽을 돌아보았는데 역시 아무 것도 없었다. 승객들은 아무런 반응이 없었다. 그렇다면 잘못 들은 것일까?

이상하다. 분명히, 들렸는데…….

소영은 뽐므Pomme라고 적혀 있는 음료 캔을 들어 한 모금 마셨다. 그리고 다시 책을 펼쳤다.

「1월 1일」

소영이 읽고 있던 책은 어느 월간 문예지였다. 소영은 그중 어느 젊은 신인 작가가 쓴 아주 단순한 제목의 단편소설을 읽고 있던 참이었다. 여러 단편소설과 시가 실려 있건만 그녀가 「1월 1일」을 읽는 이유는 오늘이 마침 1월 1일이기 때문이었다. 소설의 배경이 지금으로부터 4천 년 전이라 했으니 오늘은 그로부터 4천 년 후이고 또 오늘은 2천 년 1월 1일이었다. 작가가 쓴 글의 배경은 기원 전 2천 년인 셈이었다.

그런데 뭔가 있을 것 같아 책을 들었건만 어부가 등장하고 용이 나오고, 이건 영 황당하기만 한 것이 기대 이하다. 더군다나 이야기는 고조선 시대의 어느 시가를 참고한 것 같다. 마을 사람들의 예상과는 달리 용이 다시 등장하고 또 한 사람의 어부가 먹이가 되고, 결국 사람들이 힘을 합쳐 성 조지처럼 용을 퇴치한다는 이야기일까? 나이도 젊은 사람이 왜 이런 이야기를 쓰는 걸까?

그래서 소영은 다시 책을 덮기로 했다. 혹시나 도움이 될까 싶어 손에 잡히는 대로 아무렇게나 가져온 책. 가방 속에 되는 대로 쑤셔 넣어온 탓인지 책은 소영에게 별 도움을 주지 않을 것 같았다.

2천 년 1월 1일.

소영은 창밖을 보았다.

스물아홉의 소영은, 아니 이제 2천 년이 되어 한 살을 더 먹은 관계로 이십 대를 잃어버리게 된 소영은 '2천 년의 첫 해가 뜰 때 당신은 무얼 하실 건가요?'라는 어느 유명 호텔의 광고 문구를 떠올리며 바깥의 깜깜한 하늘을 내다보았다. 그곳은 빛 한 점 없이 완벽한 어둠만이 있을 뿐이었다. 설마 하는 생각으로 소영은 다시 세상을 내려보았는데 역시 빛은 없었고 위로는 별 하나 보이지 않는, 이젠 더 볼 것도 없는 암흑임이 확실했다.

2천 년의 첫 해가 뜰 때 무엇을 할 것인가……. 소영은 생각해 보았다. 하지만 아무 것도 떠오르지 않았다. 오슬로 공항에 내려 짐을 챙기고 있을 것이란 것 말고는.

시계는 여섯 시를 가리키고 있었다. 그렇다면 한 시간쯤 후 공항에 도착할 것이고 아마 그때 2천 년의 첫 해가 뜰 것이다. 곳곳의 지구인들은 태양을 보며 환호를 질러댈 것이다. 뭔가 세상이 바뀐 것 같다며, 혹은 바뀔 것 같다며 호들갑을 떨어댈 것이 분명했다. 그리고 소영은 공항에서 짐을 챙길 것이다. 그뿐이다. 그리고 어떡한담? 그건 소영 자신도 알 수 없었다. 왜 오슬로로 가는 것인지, 왜 그 많은 도시 중 하필 오슬로인지 소영으로서도 알 수 없는 일이었다. 오슬로는 노르웨이의 수도이고, 노르웨이는 뭉크와 입센의 고향이라는 것이 소영이 알고 있는 전부였다. 그렇다면 소영이 오슬로행 비행기 티켓을 끊은 것은 오랫동안 머릿속에 간직되어 있던 뭉크의 그림이 그녀의 무의식 속에 작용을 가한 것인지, 그야말로 홀로 절규하기 위함인지……, 또는 역시 무의식 속에 노라Nora의 결심이 떠올랐던 것인지……, 그것마저 소영으로서는 알 수 없는 일이었다.

　소영은 남편의 말대로 집을 나가기로 했다.
　나흘 전의 일이었다. 그 사람은 소영을 향해 멀리 떠나버리라고 했고 소영은 그 사람 말에 따랐다.
　"……."
　"……."
　가방을 들고 떠나는 소영이나 그 모습을 바라보는 그녀의 남편이나 모두 말이 없음은 마찬가지였다. 둘은 언젠가부터 이렇게 되었다.
　처음엔 그렇지 않았다. 소영에게도 신혼생활이란 것이 있었고 아이를 낳아 함께 돌사진을 찍을 때도 있었다. 하지만 그것들은 모두 순간이었고 이제 와서 생각해보니 행복과는 아무런 관계도 없는 것들이었다. 내가 그이를 사랑했던가? ……라고 소영은 생각을 해보기도 하는데 이것은 소영 스스로도 무척 애매하게 느껴지는 문제였다. 2년 전 소영은 결혼을 했었고 그때는 분명 그이를 사랑하기에 결혼을 한다는 생각을 했음이 분명했다. 그것은 소영의 편지와 일기로 충분히 증명이 될 수 있었다. 그런데 문제는 현재의 소영, 즉 2천 년의 새해를 맞이하는 소영은 당시의 감정상태가 어떤 것이었는지 도무지 기억을 못 해내고 있다는 것이다. 그녀는 사랑의 느낌을 떠올릴 수도 없다. 사랑, 사랑, 사랑……. 그것이 과연 어떤 느낌인지, 자신이 남편에게 어떤 마음을 품고 있었는지 도저히 생각해낼 수가 없고 그런 그녀는

자신이 어느 순간 기억을 상실해버린 건 아닌지 의심해보기도
했다.

소영. 1971년생. 주부.

1979년 12월 31일. 눈 내리는 밤. 열 살이 되기 몇 시간 전 그
녀는 이불 속에서 가슴에 손을 얹고 눈을 감은 채 2000년 1월 1
일을 생각한 적이 있었다.

내 나이 서른……

2천 년에 서른이 되는구나……. 왜 하필 2천 년에 서른이 되
지? ……하지만 멋진 남자랑 행복하게 살고 있겠지? 딸이 있을
까 아들이 있을까……. 아냐, 언니 말대로 2천 년이 안 올지도
몰라, 지구는 1999년에 멸망한다고 했으니까……. 하지만 설마
그럴 리가……. 다 거짓말일 거야……. 20년 후……. 그날이 정
말 올까……. 나도 다른 사람처럼 어른이 되어 있을까……. 하
지만 그것도 믿을 수 없어. 내가 어른이 되다니……. 난 다른 뭔
가가 되어 있을 것만 같아……. 어른이 아닌 다른 이상한 존
재……. 아……. 2천 년의 첫 해가 뜰 때 나는 무얼 하고 있을
까…….

소영에겐 한국에서 남편과 함께 있을 두 살 된 딸아이가 있다.
그런데 소영은 딸아이가 보고 싶지 않았다. 걱정이 되지 않았다.
웬일일까.

지금 그녀의 관심사는 딸이 아니다. 그런 자신을 소영은 이상

하게 생각해보기도 했다. 보통의 엄마들은 그렇지 않으니까 이
건 이상한 것이다. 하지만 어쩐단 말인가. 소영은 딸이 보고 싶
지도 않고 걱정도 되지 않았다. 그녀가 내내 생각하고 있는 것은
자기 자신이지 딸이 아니었다.

그중 하나는 자신이 어떻게 여행을 떠날 각오를 했을까라는
것이었다. 소영은 첫 해외여행을 서른 살의 나이에 혼자 하고 있
었다. 서른 살까지의 그녀를 본다면 이건 있을 수 없는 일이었
다. 소영이 비행기를 탔던 것은 대학교의 졸업여행 때와 신혼여
행 때 제주도를 갔던 경우뿐이었다. 그런 그녀가 가방을 싸들고,
그곳의 잡동사니 한쪽에 책 한 권을 구겨 넣고 유럽행 비행기에
올랐다는 것은 너무도 대단한 일이 아닐 수 없었다.

이틀 전 소영은 파리행 비행기를 탔고 파리에 내려서는 숱한
프랑스 사람들과 센 강을 보았다. 그리고 오르세이 미술관을 관
람했다. 드가의 그림이 소영을 오랫동안 우울하게 만들긴 했지
만 같은 층에서 만났던 고갱과 마네의 그림들……, 비록 얼마
지속되지는 못했어도 소영은 그것이 자유일 거라는 생각을 하기
도 했었다. 그녀가 불안했던 것은 사실이었다. 직장도 없이 새로
운 세기를 버텨낼 수 있을까? 여자가 남자에게 의존하지 않고
산다는 것이 현실적으로 가능한 얘기일까? 먼 유럽에서 대체 어
쩌자는 것인지. 한국의 평범한 가정에서 오르세이 미술관이라
니…….

하지만……

그동안 나는 어찌 살았나. 하루의 3분의 2를 자신을 위해 쓰지

못하는 사람은 모두 노예라고 어떤 이는 말했었지. 오전 일곱 시에 일어나 자정에 취침. 즉 열일곱 시간을 남편과 아이를 위해 바쳤어. 하루의 3분의 2가 조금 넘는 시간이야. ……그렇다면 나는 노예? 아니, 내가 밥을 먹고 가끔이지만 음악을 듣고 휴식을 취하는 시간은 빼야 되는 것이 아닐까? 흠, 천만에. 그것마저도 실은 나를 위한 것이 아니었어. 휴식마저도 남을 위했던 것. 심지어 일곱 시간의 수면도 마찬가지야. 수면은 곧 열일곱 시간을 위한 것이 아니었어? 분명한 거야. 삼십여 년을 살아오며 나는 내가 사랑하지도 않는 것에 삶을 허비했던 거야. 하루의 3분의 2가 아니라 10분의 9를 남을 위해 바친 거야. 결국 지금에 와서는 아무 것도 아닌 빈 종이 쪼가리가 되어버렸지. 그것이 내가 살아온 삶이었어. 종이 위에는 단 한 자의 글씨도 적혀 있지 않아. ……정말 한심하지 뭐야. 그게 다른 사람들의 것이 아닌 바로 나 자신의 삶이었다니. 아…… 그래서 내가 떠난 거야. 무턱대고 파리행 비행기를 탔던 것은 다시 태어나기 위해서야. 아니…… 아니, 그게 아니야. 내가 내 삶을 찾기 위해 여행을 떠났다고 거창하게 생각한다면 이건 나 자신을 속이는 행위야. 실은 될 대로 되라는 식이 아니었어? 새로운 세기는 한 마디로 될 대로 되라는 식이야. 그게 내 여행의 진짜 이유였어. 삶이라니, 자유라니, 웃기는 소리.

그렇다면 앞으로는? 내 미래는? 나이 서른의 여자. 나를 과연 젊다고 할 수 있을까? 직장 없이 무엇으로 먹고 산단 말이야? 3분의 2를 나 자신을 위해 쓰면서 배를 채울 수나 있을까? 정말 모르겠어. 모르겠어. 모르겠어. 2만 피트 상공에서도 이렇게 불안할 줄이야. 사람들, 승객들, 축제를 보러갈 것이 뻔한 사람들, 저들이 나와 함께 불안해한다면 그나마 마음이 놓이련만……. 하지만 모두가 행복해 보이는구나. 마치 아무런 걱정도 없이 사는 사람들 같아. ……아니야. 그것도 아니야. 이들 역시 모두 불행한 자들일 거야. 불행한 삶을 살아왔기에 이들은 새해를 축복하는 것이 아닐까? 변할 것이 없을 줄 알면서도 새해를 축복하는 것은 이들이 불안하고 불행하기 때문일 거야. 불행한 자들은 곧 떠오를 태양을 향해 부디 행복해지길 바라며 기도하겠지?

소영은 다시 한번 창밖을 바라보았다. 세상은 여전했다. 동이 틀 기운조차 없이 하늘은 그저 캄캄하기만 한 채 영원히 그럴 것만 같았다. 이제 소영은 아무 생각을 하지 않기로 했다. 캄캄한 세상에 대체 무슨 생각을 할 수 있을까. 생각을 거듭할수록 나빠질 일.

왼쪽으로 고개를 꺾은 채 잠이 들어 있는 옆자리의 흑인 여자를 보고 소영은 잠을 청할까 생각도 해보았다. 하지만 너무 예민하기만 해서 그것이 뜻대로 안 될 것이란 걸 알기에 또 하늘을 바라보았는데 그렇게 되면 다시 부질없는 생각을 하게 될 것이기에 소영은 그 황당하다는 젊은 작가의 단편소설을 이어서 읽어보기로 했다.

그래도 1월 1일이니…….

다시 들려온 여자의 비명소리에 소영은 책을 덮었다. 마을 사람들이 바구니를 들고 바다로 향할 때였다. 이번에도 소영은 고개를 들어 조종실 입구 쪽을 바라보았다. 그런데 이번엔 소영 혼자 들은 것이 아니었다. 승객들이 웅성대고 있었다. 그들 역시 소영처럼 고개를 들어 이곳저곳을 살펴보고 있었다.

마침 소영 옆을 스치던 스튜어디스가 소리가 난 방향으로 걸어가자 승객들은 호기심이 발동했다. 분명 예사롭지 않은 비명소리였다. 그리고 소영이 알기론 이번이 두 번째였다. 처음에 들었던 똑같은 비명소리는 결코 환청이 아니었던 것이다. 그렇다고 모든 승객들이 비명소리의 정체를 궁금해 하는 것은 아니었다. 소영 곁에 앉아 있는 흑인 여자는 여전히 잠이 들어 있었고 그 건너편의 두 남자 역시 마찬가지였다.

스튜어디스가 승객들의 시선을 한 몸에 받으며 걸어가던 중 조종실 입구의 문이 활짝 열렸다. 소영은 가슴이 두근거렸고 스튜어디스는 그 자리에 멈춰 섰다. 이제 승객들의 눈은 열려 있는 문으로 향했다. 스튜어디스가 그곳에 가지 않는다 하더라도 문제는 스스로 모습을 드러낼 기세였다.

"……."

정확히 일 초 후 문 밖에선 동그란 안경을 낀 털보가 걸어나왔다.

승객들은 허탈해졌다. 비명소리의 정체와는 아무 관련도 없을 것 같아 보이는 우스꽝스런 생김새의 얼굴이 등장했으니 그럴 수밖에 없었던 것이다. 마흔 살 가량의 백인 남자인 그는 동양 여자들 정도밖에 되지 않는 자그마한 키를 가지고 있었는데 체크무늬 남방에 청바지를 입은 품 때문인지 나이에 걸맞지 않게 귀여운 느낌이 들 정도였다. 〈굿 윌 헌팅〉이란 미국영화에 나오는 로빈 윌리엄스……, 소영은 털보를 보자 그 배우가 떠올랐다.

로빈의 얼굴이 생각나자 소영은 그나마 안심이 되었는데 무언가를 안에서 끄집어내기 위함인지 털보의 왼쪽 손이 어깨 높이로 들려 있던 것은 보기에 이상했다. 그는 안에 있을 무언가를 바깥으로 당기고 있는 중이었다.

승객들은 그것이 무얼까 궁금해 했다. 그들은 털보의 얼굴과 손을 번갈아 바라보았다. 그러자 털보는 그런 승객들의 표정이 재미있다고 느꼈는지 눈을 동그랗게 만들고 피에로 같은 웃음을 지어 보였다. 그의 신기한 표정에 빨간 기모노를 입고 있던 앞좌석의 여자 아이는 깔깔대며 웃었다. 승객들은 털보를 보았고 아이가 앉아 있는 곳을 본 뒤 다시 털보를 보았다.

하지만 아이의 웃음은 곧 멈추었다. 그동안 멀뚱히 서 있던 스튜어디스는 아무 소리도 없이 뒷걸음질을 쳤다. 아이와 스튜어디스는 자신의 상상력을 뛰어넘는 뜻밖의 것을 보게 되었고 그건 소영을 포함한 다른 승객들도 마찬가지였다.

털보의 손에 이끌려 나온 것은 전혀 생각할 수도 없던 것이었는데 그것은 얼굴 한쪽이 피투성이가 된 채 고개가 한쪽으로 꺾여 있는 에어 프랑스의 스튜어디스였다.

몇 초의 정적 뒤 누군가가 소리를 질렀다. 그 뒤로 두세 명의 여자들이 비명을 질렀다. 몇 명의 여자들은 비명도 아닌 괴이쩍은 소리를 냈다. 그리고 곧 기내는 조용해졌다. 이제 저마다 얼이 빠진 모습으로 털보와 부상당한 스튜어디스를 쳐다보았고 승객들은 모두 정지된 화면 속에 나오는 등장인물들처럼 되었다.

"안녕하시오, 승객 여러분!"

털보가 소릴 질렀다.

그는 영어를 사용했다. 털보는 왼손으로 스튜어디스의 나비넥타이를 움켜잡고 있었다. 그녀는 신음소리도 내지 않고 전혀 움직일 기미도 없었는데 그렇다면 죽은 것일까? 소영은 혼란스러웠다. 아니면 그저 기절을 한 것인지……, 도대체 분간할 수가 없었다.

스튜어디스의 입술은 쇳덩어리로 짓이겨진 듯이 심하게 망가져 있었고 입술에서 튄 피가 얼굴 전체로 퍼져 있었다. 그렇다면 소영이 책을 읽는 동안 들었던 소리는 스튜어디스의 것이었고, 털보는 그녀가 비명을 지르자 어떤 도구를 사용해 폭력을 가했을 가능성이 높다고 봐야 했다.

"다들 놀랐겠지? 곧 알게 되겠지만 흠, 이건 별 거 아냐."

그러더니 털보는 왼손을 입구 쪽으로 밀어버렸다. 스튜어디스는 벽에 머리를 부딪치며 바닥으로 고꾸라졌다. 둔탁한 소리에 몇 명의 승객이 어설픈 감탄사를 내지르며 어깨를 흠칫거렸다.

"망할 년이……. 날 가로막지 않겠어?"

털보는 쓰러져 있는 스튜어디스를 보고는 고개를 들어 승객들을 쳐다보았다.

"그건 그렇고, 우선은 내 소개를 하겠어. 그게 절차니까 말이야."

　그렇게 말하더니 털보는 왼손을 입구의 벽 쪽에 갖다대어 자세를 보다 자연스럽게 했다. 이제 털보는 자기소개를 하고 승객들은 그의 소개를 듣게 되는 꼴이 되었다. 소영은 조금 전보다 더 혼란스러워졌다. 아니, 조금 멍청해졌다. 너무 갑작스럽게 일어난 일이었다. 심상치 않은 장면임에는 분명하나 의아한 일이었다. 도대체 무엇일까.

　"내 이름은 제이미라고 해. 나이? 그건 비밀이야. 나이는 당신들 마음대로 생각해. 매사추세츠에 가면 콩코드라는 마을이 있지. 들어본 사람 있어? 독립전쟁 때 아주 격렬한 전투가 있었던 곳이야. 그곳이 내 고향이지. 파리엔 이틀 전에 왔었어. 당신네들처럼, 그리고 당신들과 함께 새로운 천년을 맞이하기 위해서 왔지. 흠, 우린 곧 좋은 동반자가 될 수 있을 거야."

　그리고 제이미라는 털보는 아주 이상한 웃음을 지어 보였다. 자기도 모르게 어깨를 움츠린 자세가 된 소영은 그런 털보를 내내 보고 있었다. 소영은 그가 서 있는 곳에서 20여 미터나 떨어진 뒤편에 앉아 있었지만 그의 웃음은 아주 선명하게 느껴졌다.

　"파리에 온 이유는 말이야……, 너희들한텐 이상하게 들리겠지만 너무 따분해서였어. 난 평생을 매사추세츠에서만 살았는데 처음으로 외국여행을 해보고 싶었던 거야. 새해를 외국의 하늘에서 맞이하고 싶었다고. 그것도 아주 예술적으로……. 예술적으로 말이야. 예술이란 본디 권태에 빠진 인간들의 미친 짓이 아니겠어? 무슨 예술? 흠. 자, 이걸 봐."

　털보의 말에 승객들은 눈동자를 내려 그의 손을 보았다. 그리고 털보는 뒷주머니에서 갈색 쇳덩어리를 꺼냈다. 녹이 슨 것이면 곳에서도 확연히 보이는 그 쇳덩어리는 끝이 뭉툭하게 동그랗고 그보단 가느다란 손잡이가 달린 길쭉한 물건이었다.

"이게 뭔지 알아?"

털보는 오른손으로 쇳덩어리를 들어 왼손의 손바닥에 턱턱 쳐 댔다. 그저 쇳덩어리로 보일 뿐 소영은 그게 무엇인지 알 수 없었다.

"이건 이차 세계대전 때 독일군이 쓰던 수류탄이야. 봐, 보이지? 모두들 한번쯤 영화에서 봤을 거야. 근데 이게 얼마인지 알아? 오 달러야, 오 달러. 보스턴에 사는 수집상으로부터 산 거야. 그 망할 자식……, 그 지저분한 호모 자식. 그건 그렇고, 이걸 봐. 신기하지 않아? 이 오 달러짜리 수류탄으로 일억 달러나 되는 콩코드 비행기를 날려버릴 수 있지 않겠어? 난 그게 정말 신기하단 말이야. 물론 너희들 목숨도 포함해서 말이지. 지금은 그런 시대야. 오 달러로 모든 걸 끝장낼 수 있어. 재밌지 않아? 이쯤 되면 내 계획이 무엇인지 모두들 알아들었겠지?"

소영은 두 발을 가지런히 모았다. 그게 정말이라면 당장 승객들의 소동이 있어야 한다고 소영은 생각했다. 하지만 그렇지 않았다. 그녀가 볼 수 있는 주위의 손님은 털보의 말을 개의치 않는 것 같았다. 아니, 설마 그렇지는 않을 것이다. 어쩌면 자신처럼 혼란에 빠져 상황을 파악하지 못하고 있거나 또는 역시 자신처럼 다른 승객들의 행동을 바라고 있을지도 몰랐다.

이런 경우 의리심이 강한 몇 명의 남자들이 미치광이를 덮치는 장면을 미국 오락영화에서 본 것 같기도 했다. 털보가 농담을 하고 있는 것이 아니라면 이건 그야말로 심각한 일이 아닌가. 그렇지만 뒷머리만을 볼 수 있는 앞좌석의 승객들, 꼭 앞모습이 없을 것만 같은 수십 개의 뒷머리는 그저 이리저리 꿈틀거려댈 뿐이었다. 소영 그 자신처럼 말이다.

어느새 털보는 네모난 검정색 플라스틱을 집어들었다.

"근데 난 이것만으로 비행기를 날려버리진 않아. 어쩌면 이 고철 덩어리는 터지지 않을지도 몰라. 난 말이야, 보다 환상적인 걸 원해. 내가 가장 존경하는 예술가가 누군지 알아? 잭슨 폴록이야. 즉흥적이고 환상적인 것을 좋아하지. 난 벌써 조종실과 화장실에 폭탄을 설치해뒀어. 흠, 이제 좀 가슴이 뜨끔하겠지? 자, 자 여길 봐. 여길 보란 말이야! 이건 리모컨이야. 여기 노란 단추가 보이지? 이걸 누르면 너희들은 곧 생전 처음 접하는 굉음을 듣게 돼 있어. 이 거대한 기계는 아주 예술적으로 폭발해버리는 거야. 상상을 해봐. 비행기가 어떻게 터지겠어? 우선 앞과 뒤가 날아가겠지? 상상이 돼? 조종사들과 화장실에 앉아 있는 사람은 우리보다 먼저 사라질 거야. 그 장면을 떠올려보라고. 아! 정말 환상적이지 않아? 꽝! 하는 소리와 함께 요란한 바람이 일겠지? 그럼 남은 우리들은 어떻게 될까? 더군다나 난 가운데에 이 수류탄을 던질 건데 말이야. 그것이 폭파되는 순간, 아니면 그 직전 어쩌면 우리들은…… 벌써 없을지도 몰라. 놀랍지? 우린 말로만 듣던 것처럼 순식간에 사라질 수가 있는 거야. 새로운 세기는 비교도 안 될 새로운 세계로 가는 거야! 하하! 난 정말 기대가 돼. 기대가 된다고! 그런데 내가 왜 이런 일을 할까? 왜 여기까지 날아와서 이러는 걸까? 궁금하지? 말했었잖아. 너무 따분해. 사람들은 이천 년이 왔다고 떠들어대던 걸? 하지만, 난 심심해. 변한 것이 하나도 없고 변할 것도 없어. 그래서 예술을 하기로 했어. 난 권태 속에서 너무도 오랫동안 살았단 말이야!"

털보는 리모컨을 머리 위로 들었다. 소영은 입술을 굳게 다물었다. 그때 여태껏 그의 앞에서 어쩔 줄 몰라 하던 스튜어디스가 뒤를 돌아서더니 화장실 쪽으로 뛰어가기 시작했다.

"멍청하긴!"

털보가 소리쳤다.

그녀는 소영의 자리를 스쳤고 소영은 그녀의 얼굴을 보았다. 옆자리의 흑인 여자는 깨어날 줄을 몰랐다.

"숨을 데가 어디 있겠어? 내가 화장실부터 폭파될 것이라고 말하지 않았던가?"

털보는 일본 여자아이를 보며 킬킬거렸다. 그리고 들고 있던 리모컨을 다시 허리 아래로 내렸다.

"이천 년이 되자마자 죽는 것을 너무 원통하게 생각하지 마."

털보의 목소리는 조금 전보단 차분해졌고 그는 아주 약한 한숨을 내쉬었다.

"사람은 어느 때고 죽는 것이 아니겠어? 당신들은 오늘 세계 뉴스를 장식하게 될 거야. 많은 사람들이 당신들을 기억할 것이니 그나마 늙어 뒈지는 것보단 낫겠지. 이천 년이 되었다고 세상이 좋아지지는 않을 테니까 너무 서럽게 생각하지 마. 새로운 세기엔 정신병자와 자살자가 엄청나게 늘어날 거야. 난 장담할 수 있어. 한쪽 세상의 평화를 위해 다른 쪽 세상에선 수많은 젊은이들이 죽어 자빠질 거야. 뻔한 게 아니겠어? 더 생각할 것도 없는 거야. 근데, 한심한 놈팡이들은 이제 새로운 세상이 왔노라며 떠들어대잖아? 멋진 신세계가 열렸다며 환호를 질러대는 꼴이라니. 그러니 내가 권태로울 수밖에. 더 불행한 것은 그런 놈팡이들이 세상의 대부분을 차지하고 있다는 거야. 그래서 보스턴으로 가서 그 망할 놈의 호모 새끼를 만났지. 그놈…… 정말 이상한 놈이었어. 흠, 그러고 보니 내가 너무 말이 많군. 어차피 좀 있으면 모두 잊어버릴 텐데."

털보는 다시 리모컨을 들었다. 리모컨을 좌우로 움직여 관객들이 자세히 보게끔 했다. 소영은 답답함에 어찌할 줄을 몰랐다. 이젠 많은 승객들이 동요하고 있었다. 누군가는 일어섰다 앉기를 반복하였다.

"자, 보라고!"

그렇게 말하며 제이미라는 이름의 털보는 정말 단추를 누르려는 것이 아닌가!

여자들의 비명소리가 기내를 메웠다. 기모노를 입은 여자아이가 울기 시작했다.

'……'

다행히 털보는 버튼을 누르지 않았다.

"참, 마지막으로 한마디만 더."

그러더니 그는 방금 전과 같은 나지막한 한숨을 내쉬었다.

"이틀 전 파리에 왔을 때 내가 처음 들렀던 곳은 오르세이 미술관이란 곳이었어. 갑자기 인상주의 화가들의 그림을 보고 싶었지. 이유는 나도 모르겠어. 지금 생각해보니 거무튀튀한 세상에서 잠시나마 벗어나고 싶었던 것 같아. 삼층에 마침 드가의 그림들이 있더군. 〈압생트Absinthe〉라는 그림이 있었어. 한 남자와 한 여자가 탁자 앞에 앉아 있는 아주 단순한 그림이었지. 그런데 난 그림 속의 여자를 뚫어져라 보고 있던 한 동양 여자의 우울한 모습을 잊을 수가 없어. 아, 그 여자……, 뭐라고 표현하면 좋을까……, 우울하지만 아름다웠지. 우울과 아름다움……. 대체 무엇을 그리도 골똘히 생각하던지……. 아……, 실로 내 인생에 마지막으로 본 아름다운 장면이었어. 다가서서 사랑하고 싶은 그런 여자였어. 하지만 그건 불가능한 일이겠지? 그 여자는 나 따위는 쳐다보지도 않을 거야. ……난 이 작품을 그녀에게 바치고 싶어. 어디서 왔는지, 이름이 무엇인지, 무슨 생각을 하고 있었는지……, 난 아무 것도 알고 있지 못하지만 따뜻한……."

그 후의 말을 소영은 듣지 못했다. 오르세이, 드가, 압생트……. 대체 그는 무슨 말을 하고 있는 것인지……. 그렇다면 그 동양 여자는 바로 자기 자신이 아닌가! 이틀 전 소영은 분명 3층에 전시되어 있던 드가의 〈압생트〉를 보았고 그림 속의 여자를 뚫어져라 쳐다보았었다. 그렇다면 그때 바로 곁에는 털보가 있었구나! 그가 나를 바라보고 있었다니……. 하지만 그게 아닐지도 몰라. 미술관에는 많은 일본 관광객들이 있었으니까. 동양 여자란 그 일본 여자들 중 하나일지도 모르지. 더군다나 나는 남자가 한눈에 반할 만큼 아름다운 여자는 아니잖아? 그래도 이건 느낌이 너무 이상한 걸? 만약…… 만약 그게 나라면…… 저 사람이 반했던 사람이 나라면…… 정말 그게 나였다면 도대체 이 상황을 어떻게 설명해야 되지? 나는 살기 위해 여행을 떠난 것인데……, 아무 잘못한 것도 없이 저 사람으로 인해 죽게 된다면…….

소영은 고개를 들어 털보를 바라보았다. 그의 마지막 한마디는 여전히 계속되고 있었다.

"……라고 하지 않겠어? 빌어먹을 인생이었어. 사랑하고 싶어도 그럴 수가 없었지 뭐야. 하하하! 그런데 콩코드에서 태어나 콩코드에서 죽다니. 이런 일치가 또 있을까? 참으로 예술적인 삶이야. 자, 그럼……, 마지막으로, 내 예술을 지켜봐줘서 고마워. 안녕."

털보는 버튼을 눌렀다. 아니, 바로 그 직전 털보 앞에 앉아 있던 한 남자 승객이 그에게 덤벼들었다. 노란 머리의 그 남자는 털보를 향해 잽싸게 몸을 던졌고 곧 둘의 싸움이 있을 것 같았다. 그러자 이번엔 소영 바로 앞좌석에 있던 동양남자가 일어나 털보에게 달려갔다. 하지만 소영은 그들의 행동이 너무 늦었다고 생각했다. 털보의 손가락은 버튼 깊숙이 들어갔고 소영은 그 순간을 너무도 정확히 보아버렸다. 그리고 소영은 들고 있던 책을 비틀 듯 꼭 움켜잡았다. 여전히 자신이 처한 상황을 실감할 수 없었고 오늘 죽는다는 것은 상상도 할 수 없는 일이었다.

3

모두들 떠났고 그녀는 홀로 남았다. 달은 서쪽으로 조금씩, 조금씩 움직였다. 밤은 깊어 파도 소리만이 가득했다. 새벽에는 눈이 내렸다. 눈은 쌓이고 쌓여 갯벌과 언덕을 덮었고 그녀의 몸도 하얗게 만들었다. 첫 해가 뜰 때쯤 여자의 몸은 눈 속에 완전히 파묻혔다.

구름이 걷히고 해가 떴다. 세상은 어제와 같은 아침이 되었다. 마을 사람들은 다시 갯벌로 모여들었다. 매서운 바람 때문인지 사람들은 모두 가슴을 웅크린 채 추위에 떨어댔다. 어떤 이는 발이 뒤틀려 엉덩방아를 찧기도 했다. 또 어떤 이는 돌덩이에 발이 걸려 넘어졌다. 그럼에도 사람들은 아무 소리도 없이 시체가 있는 쪽으로 걸어갔고 모두 모이게 되었을 땐 어제처럼 둥그런 원이 만들어졌다.

"자, 시작합시다."

곽씨가 말했다. 그러자 모두 알겠다는 듯 아무 소리도 내지 않았다.

곽씨는 그보다 나이가 젊어 보이는 남자에게 고갯짓을 했다. 남자는 곽씨의 지시대로 눈밭에 무릎을 꿇고 눈을 파헤치기 시작했고 얼마 뒤엔 무명씨의 아내가 모습을 드러냈다. 그러자 사람들이 다가섰다.

눈을 파헤쳤던 남자는 곽씨를 올려보았다. 곽씨는 그에게 칼을 건네주었다. 커다랗고 거무튀튀한 그 칼은 돼지를 잡을 때 쓰는 것이었다. 남자는 일어나 두 손으로 칼을 움켜잡았다. 사람들은 다시 물러섰다.

그가 칼을 머리 위로 들어 올리자 햇빛이 날에 반사되었다. 반사된 햇빛은 사람들의 눈을 부시게 했고 무명씨의 아내의 얼굴도 환하게 만들어주었다. 하지만 그가 칼을 내리쳤을 때 햇빛은 아주 둔탁한 소리와 함께 멀리 달아나버렸다.

여자의 피부는 얼어 있었다. 돼지를 잡는 칼이라지만 남정네의 힘으로도 한 번에는 버거운 일이었다. 그녀의 몸은 마치 나무토막 같았다. 남자는 한 번 더 칼을 치켜들어 아래로 내리쳤고 그렇게 두 번을 더 한 끝에 여자의 목은 몸에서 떨어져나올 수 있었다.

똑같은 방법으로 여자의 팔과 다리가 잘렸고, 잘려진 팔과 다리는 다시 삼등분되었다. 배는 갈라져 약간의 온기가 남아 있는 내장은 큰 바구니에 담겼다.

도막난 시체 주변으로 사람들이 다가갔다. 곽씨는 쪼그려 앉아 그들에게 고기를 나누어주었다. 어떤 이는 팔을, 어떤 이는 허벅지를, 또 어떤 이는 얼굴을 받았다. 이들은 국을 끓이거나 젓갈을 담글 생각이다.

나눔이 끝나자 곽씨는 일어나 내장을 담아두었던 바구니를 들었다. 꽤나 무거웠던지 칼을 내리쳤던 남자가 거들었다. 그리고 바다를 향해 걷기 시작했고 사람들이 뒤따랐다. 하얀 눈밭으로 작은 행렬이 만들어졌다. 사람들은 조용히 노래를 읊었다. 무명씨와 그의 아내를 위로하고 용을 저주하였다. 다시는 용이 나타나지 않기를 진심으로 기원하였다.

물결이 발에 와 닿자 행렬은 멈추었고 곽씨는 바구니를 내려 놓았다. 마을 사람들은 바구니 주변으로 몰려들었다. 그리고 한 사람씩 바구니에 손을 집어넣어 내장을 꺼내갔다. 어떤 이는 심장을, 어떤 이는 간을, 어떤 이는 콩팥을, 또 어떤 이는 자궁을 꺼내갔다. 그들의 손은 이내 여자의 피로 물들었다.

무명씨가 허무하게 목숨을 잃었던 바다를 향해 사람들은 이제 내장을 던지기 시작했다. 첨벙첨벙……, 아내의 내장은 남편이 잠들어 있을 바다 속으로 던져졌고, 가는 파도에 쓸려 이리저리 헤엄치다가는 보이지 않는 곳으로 사라져갔다.

마을 사람들의 일은 이로서 모두 끝이 났다. 핏물이 엷어지고 햇빛만이 일렁거리자 사람들은 뒤돌아서기 시작했다. 저마다 손에는 고깃덩어리를 쥔 채 식구들이 기다리고 있을 집으로 향하는 것이다. 그리고 고기를 잡으러 가야 한다.

추운 날이었다. 매서운 바람이 눈발을 날렸다.

새해의 첫 햇살이 내내 사람들을 비춰주었지만 그들은 새해를 알지 못했다.

지평리 가는 길

1

"출발!"

그렇게 말하고 크롬베즈 대령은 해치 속으로 몸을 숨겨버렸
다. 기갑부대의 상징인 그의 노란색 스카프는 바람에 한번 휘날
리더니 이내 탱크 속으로 사라졌다. 열아홉 번째 탱크였다. 그
위로 2소대원 몇 명이 올라탔다. 탱크는 곧 움직이려 했다. 여러
병사들은 탱크 위에서 자기들끼리 뭐라 애기를 하였고, 그중 몇
명은 뒤쪽의 병사들에게 출발한다며 손으로 신호를 보냈다. 뒤
쪽 탱크 위의 병사들은 소총을 어깨에 멘 채 추운 듯 몸을 웅크
리고만 있었는데 그들은 지금 이 L중대가 무엇을 위해 탱크 위
에 있는 것인지 도무지 알고 있지를 못했다. 중대장 베렛은 대원

들에게 탱크에 올라타라는 것 말고는 아무런 지시도 내리지 않았다.

'놈을 고소하고 말테다.'

베렛 대위의 머릿속에는 그 생각뿐이었다.

'반드시 살아남아서 놈을 고소하고 말테다.'

이는 분명, 자신이 웨스트포인트에서 배운 군대의 규범과는 거리가 먼 작전이었다. 자신이 배운 미국육군규범집에는 불가피한 상황이 아닌 경우 상사는 부하의 생명을 자신의 목적을 이루기 위해 사용할 수 없으며, 작전을 수행한다는 명분하에 비인간적이고 굴욕적인 방식으로 부하의 목숨을 이용할 경우 살인죄에 처해질 수 있다는 규정을 그는 분명히 기억하고 있었다. 여기엔 장교들의 무수한 변명이 개입될 여지가 많고, 유럽의 전쟁터에서는 분명 숱한 변명들로 그 죄악들이 덮여졌을 것이 뻔했다. 하지만, 그에 상관없이 베렛은 이 같은 방식으로 중대원들의 생명을 앗아가려 한다는 것에 점점 더 가슴이 무거워져만 갔고, 그는 꼭 살아남아서 생존자들과 함께 이 사건의 전말을 증언키로 작정했다.

베렛은 24대의 탱크 중 네 번째 탱크 위에 앉아 있었다. 첫 번째 탱크를 제외한 23대의 탱크 위에는 6, 7명의 중대원들이 있었다. 그의 주위에도 중대원 5명이 더 있었고, 그들은 넓지 않은 탱크 위에서 그마나 앉은 자세를 편하게 하기 위해 엉덩이를 한쪽으로 옮겨보기도 하고 주포 옆에 툭 튀어나온 야삽걸이를 손으로 당기며 균형을 잡아보기도 했다.

출발하려는 탱크들이 요란스런 소리를 내기 시작했다. 엄청난 무게의 탱크가 요동치기 시작했고, 그 요동은 병사들에게 그대로 전해졌다. 모든 탱크 위의 병사들은 저마다 한결같이 베렛 옆의 병사들처럼 이리저리 꿈틀거려댔다.

"스티비! 이런 폭설 본 적 있어?"

누군가가 며칠 전 갓 입대한 스티비라는 신참에게 소릴 지르고 있었다. 베렛은 뒤돌아보았지만 그가 누구인지는 알 수 없었다. 사실, 이런 폭설은 베렛도 처음이었다. 콜로라도가 고향인 베렛도 이 정도의 눈은 본 적이 없었다. 예상치 못한 엄청난 폭설에 특수부대에 포함된 공병 분대가 아침부터 엄청난 고생을 하였다는 것을 그는 알고 있었다. 그들은 지평리로 향하는 길에 매설되어 있을지 모르는 지뢰의 제거를 위해 모였지만, 오히려 지뢰는 단 한 개도 발견하지 못하고 끝도 없이 쌓이는 눈 치우기에 바빴다. 그들은 작전개시 시간인 오후 세 시까지 불도저로 요란을 떨다가 크롬베즈 대령의 출발 명령과 함께 어딘가로 사라져버렸으며 그와 동시에 그들의 임무도 모두 끝이 났다. 남은 것은 어디서 왔는지 모르는 대령의 탱크 24대와 그 위에 올라타 있는 베렛 대위의 L중대원 160명, 그리고 만약의 경우를 대비해 연대에서 지원된 수송트럭 한 대뿐이었다.

"카—아악!"

누군가가 목구멍 깊은 곳에서 가래를 끌어올릴 때 선두의 패튼전차가 드디어 몸을 움직이며 앞으로 나아갔다. 곧이어 두 번째, 세 번째 전차들이 그 뒤를 따랐다. 네 번째 전차가 앞으로 나아가려 할 때 베렛은 고개를 반쯤 돌려 그가 머물렀던 작은 연병장 속의 한 텐트를 바라보았다. 많은 눈 때문에 그의 시야에 제대로 들어오진 못했지만 텐트 옆에는 어떤 이가 점퍼에 손을 넣은 채 탱크 행렬을 바라보며 서 있었다.

그는 트레이시 대대장이었다.

"퉤에!"

또다시 누군가가 가래를 뱉었고, 베렛은 고개를 돌려버렸다. 그러자 이내 그의 얼굴로 함박눈이 쏟아졌다.

베렛이 원하는 것은 대대장을 다시 볼 수 있으리라는 것, 그뿐이었다. 그리고 베렛은 대대장의 얼굴을 머릿속에서 떨쳐버리자고 마음먹었다. 그런데 어디선가 고함소리가 들려왔다. 다시 뒤를 돌아보니 트레이시는 보이지 않았고, 대신 한 병사가 길 옆 도랑 속에 빠져 눈 속에서 허우적대고 있었다. 출발하던 탱크 위에서 굴러 떨어졌음이 분명했다. 그는 땅을 짚고 바로 일어나려 했다. 하지만 다시 주저앉았다. 그는 팔을 다친 듯했다.

"……."

베렛은 그저 보고만 있었다. 도랑에 떨어진 병사는 2소대의 제이미라는 사병이었는데 베렛이 알기로 그는 유타의 작은 시골에서 제법 큰 세탁소를 경영하였었다. 제이미가 타고 있었던 탱크가 몇 번째 것인지는 알 수 없었지만 모든 탱크가 그를 지나치고 있었고, 아무도 그를 태울 생각을 하지 않았다. 다른 중대원들도 베렛처럼 제이미를 내려보고만 있었다. 탱크의 속도가 제법 빨라지기 시작했던 것이다. 제이미 역시 당황하였는지 그는 하얀 눈이 묻은 얼굴만 들어 멀어져가는 동료들의 모습을 멀뚱히 쳐다보고 있었다.

"막사로 돌아가! 제이미!"

베렛은 소리쳤다. 하지만 그 소리는 탱크의 소음을 이겨내지 못했다. 베렛의 주위에 있는 대원들만 들었을 뿐이었다. 갑작스런 외침에 몇 명의 대원들이 베렛을 쳐다보고 있었다.

"……."

그중엔 켈리 상사도 있었다.

"정말 그냥 두고 가는 겁니까?"

그가 말했다.

베렛은 켈리를 바라보았다. 아무 대답도 없이 그는 고개만 끄덕였다.

탱크는 어느새 산모퉁이를 돌며 점점 속력을 높이기 시작했고, 트레이시 대대장이 서 있었던 연병장은 거친 눈보라 속에 어딘가로 사라져버렸다.

베렛과 그의 L중대에게는 그들이 탱크에 올라타기 불과 세 시간 전만 해도 아무런 재앙의 조짐이 없었다. 그들은 여느 때처럼 점심식사를 준비하고 있을 뿐이었다. 문제는 트레이시 중령이 L중대에 직접 찾아와 베렛을 그의 막사에 데려간 후부터 시작되었다. 그것은 참으로 정상적이지 못한 상황으로서 고지식하기로 유명한 그가 부하의 막사에 직접 찾아온 것부터가 L중대에게는 좋지 못한 일의 징조가 되기에 충분하였다.

"이십삼 연대가 아무래도 붕괴될 것 같네, 베렛."

그것이 중령의 첫마디였다. 그는 여주와 양평이 표시되어 있는 지도를 어색한 자세로 한번 가리키고는 의자에 앉아 책상 위에서 손을 마주잡고 있었다.

이내 뭔가를 생각하던 중령은 책상 모서리에 있던 담배케이스를 열어 시가 한 대를 손에 쥐었고, 불을 붙이려다 갑자기 일어나 지도를 한번 더 보더니 다시 베렛을 응시하였다. 베렛은 그런 중령을 내내 보고만 있었다.

"이거 한 대 피우겠나?"

다시 의자에 앉더니 중령은 그가 평소에 그토록 자랑하던 쿠바산 시가 하나를 베렛에게 권했다. 베렛 또한 담배를 사랑하는 사람이었다. 마다할 리 없었다.

"오늘 오전에, 단 한 시간 만에 특수임무 부대가 조직되었네."

트레이시 중령은 그제야 불을 붙이며 연기를 뿜어댔다.

"그렇게 짧은 시간에 한 부대가 만들어진 건 아마 우리 육군 역사에 있어 처음이자 마지막이 될 걸세."

"……"

"……이십삼 연대가 전멸될 것 같으니 모험을 해보자는 거지. 이건 내 생각도 아니고 그렇다고 연대장이나 사단장님 생각도 아니야."

여기서 베렛은 자신의 중대가 그 특수부대에 포함됐을 것이라 짐작하였다.

"특수부대는 말이네, 탱크 이십사 대와 공병 분대, 그리고 보병 일 개 중대로 만들어졌네. 그 보병 일 개 중대는 우리 대대가 맡으면 좋겠다는 의견이 있었고⋯⋯."

중령은 헛기침을 한번 했다.

"우리 대대 중에서 한 중대를 빨리 뽑아 보내라는 명령이 있기에⋯⋯."

"⋯⋯."

"⋯⋯그동안 가장 중대 점수가 높았던 자네 L중대를 보내기로 결정했네."

그리고 대대장은 베렛의 표정을 살폈다. 그의 코는 스멀스멀 연기를 피워올렸고, 연기는 이마를 타고 공중으로 퍼져나갔다. 그런데, 그의 말은 결코 베렛을 놀라게 하지 못하였다. 베렛은 전쟁터의 군인이었던 것이다. 그가 중대 점수를 높이기 위해 훈련을 열심히 하였던 이유가 바로 전쟁터에서 전공을 올리기 위함이 아니었던가.

더군다나, 23연대의 고립은 지난 몇 달 간 패배와 후퇴만을 경험하고 있는 전체 미군의 안위와 연결된 매우 중요한 문제였다. 불과 이틀 전에도 미군은 횡성에서 적에게 대패를 당하였고 죽었는지 살았는지 확인조차 되지 않는 병력이 무려 천 명이나 된다는 소문도 있었다. 이런 식으로 가다가는 곧 원주까지 빼앗길 판이었고 결국은 대구, 부산을 넘어 바다 속에 빠져 죽을 것임이 자명해 보였다. 중공군 역시 상황의 중대성을 알고 공세의 강도를 높였으며, 한국의 한 중앙이라 할 수 있는 지평리 일대를 차지하기 위해 어마어마한 병력을 쏟아부었는데 듣기로는 그 수가

8만이라 하였다. 23연대는 후퇴를 하던 도중 그들에게 결국 또 한번 당하고 말았고, 급기야는 지평리 일대에서 이중, 삼중으로 포위가 되어버렸던 것이다.

그들을 그대로 죽게 놔두고 반도의 중앙부마저 적에게 내어주어서는 절대 안 될 일이었다. 결국 상부 역시 모험을 선택하기에 이르렀다는 것인데, 그 모험에 베렛과 그의 중대가 참여하게 되었다는 얘기였다.

"탱크 스물네 대라면 너무 적지 않습니까?"

베렛의 걱정은 그것이었다.

"적의 수는 엄청나다고 들었습니다. 그들이 중화기가 부족하다고는 하지만, 그렇다 하여도 탱크 스물네 대와 보병만으로는……."

베렛의 말에 중령은 이번에도 아주 진한 연기를 앞으로 내뿜었다.

"그렇지 않네, 베렛."

중령은 말하였다.

"상부의 생각은 그렇지 않아. 탱크 스물네 대로 충분히 포위망을 뚫을 수 있다고 생각하고 있지. 중요한 것은 지체하면 안 된다는 거야. 신속하게 돌파만 한다면 이십삼 연대와 합류가 가능하고 합류가 되는 즉시 대대적인 공중폭격도 준비되어 있네. 포위망을 뚫기 위해 많은 병력을 투입할 시기가 아니야, 대위. 그건 불가능할뿐더러 아군에게 더 큰 피해만 줄 거라고."

"……."

"스물네 대가 적다고 생각할 수도 있지만, 적들은 지금 만 명의 병사보다 단 한 대의 탱크와 폭격기를 더 두려워하고 있다네. 그리고 말이야……."

그는 잠시 말을 멈췄지만 베렛은 중령이 지금 무슨 말을 하려는 것인지, 모든 것을 아주 갑작스럽게 알아버린 것만 같았다.

거친 눈보라 속을 달리는 탱크 위에서 베렛은 크롬베즈 대령과 그의 노란 스카프를 처음으로 대면했던 한 시간 전의 일을 떠올리고 있었다. 베렛은 부하로서 크롬베즈와 그의 탱크에게 경례를 붙였지만 그는 해치에서 상반신만 내민 채 경례도 받는 둥마는 둥 오히려 베렛의 얼굴이 이상하다는 표정으로 잠시 아래를 내려볼 뿐이었다. 그리고는 출발 전 해치 속으로 들어가더니 문을 잠가버리지 않았는가. 그 같은 행동을 베렛으로서는 이해할 수가 없었다. 크롬베즈는 작전의 성공에만 관심이 있지 인명 따위에는 애초부터 관심이 없는 작자로만 보였다. 이처럼 말도 되지 않는 작전이 모든 것을 잘 설명해주고 있었다. 다시 말해, 이는 L중대에게 죽어달라는 것이었다. 23연대를 포위하고 있는 중공군을 돌파하기 위해서는 기갑부대의 신속한 전진이 필요했고, 여기에는 탱크를 보호할 무엇이 필요했는데 그것이 바로 L중대였다. 크롬베즈는 탱크 위에 병사가 있으면 적들은 그 병사들을 먼저 노리게 될 것이고 결국은 병사의 희생으로 탱크의 피해를 최소화시킬 수 있다고 생각했음이 분명했다. 그렇지 않고서야 이런 작전은 생길 수가 없는 것이었다. 만약 그의 생각대로 작전이 성공한다면 어떻게 될 것인가. 그 결과는 보지 않아도 뻔하였다. 크롬베즈는 수천 명의 아군을 구출해냈다는 공로로 일약 전쟁영웅으로 추앙될 것이다. 그리고 L중대원들은 무덤 속에 있을 것이다.

지휘관이랍시고 탱크 속으로 들어가 버리고, 자신의 L중대는 생전 처음 보는 눈보라를 맞게 하며 죽음을 요구하고 있는 크롬베즈와 그의 작전계획을 제지시키기는커녕 오히려 부하들을 위해 아무런 조치도 취하지 않은 트레이시 중령을 그는 용서할 수 없었고, 이를 위해서라도 베렛은 반드시 살아남아야겠다고 마음먹었다.

그는 시계를 보았다. 벌써 출발한 지 이십 분이 지났다. 산과 하얀 눈, 좁은 비탈길……, 똑같은 풍경이 이어지고 있었다. 병사들은 아무 말이 없었고 눈은 그칠 줄 모르고 쏟아졌다.

"여기서부터 곡수리다. 모두 정신 바짝 차리도록!"

이번 특수작전을 위해 L중대에게 지급된 무전기 SCR-300에서 들려온 소리였다. 무전기는 거북이라는 별명을 가진 존슨 일병의 등에 있었는데 무전병인 존슨 일병마저도 그 말을 제대로 알아듣질 못했다.

"지금부터 곡수리라고 한 것 같습니다. 중대장님."

베렛은 알아들었노라고 했다. 곡수리는 막사에서 3.5킬로미터 떨어진 곳이었고 지평리로 가기 위해서는 반드시 거쳐야 할 길임을 베렛은 알고 있었다. 벌써 이곳에 와 있다는 것에 그는 조금 당황하였는데 베렛은 중공군의 포위망이 곡수리 일대까지 넓게 퍼져 있다는 것을 알고 있었고, 이 사실은 일반 사병들도 소문을 통해 들은 바가 있을 것이었다. 다행히 중공군의 모습은 보이지 않았지만 어딘가에 매복한 채 중대원들의 머리를 겨냥하고 있을지도 모를 일이었다.

"중대장님."

켈리 상사였다.

"설마, 이대로 중국 애들에게 달려드는 건 아닐 테죠?"

그 역시 곡수리라는 말에 당황하는 모습이 역력했다. 그의 걱정스러운 말은 여지없이 주변의 병사에게 전달돼 같은 탱크 위에 있던 샘 병장과 커크 하사, 그리고 존슨 무전병마저 베렛을 쳐다보게 만들었다. 베렛은 달리 할 말이 없었다.

"글쎄……. 혹시 뭐가 있을지 모르니까 주위나 잘 살펴."

그뿐이었다. 베렛은 그 이상의 어떤 말도 떠올리질 못하였다. 대신 그는 고개를 돌려 뒤를 쫓아오는 셔먼전차와 그 위의 중대원들을 보았는데 그들은 오히려 자신을 보고 있어 다시 고개를 돌려버렸다.

"저길 봐요!"

샘 병장의 외침이었다.

모두가 그가 가리키는 곳을 보았다. 그곳은 조그만 얼음웅덩이 쪽으로 길게 이어져 있는 아주 평범한 논두렁이었다. 그리고 그곳 한쪽에는 한 구의 시체가 있었다. 유독 얼굴만 새카맣게 타서 어느 국가의 병사인지는 제대로 알 수가 없었다.

예상치 못한 낯선 병사의 시신에 모두가 술렁이기 시작했다.

각각의 탱크들은 모두 시체 곁을 지나갔고 L중대원이라면 한 명
도 빠짐없이, 심지어 달리는 탱크에서 몸을 일으키면서까지 논
두렁에 널브러져 있는 죽음의 장면을 목격하였다.

"프랑스군이군요……."

커크 하사의 말이었다. 그는 프랑스군의 휘장을 알고 있다고
하였다.

"이곳에는 프랑스군 일부도 고립되어 있다고 들었습니다. 중
대장님, 아무래도 이대로 계속 나아간다는 건 좀 무리가 아닌가
요? 이런 식으로 빨리 달리다간 큰일을 당하게 될 것만 같은데
우린 너무 무방비잖습니까?"

커크 상사의 얼굴에도 눈보라가 휘몰아쳤다. 그는 분명 위기
감을 느끼고 있었다. 하지만 그의 말은 어느 한 구석 틀린 곳이
없었다. 그렇다고 베렛이 어떤 조치를 내릴 수 있을까? 그것도
아니었다. 탱크를 움직이는 것은 크롬베즈 대령이었다. 베렛은
작전 후 그를 고소하겠다고 마음먹었었다. 하지만 크롬베즈라는
사람은 사령부로부터 막중한 임무를 부여받고 지금 지평리로 향
하는 중이었고, 베렛은 그의 특수부대에 소속된 사병 아닌 사병
일 뿐이었다. 그가 탱크를 멈추게 한다는 것은 있을 수 없는 일
이었고 크롬베즈의 머릿속에서 구상된 대로 그 역시 다른 중대
원들과 함께 달리는 탱크 위에서 눈보라를 맞을 수밖에 없는 형
편이었다. 그가 할 수 있는 것이라곤 살아나길 바라는 것뿐이었
다.

"탱크를 세워야 될 것 같습니다, 중대장님."

커크의 조바심이 더해가는 듯했다. 베렛은 대답 대신 얼굴 한쪽을 손으로 닦아냈다. 커크는 베렛을 바라보고 있었다. 2년 전 여름, 켄터키의 훈련소에서 L중대가 사단의 최우수 모범중대로 뽑혔을 때 그는 그간의 고생을 떠올리며 눈물을 흘렸었다. 베렛은 커크의 당시 모습을 잊지 않고 있었다.

"중대장님, 여긴 곡수리인데, 그렇다면 대대장님 말대로 중국 39군이 있는 곳 아닙니까?"

베렛인들 모를 리 없었다. 그는 부하의 말에는 대답도 하지 않은 채 엉뚱하게도 트레이시 대대장이 준 쿠바산 시가를 아직 피우지 않았다는 것을 생각해내었고, 그것이 윗주머니에 그대로 있다는 것도 떠올려냈다.

시가를 입에 문 뒤 라이터를 켠 베렛은 몇 번의 시도 끝에 불을 붙였고, 뒤쪽으로 담배연기를 흘려보내며 또 한번 시계를 보았다. 세 시 사십 분이었다. 언뜻, 베렛은 이런 행동이, 즉 담배를 꺼내 피운다거나 시계를 보는 자신의 행동이 뜻대로 되지 않고 평소와는 달리 부자연스럽다는 것을 알게 되었다. 답답하게도 커크에게는 어떤 대답도 해주지 않은 채 자꾸만 눈물을 흘리던 그의 단편적인 모습만을 떠올리고 있었다.

베렛은 전투 후 크롬베즈를 고소할 수는 있어도 전투 중 부하들의 목숨을 살려낼 수는 없을지도 모른다고 생각하였다. 그는 탱크를 멈추게 하기는커녕, 탱크를 조종하는 병사들이 어떻게 생겼는지도 몰랐고, 오로지 한 대뿐인 SCR-300은 일병의 등에 달린 채 그를 더 초라하게만 만들었다. 곡수리에 접어들고 지평

리가 가까워질수록 그는 이 탱크의 행렬이 별 일 없이 진군해서
아군과 합류하기만을 바라게 되었는데, 그것이 현재의 중대장으
로서 할 수 있는 최선의 일이었다. 베렛은 병사들에게 아무 것도
해줄 수 없었다.

그는 꽁초를 멀리 도랑 쪽으로 던져버렸다.

"……"

병사들은 그런 베렛을 보았다. 꽁초는 기세 좋게 눈 사이를 뚫
고 나아갔다. 하지만, 이내 함박눈 속에 가려 보이지 않게 된 채
도랑 어딘가로 떨어졌고, 그 불씨는 있는 듯 없는 듯하더니 곧
사라져버렸다.

그 위로 눈송이들이 쌓이기 시작했다.

2

'……'

곡수리의 신작로에 들어섰을 때였다. 어디선가 들려온 총소리
에 병사들이 기겁을 하였다.

산을 돌아 신작로에 들어서니 양쪽으로 큰 논이 펼쳐졌고, 그
건너편에는 민가들이 있었다. 또 정면에는 지금까지 그래왔듯
산이 펼쳐져 있고, 그 산들을 굽이굽이 도는 길들이 있었다.

총알이 대체 어디서 발사되었는지는 알 길이 없었다.

탱크 안 병사들까지 총소리를 들었는지 그들은 더욱 속력을

높이기 시작했고, 탱크 위 병사들은 사방을 두리번거리며 자신이 예사롭지 못한 곳에 와 있다는 것을 조금 더 알게 되었다.

앞 탱크의 병사들이 큰 소리로 무어라 외치는 통에 베렛과 병사들은 그곳을 쳐다보게 되었는데 앞쪽 병사들은 손으로 정면의 산허리를 가리키고 있었다.

"적군이다!"

누군가가 소리쳐 베렛이 자세히 보니 그곳엔 그림자 같은 것이 몇 개 있었고, 그것들은 왼쪽으로 마구 뛰어다니고 있었다. 베렛의 몸에 소름이 돋았다.

"케인, 저길 봐! 저기도 있다!"

이번엔 지미라는 병사가 오른쪽의 논두렁을 가리켰다. 그곳에도 역시 검은 그림자가 있었다. 검은 그림자는 땅 속에 참호를 파두었는지 머리만 삐죽 내밀었다가는 밑으로 숨어버렸다. 그런데 그중 하나가 너무도 황급히 참호를 뛰쳐나오더니 탱크 쪽으로 달려오지 않는가!

"저거 뭐야!"

누군가 소리쳤다. 적군의 갑작스런 돌격에 누구랄 것 없이 놀라 뒤로 넘어질 뻔했다.

"빨리 사살해!"

베렛이었다. 하지만, 달리는 탱크 위에서 그렇게 소리친다는 것이 전투 중의 명령이 될 수 없었다. 들리지가 않았던 것이다. 그럼에도 병사들은 허겁지겁 총을 들었다. 적군은 빠른 속도로 달려왔다. 그 중국 병사는 소리를 지르고 있었다. 총은 없었고 무언가를 두 팔로 안고 있었다.

흔들리는 탱크 위에서 조준이 되던, 되지 않던 병사들은 앉은 채로 총을 난사하기 시작했고, 적군 주위에 쌓여 있던 눈은 하늘로 치솟았다. 그리고 그는 거꾸러졌다. 얼마 떨어지지 않은 거리였다.

"제기랄!"

베렛은 적군이 움직이지 않는 것을 확인하였다. 병사들은 말을 잊은 채 숨을 헐떡거렸다. 베렛은 존슨 일병의 철모를 두들겼다. 급히 수화기를 들고는 소릴 질렀다.

"L중대장이요. 밖에서 전투가 벌어지고 있다는 걸 알고 있는 겁니까?"

그때 들려온 것은 상대의 대답이 아니라 멀리서 눈보라를 뚫고 다가오는 박격포탄의 쇳소리였다. 그 소름끼치는 소리에 어디 숨을 곳도 없는 병사들이 서로의 가슴에 얼굴을 파묻었다.

포탄은 엄청난 폭발음과 함께 첫 번째 패튼전차를 명중시켰다. 그러나 탱크는 그대로 진격하였다. 적의 의도는 첫 번째 탱크를 파괴시켜 모든 탱크를 신작로에 고립시키는 것이었다.

"어디서 날아오는 거야!"

병사들이 소릴 질렀다. 그에 화답이라도 하듯 또다시 포탄이 날아왔다. 병사들은 동료의 가슴을 찾기에 급급했다.

두 번째 포탄은 첫째와는 반대로 가장 뒤편의 수송트럭을 명중시켰다. 달리는 차량을 이처럼 정확하게 포격한다는 것은 대단한 실력이 아닐 수 없었다. 탱크만큼 강하지 않은 수송트럭은 그대로 불길에 휩싸였고 운전사와 조수석의 병사들은 그 사이 어디로 갔는지 보이지도 않은 채 도랑 속으로 돌진하여 한 번 튕겨 오르더니 그대로 논바닥으로 처박혀버렸다.

베렛은 수화기를 귀에 댄 채 고개를 돌려 그 장면을 똑똑히 목격하였는데, 그것은 베렛에게도 충격이 아닐 수 없었다. 수송트럭이 특수임무 부대에 포함된 것은 병사의 낙오를 막고, 사상자를 실어 나르기 위함이었다. 하지만, 이제 트럭은 사라졌으니 부상당하거나 뒤처진 병사를 책임져줄 그 무엇도 없게 되었고, 남은 것이라곤 쇳덩어리 위에서 사방으로 노출된 L중대뿐이었다. 탱크는 돌진하기에 바빠 포를 쏴줄 기미도 보이지 않았다. 미군이 그토록 자랑하는 공군력이라는 것은 눈보라 앞에서 무용지물이 되어 아예 등장조차 하지 않았다. 급기야 베렛은, 마치 존슨 일병에게 화라도 난 듯 무전기 수화기를 내동댕이쳤는데, 이유는 무전을 받은 스콰이어라는 탱크 소대장 때문이었다.

"뭐요? 멈추라고? 젠장……. 당신 제정신이요? 이 상황에서 멈춘다는 게 말이 돼? 빨리 적군을 사살하시오!"

스콰이어 소대장은 철갑 보호막 속에서 그렇게 소릴 질렀다.

병사들은 예측치 못한 상황에 정신이 나가 버렸고, 몇몇 어린 병사들은 비명을 질러댔다. 그 와중에도 켈리 같은 베테랑들은 엉거주춤 일어선 자세로 적군의 동태를 살피는 노련함을 보여주었다. 하지만, 탱크가 신작로를 벗어나 다시금 지평리로 향하는 산길에 접어들었을 때는 신병이고 고참병이고 할 것 없이 크롬베즈의 의도대로 총알받이가 될 운명에 놓이게 되었다. 산길 옆

작은 언덕은 물론이거니와 그 맞은편의 나지막한 야산에서도 총알이 쏟아졌으니 그 어디에도 숨을 곳은 찾을 수가 없었고 모든 것은 하늘에 맡길 수밖에 없었다.

결국 희생자가 나오기 시작했다.

첫 번째 언덕을 돌았을 때였다. 베렛의 앞 전차에 타고 있던 어느 병사의 철모가 마치 유리처럼 박살이 났고, 그 병사는 그대로 탱크 아래로 떨어졌다. 탱크 한 대가 겨우 지나갈 만한 좁은 산길이다보니 베렛이 타고 있던 셔먼전차는 그 병사를 피할 수도 없어 결국은 육중한 캐터필러로 깔아뭉개버렸다.

그것은 시작에 불과했다. 이번엔 맞은편 산 쪽에서 로켓추진 수류탄이 날아왔다. 그것은 멀리 뒤쪽의 어느 탱크에 명중했다. 단 한 발의 수류탄에 다섯 명의 병사가 공중으로 치솟아 올랐고, 쓰레기처럼 옆 도랑에 쏟아졌다. 본격적인 도살이 시작되고 있었다.

"중대장님, 이러다간 모두 죽습니다. 내려서 엄폐해야 합니다!"

켈리 상사의 말이었다. 길옆 도랑으로 뛰어들어 몸을 숨기자는 것이었다.

하지만, 그마저도 어려운 일이었다. 중공군이 마치 켈리의 말을 듣기라도 한 듯, 이번엔 도랑에서 나타나 탱크를 향해 기어오르기 시작했기 때문이었다. 함박눈 사이로 멀리 산이 아련히 보이는 제법 큰길에 접어들었을 때였는데 그들은 그곳 도랑의 눈 속에 위장한 채 탱크가 지나가길 기다렸던 것이다. 그들은 꾸물 꾸물 기어올라왔으며 저마다 폭탄가방 하나씩을 들고 있었다.

"죽여! 저기 있다. 저놈 쏴 죽여!"

병사들은 소리쳤고 몇몇이 사격을 하였다. 아무 것도 없을 줄 알았던 도랑 속에서 나타난 적병의 모습은 대부분의 병사에게 크나큰 충격을 주었다. 그들은 탱크와 불과 5미터도 떨어져 있지 않았다. 더군다나, 폭탄이 실제로 터진다면 그것이야말로 큰 일이었다. 탱크로 길이 막혀버린다면 진로와 퇴로가 모두 막혀버려 오도 가도 못하는 신세가 되기 때문이었다.

단 몇 명이던 중국 병사는 수십 명으로 불어났다. 적어도 스무 명은 되어 보였다. 그들 역시 상황의 심각성을 아는지라 필사적으로 달려들었다. 소수를 희생시켜 전군全軍을 보호하겠다는 생각은 미군과 다를 것이 없었다.

도랑에서 기어올라오는 중공군들을 막기 위해 L중대원들 모두는 총구를 아래로 향한 채 적을 사살하기에 여념이 없었다. 하지만 중공군들은 쉽사리 쓰러지지 않았다. 달리는 탱크 위에서 개인화기로 조준한다는 것은 여간 어려운 것이 아니었고, 더구나 피아간의 거리가 지나치게 가까운 나머지 병사들은 모두 정상적인 상태가 아니었다.

그럼에도 총소리만 요란하지 사살되는 적군이 보이지 않는다는 것은 문제가 아닐 수 없었다. 아무리 상황이 좋지 않다 하더라도 불과 5미터였던 것이다. 미국에서도, 그리고 참전을 하고서도 하루도 거르지 않고 사격연습을 하였건만 실제 상황에서는 이처럼 엉뚱한 결과가 나타나고 마는 것이다. 베렛의 L중대가 사단으로부터 우수 중대로 표창을 받은 이유 중 하나가 바로 사격 성적이었다.

얼마가 지나서야 베렛은 처음으로 적이 쓰러지는 것을 보았다. 이는 커크 하사와 샘 병장의 전과였다. 두 병사는 도랑에서 기어올라 탱크에 돌진하려는 적 3명을 조준하였고, 너무도 가까운 거리에서 그들 세 명 모두의 머리에 구멍을 내주었다. 베렛은 그들 셋 모두가 자신들이 기어올라왔던 도랑 속으로 다시 쓰러지는 것을 보았는데, 얼핏 보니 그들은 열다섯 살이 될까 말까 한 소년병들이었다.

중공군 역시 그대로 물러서지 않았다. 한 무리가 폭탄가방을 던져 정확히 스무 번째의 셔먼전차 한 대를 결국은 파괴시키고 말았던 것이다. 셔먼은 궤도가 끊어져 더 이상 움직일 수 없게 되었고, 길 한복판에 멈춰 서버리는 바람에 뒤따라오던 나머지 네 대의 탱크마저 진로가 막혀버렸다. 앞서 가던 탱크는 계속 진격만 하였으니 움직일 수 없는 다섯 대의 탱크만이 중공군에게 포위되어 낙오된 꼴이 되었다. 중공군들이 소릴 지르며 달려들었고 탱크 위 병사들은 도망갈 엄두도 내지 못한 채 꼼짝없이 당하게 되었다. 일부는 위에서 사살되었고, 또 일부는 탱크 아래로 뛰어내려 탱크 주위에서 우왕좌왕하였지만 그들도 얼마 못 가 사살되거나 중공군들의 개머리판에 몰매를 맞았다.

중공군은 순식간에 탱크 전체를 장악했다. 내부의 탱크병들은 스스로 해치를 열어 항복을 표시했다. 한 명씩 잡혀나온 그들은 자그마한 적군에게 뒷덜미가 낚인 채 도랑 쪽으로 끌려갔다.

“······.”

　멀리서 이 장면을 지켜보던 베렛과 L중대원들은 기가 찰 노릇이었다. 자신의 중대원들이 적에게 사살되고 포로가 되는 장면을 보면서도 아무 것도 할 수가 없었던 것이다.

　“곧 지평리에 도착한다. 대원들은 분투하라.”

　무전기를 통해 들려온 목소리의 주인공은 크롬베즈 대령이었다. 그는 해치 속으로 몸을 숨긴 뒤 처음으로 L중대원들에게 무전을 전달했다. 크롬베즈는 열아홉 번째 탱크 안에 있었으니 자칫하면 목숨을 잃거나 포로가 될 뻔하였다. 그 역시 뒤쪽의 탱크가 당하는 것을 보았을 것이고 점점 피해가 증가하고 있다는 것을 알게 되었을 것이다. 그는 무전을 통해 병사들을 독려할 필요가 있었다. 하지만, 이와 같은 피해를 크롬베즈가 예상 못했을 리는 없었다. 트레이시 대대장도 마찬가지였을 것이라는 건 베렛에게 의심의 여지가 없었다.

　베렛의 앞쪽으로는 야트막한 언덕이 하나 있었다. 길은 그쪽으로 나 있으니 탱크부대는 언덕을 넘을 수밖에 없었다. 언덕을 넘으면 뭔가가 있을 것만 같은 불안감 속에, 베렛과 함께 있는 켈리와 샘 등은 사격을 계속하였고, 그 와중에도 앞 전차의 한 병사가 탱크 아래로 굴러떨어졌다.

　언덕을 넘으면 23연대가 고립되어 있다는 개활지가 나올지도 모른다는 기대가 있었지만, 첫 번째 패튼전차가 맞이한 것은 자신들을 기다려온 중공군의 로켓포였다. 세 명의 중공군은 언덕 맞은편 야산의 소나무 사이에 숨은 채 소련제 3.5인치 바주카를 발사했고, 그것은 패튼전차에 명중했다. 하지만, 패튼전차의 장갑이 워낙 두터워 포탄은 그대로 튕겨나간 뒤 논바닥 위에서 폭발했다. 패튼전차와 두 번째 셔먼전차는 적군을 지나 그대로 질주하였다.

그러나, 세 번째 전차는 기어코 비극을 당하고야 말았다. 중공군은 다시 한번 포를 발사했고, 이번엔 셔먼전차의 주포 바로 아랫부분을 관통시켰다. 포탄은 탱크 내부에서 폭발해 스콰이어 소대장을 포함한 세 명의 탱크병이 즉사하였다. 운전병은 죽지 않았으나 그의 온몸은 불길에 휩싸였다. 그 와중에도 운전병은 도랑 쪽으로 탱크를 몰아 뒤쪽의 탱크들이 계속 전진할 수 있도록 길을 터주었다. 하지만, 탱크가 도랑으로 처박히는 바람에 아직도 위에서 생존해 있던 4명의 L중대원이 함께 도랑으로 떨어졌고, 그들 모두는 50톤에 가까운 탱크에 깔려 바로 죽어버렸다.

"조심해! 위험하다!"

앞 전차가 뒤집어지자 베렛이 타고 있던 네 번째 전차는 갑자기 속도를 줄였다. 그 통에 존슨 무전병이 밑으로 떨어졌다.

"존슨!"

베렛은 소리쳤다. 존슨은 눈이 많이 쌓여 있는 곳에 떨어져서 크게 다치지는 않았지만 다시 탱크에 오른다는 것은 불가능한 일이었다. 베렛은 멀어져가는 존슨을 바라볼 뿐이었다. 그는 이제 상부와 무전마저도 할 수 없는 처지가 되었다.

베렛의 뒤에 있던 전차는 곡수리와 지평리 일대에 진입한 뒤 처음으로 주포를 발사해 병사들을 기겁하게 만들었다. 포탄은

바주카포를 다루던 중공군 세 명을 소나무와 함께 박살을 내고
야 말았다. 그 주위에도 다른 중공군이 있었는지 10명 내외의 병
사가 벌떡 일어나더니 야산 왼편으로 달려가기 시작했고, 이를
발견한 L중대원들은 저마다 소총을 들어 적병을 향해 총알을 난
사했다. 중공군들은 총에 맞는 것 같기도 했고, 미끄러져 넘어지
는 것 같기도 했다.

　탱크는 산비탈을 돌 때마다 끊임없이 나타나는 중공군과 맞부
딪쳤다. 그들은 보이는 곳에서, 혹은 보이지 않는 곳에서 미군을
조준했고, L중대원들은 하나씩 하나씩 밑으로 추락했다. 어느
순간엔가 베렛은 자신의 뒤를 바라보았는데 그가 느낀 참담함은
말로 표현할 수 없는 것이었다. 출발할 때만 하더라도 각 탱크에
는 6, 7명의 중대원이 있었지만 지금은 고작해야 3, 4명씩 남아
있었던 것이다. 심지어 어떤 탱크에는 단 한 명의 L중대원도 보
이지 않았다. 남아 있는 병사들도 모두 이성을 잃어버려 해치로
총알을 막아보겠다는 생각에 그 좁은 탱크 위에서 한군데 모여
있는가 하면, 또 어떤 이는 완전히 정신을 잃어버려 눈보라를 맞
으며 멍하니 앉아 있기도 하였다.

　베렛을 더욱 비참하게 만든 것은 그는 여전히 중대장이라는
사실이었다. 중대장이면서도 그는 L중대원에게 아무런 지시도
내릴 수 없었고, 여느 사병과 마찬가지로 탱크 위에서 거센 눈보
라와 총알에 노출되어 있었으니 중대장으로서의 체면을 떠나 좌
절감이나 절망도 아닌, 모든 것을 그만두고 싶다는 일종의 어떤
허망함을 느끼고 있었다. 그는 켄터키 훈련장에서의 고된 훈련

을 떠올렸고, 병사가 그처럼 훈련을 열심히 하는 이유는 전투의 목표를 이루기 위해 반드시 있어야 하는 희생양을 키워내기 위함이 아닐까라는 생각까지 하게 되었다.

고작 그 정도밖에 되지 않는 병사가 육군규범집을 들어 상사를 고소할 수 있단 말인가. 비웃음만 남게 되는 것은 아닐까. 젠장, 크롬베즈는 불가피한 상황이었다고 말하면 그만일 것이다. 베렛은 여전히 그 같은 생각을 떨쳐버릴 수가 없었다. 크롬베즈는 승진할 것이고, L중대원들의 묘비명엔 아주 그럴 듯한 문구가 새겨질 것이다.

그런 생각의 와중에 탱크는 새 신작로에 들어섰다. 23연대 병력은 여전히 보이질 않았다. 탱크는 길 한중간에서 난데없이 멈춰버렸다. 대원들의 몸이 또 한번 앞쪽으로 기울었다.

첫 번째 탱크가 멈추었으니 마지막 열아홉 번째 탱크까지 모두 진격을 멈추었다. 그렇다고 중공군이 없었는가 하면 그것도 아닌 것이 신작로 양쪽의 논두렁에 숨은 채 여전히 소총을 갈기고 있었고, 이 때문에 뒤쪽의 탱크에서는 몇 명의 부상자가 생겼다.

중대원들은 전차가 달릴 때보다 더욱 당황하기 시작했다. 급기야 첫 번째 패튼전차가 90밀리 주포를 돌려 논두렁 쪽으로 갑작스레 포를 발사했을 때는 어린아이들처럼 놀라 소릴 질러댔는데 이 통에 몇 명의 병사가 아래로 뛰어내려 옆 도랑 속으로 숨어들려 하였다. 패튼은 정면의 산비탈 쪽을 향해 포 한 발을 더 발사했다.

이대로 탱크 위에 있을 수는 없다고 베렛은 결론지었다.

"모두 내려서 엄폐해!"

그러자 베렛의 말을 기다렸다는 듯 베렛 주위 탱크의 병사들부터 뛰어내려 순식간에 모든 L중대원들은 눈이 허벅다리까지 차는 도랑 속으로 몸을 숨겼다. 길 양쪽으로 도랑이 있으니 L중대원들도 둘로 나뉘었다.

중공군은 그때를 놓치지 않았다. 그들은 박격포를 발사하기 시작했다. 이것은 베렛이 예상치 못한 것이었다.

"퉁! 퉁!"

포탄이 발사되는 소리가 중대원들의 귀에까지 들려왔다.

그들은 본능적으로 머리를 감쌌다. 포탄은 그들 바로 앞 논두렁에서 폭발했고 병사들은 눈 세례를 맞았다. 하지만 그것은 행운이 아니었다. 중대원들이 머리를 들고 있지 못하는 사이 노련한 중공군들이 재빠르게 낙하지점을 포착해 포탄 두 발을 다시 발사했던 것이다.

"퉁! 퉁!"

이번엔 도랑 안으로 정확히 떨어졌다. 피 섞인 눈이 10미터나 위로 치솟았다. 사체가 엉켜버렸으니 그 두 발의 포탄에 대체 몇 명이 당했는지조차 알 수 없게 되었다. 그들은 비명 한번 내지르지 않고 죽음을 맞았다.

최악의 경우 L중대는 이 보잘것없는 도랑 속에서 피로 눈을 녹이며 전멸할 뻔하였다. 스탄이라는 이름을 가진 1소대의 용감한 병사가 침착히 조준사격하지 않았다면 충분히 그렇게 될 수도 있었다. 댈러스 출신의 그 용감한 병사는 새로이 포탄을 집어 넣던 중공군 두 명을 발견한 뒤 총알 두 발로 쓰러뜨렸다.

박격포를 없앤 뒤 전열을 가다듬으려 할 때 이번엔 탱크가 다시 전진하기 시작했다. 베렛이 옆을 바라보니 패튼전차가 끼억끼억 다시 움직이며 서서히 속력을 높여 앞으로 나아가는 것이었다. 나머지 전차들마저 앞으로 나아가자 베렛은 다급해 하지 않을 수 없었다. 무전기가 없으니 아무런 지시도 받을 수 없었고, 대체 어떻게 해야 할 것인지 전달할 수도 없었다. 크롬베즈가 밖의 L중대를 지켜보고 있는지, 밖의 현재 상황을 알고 있는지, 아니면 L중대라는 것을 아예 잊어버렸는지 베렛으로서는 아무 것도 알 수가 없었다.

"모두 다시 올라 타!"

베렛은 소리쳤다. 하지만, 과연 이것이 합당한 명령인지는 베렛으로서도 확신할 수가 없었다. 무엇 때문에 탱크에 다시 오른단 말인가? 이따위 명령이 어디 있단 말인가. 탱크 위에 있어도, 땅에 있어도 그 결과는 다를 게 없었고, 심지어 크롬베즈는 L중대에게 아무런 신호도 보내지 않은 채 갑자기 멈췄다가는 갑자기 떠나지 않는가.

그런 생각들이 베렛을 분노케 했지만 그의 병사들은 도랑에서 나와 중대장의 명령대로 탱크에 기어오르려 하고 있었고, 진격하는 탱크에 오르려 안간힘을 쓰는 병사의 모습은 L중대의 모습을 더욱 처량하게 만들었다. 일부는 도랑에서 기어오르다 등에 총을 맞고는 밑으로 다시 고꾸라졌다. 그중엔 켈리 상사도 있었다. 켈리는 눈 속에 얼굴을 박은 채 더 이상 움직이질 않았다. 중대원 누구도 켈리를 보살피지 않았다.

베렛이 타고 있었던 네 번째 전차는 이미 그를 지나쳐 멀찌감치 앞으로 나아가고 말았다. 그는 열 번째 전차 위에 가까스로 올라탔고 몇 명의 사병이 그와 함께했다. 다른 몇 명의 병사는 탱크 위에 기어오르다 그만 총상을 입고 나가떨어졌다. 샘 병장은 중대장을 한번 크게 부르며 탱크에 올라타다 그만 캐터필러에 오른쪽 다리가 끼어버렸다. 그의 다리는 허벅지 끝까지 무지막지한 캐터필러의 쇠이빨 사이로 말려들고 말았다. 그는 주위 병사들이 태어나 처음으로 들어 보는 비명소리를 내질렀지만, 탱크는 이에 아랑곳 않고 앞으로 나아갔고 그의 비명은 얼마 가지 못했다.

30명의 병사가 탱크에 올라타지 못했다. 그들은 베렛으로부터 멀어져갔다. 그들은 적진 한 가운데에 고립되었으며 장차 어떻게 될지는 아무도 몰랐다. 낙오된 병사들은 탱크를 바라보고 있었고, 베렛은 두 손을 휘저으며 엄폐하라는 신호를 보낼 뿐이었다. 하지만 그의 손짓이 눈보라 때문인지는 몰라도 전혀 전달되지가 못했다. 엄폐하기는커녕 그들은 마냥 탱크를 보고만 있던 것이다.

그리고 얼마 지나지 않아 베렛은 탱크가 왜 갑작스레 멈추었는지 알게 되었다. 산비탈을 휘감아 도는 길의 끄트머리 구석진 곳에 중공군의 대형 수송트럭 한 대가 길을 막고 있었던 것이다. 그것은 중공군이 의도적으로 장애물을 설치한 것은 아니었고,

미군 기갑부대의 갑작스런 출현에 놀란 중공군이 부상자를 태운 트럭을 황급히 다른 곳으로 이동시키려다 꼬리가 잡힌 것이었다. 전진을 멈추고 적임을 확인한 탱크병은 포를 발사했고, 트럭은 순식간에 화염에 휩싸인 상태였다. 패튼전차는 그대로 질주하여 충돌한 뒤 트럭을 두 동강내었고, 트럭은 논두렁 아래로 추락했다.

논두렁 아래에서 불길에 휩싸인 채 나뒹구는 중공군들의 모습은 실로 처참하기 이를 데 없었다. 그들은 죽음에서 벗어날 수 없음이 확실하면서도 살기 위해 몸부림쳤으며, 그들이 내지르는 비명소리는 탱크의 소음을 이겨내고 L중대원들의 귀에 그대로 전달되었다. 그 끔찍한 소리는 전투의 와중에도 중대원들에게 큰 충격을 주었으며, 이는 누구랄 것 없이 처음 겪어보는 것이었다.

그중 한 병사가 입을 벌린 채 얼굴을 찌푸리며 유독 집중하여 보고 있기에, 베렛이 그의 가슴을 보니 그는 스티비라는 이름을 달고 있었다. 스무 살이 될까 말까 한 앳된 얼굴의 병사로 중대장인 그조차도 알지 못하는 말단 사병이었다.

"스티비……."

베렛은 그의 이름을 불러보았다. 하지만, 스티비는 듣지 못하였다. 그는 태어나 처음 보는 광경에 여전히 넋이 나가 있었다.

"이봐, 스티비."

중공군의 공격은 산발적이나마 계속되었다. 이번엔 75밀리 무반동총의 사격이 있었다. 수십 발의 총알이 베렛이 타고 있던 전차에 집중되었다. 탱크는 불꽃을 튀겼다. 그리고 베렛은 너무도 갑자기 하늘과 땅이 뒤집혀버리는 것만 같은 느낌을 받았다.

"아……."

그것은 순식간에 일어난 일이었다. 그 느낌은 너무도 기묘했으며 세상마저도 조용해져 꿈속에 빠져든 것만 같은 착각을 불러일으켰다. 그는 공중에 떠 있는 것 같기도 했고, 탄력이 좋은 지면 위에 반듯이 누워 있는 것 같기도 했고……, 혹은, 아주 넓고 깊은 진흙탕 속에 천천히 빠져드는 것 같기도 했다.

얼핏 고개를 들어보니 몇 대의 탱크가 점점 멀어져가고 있지 않은가. 그 위의 한 병사가 자신을 보고 있어 기억을 더듬어보니 그는 스티비라는 사병이었다. 베렛은 자신이 방금 스티비의 이름을 불렀음을 기억해냈다. 그런데 무엇 때문에 스티비를 불렀는지는 도무지 생각이 나지 않았다. 스티비는 그렇게 멀어져갔다.

베렛은 눈을 감아보았다. 그리곤 다시 눈을 떴다. 그는 갑작스레 잠을 자고 싶어졌다. 졸음이 쏟아지고 있었다. 언제부터 이렇게 되었는지는 그도 알 수 없었다.

그의 머릿속에서는 1초의 반도 되지 않는 간격으로 여러 개의 낱말과 이미지들이 떠올랐다가는 금세 사라졌다. 켈리, 트레이시, 곡수리……, SCR-300, 육군규범집, 제이미, 23연대, 노란색 스카프, 켄터키의 훈련장과 쿠바산 시가, 크롬베즈…….

그것들은 너무 빨리 지워져 무엇을 의미하는지 알아낼 수 없었고, 서로를 조합해 하나의 영상을 만들 수도 없었다. 베렛은 이내 생각을 그만두었다. 그는 상사를 고소하겠다는 생각까지

어렵게 떠올렸지만 이마저도 그의 머릿속에 오래 남아 있지는 못했다. 그것들은 중요한 것 같지가 않았다. 그리고 그는 복잡한 것들을 생각하고 싶지 않았다. 베렛은 이제 다른 것에 집중하게 되었는데 그것은 하늘에서 자신을 향해 쏟아지고 있는 수백, 수천만의 눈송이들이었다.

"……."

그것은 참으로 아름다운 장면이었다. 한참을 보고 있으니 마치, 바람에 몸을 맡긴 채 수많은 눈송이들과 함께 흐린 하늘 속을 이리저리 떠다니는 것만 같았다.

희생양

1. 라카엘라와 네그로스의 축제

서기 1700년 10월, 스페인의 탐험가 디에고 산토스 라카엘라
는 그의 동료들과 함께 필리핀 제도의 네그로스Negros 섬을 여행
하였다. 그의 여행 목적은 탐험이라고 할 수 있었는데 라카엘라
는 탐험 도중 그가 접하게 될 동물이나 식물, 유적, 원시 종족,
질병, 그 외 잡다한 경험들을 기록하여 후일 여행기를 출간할 생
각이었다.

네그로스 섬은 1521년 마젤란의 모험에 의해 발견된 섬이다.
그 후 유럽인들은 세계지도상에 네그로스 섬을 추가하고, 해안지
방에 군대를 상륙시켜 스페니시풍의 마을을 건설하기도 했었다.
하지만 네그로스 섬의 내륙지방은 그때까지도 세상에 알려지지
않은 채 광활한 지역에 빼곡히 들어차 있는 원시림과 공상소설에

나 나올 법한 기이한 동물들, 그리고 신마저 잊어버린 지 오래인 몇몇의 소수 종족들만이 터전을 잡고 있었다. 그런 연유로 네그로스 섬은 인간에게 알려지지 않은 미지의 땅이라면 어디든 찾아가는 유럽 탐험가들, 특히 스페인과 포르투갈의 탐험가들을 불러들이게 되었고, 여기에 라카엘라가 동참했던 것이다.

디에고 산토스 라카엘라와 그의 열 명의 동료들은 네그로스 섬 중에서도 이후 칸라온Canlaon이라는 지명이 붙게 되는 미개 척지를 향해 떠났다. 해안 사람들은 아무짝에도 쓸모없는 행동이라고, 후회만 하게 될 것이라고 그를 제지하였지만, 라카엘라는 선천적으로 지나칠 정도의 모험심을 타고 난 사람이었다. 그동안 너무도 많은 탐험가들의 행방불명 사건을 접했던 해안 사람들은 고국에서 건너온 새로운 탐험가의 앞날을 진심으로 걱정해주고 있었던 것인데 그것은 오히려 라카엘라의 마음을 더욱 기고만장하게 만들었다.

해안 사람들의 걱정스런 얼굴을 뒤로 하고 칸라온의 원시림에 들어온 지 한 달째, 그들은 숲 속에서 바티칸의 광장만 한 평지를 발견했고, 그곳에서 움막을 짓고 살아가는 한 종족을 만날 수 있었다. 한 달이라는 짧지 않은 기간 동안 라카엘라는 두 명의 동료를 잃고 말았는데 한 명은 설사와 열병으로 죽었고 다른 한 명은 계곡에서의 실족으로 목숨을 잃었다. 그 한 달 동안 살아남은 자들의 고생은 이루 말할 수가 없는 것이어서 동료들은 물론 심지어 라카엘라까지 다시 해안 사람들에게 돌아갈 생각을 하고 있던 참이었다. 그런데 때마침 모습을 드러내준 숲 속의 종족은 다행히 라카엘라와 동료들의 탐험욕을 다시 부추겨줄 수가 있었고, 똑같은 풍경으로 끝도 없이 뻗쳐만 있는 녹색의 밀림에 지칠 대로 지쳐 있던 그들의 몸과 마음을 달랠 수 있는 휴식의 시간까지 얻게 해주었다.

새도 날아다닐 수 없이 빽빽한 원시림 속에 넓은 평지가 있고 이러한 곳에 인간이 살고 있다는 것을 처음 접했을 때 라카엘라와 그의 동료들은 매우 놀랐었다. 더욱이, 낯선 외지인들을 보고 썩은 나뭇가지로 엮어 만든 움막에서 하나씩 기어나온 마을 원주민들이 실오라기 하나 걸치지 않은 나체 상태로 라카엘라와 그의 동료들을 에워싼 채 한동안 빙빙 돌기만 했으니 그들의 놀라움과 당혹스러움은 매우 컸으리라.

라카엘라 일행은 만일의 경우에 대비해 가져온 소총에 화약을 장전하고 원주민들의 머리를 향해 총구를 겨냥하고 있었다. 이것은 유럽인들에 의해 15세기부터 시작된 신대륙의 발견 과정에서 만들어진 하나의 절차였다. 하지만 원주민들에겐 싸울 의지가 전혀 없음을 라카엘라는 곧장 알아챘다. 원주민들은 자신들을 향해 겨냥된 총부리에 눈을 갖다대보기도 하고, 손으로 총을 이리저리 쓰다듬어보기만 할 뿐이었다. 그들은 총이란 걸 아예 모를 뿐더러 전쟁이라는 개념이 없었다.

해안 사람들의 걱정과 달리 이후 라카엘라 일행은 원주민들과 아무런 마찰도 없이 그곳 마을에서 일 년 간 머무르게 된다. 그 일 년 동안 원주민들은 이들 유럽인들에게 아주 무신경했다. 당초 라카엘라는 숲 속에서 만난 미개인들은 자신들에 대항해 칼을 들고 싸우거나, 아니면 그 반대로 아주 친절히 환대할 것이라고 생각했는데 이도 저도 아니었던 것이다.

일 년 후 라카엘라는 스페인으로 돌아와 그간의 모험담을 한 권의 책으로 만들었는데, 그것이 바로 1702년에 출간된 『여행 Viaje』이다. 그는 이름도 없는 그곳 원주민들에 대해 다음과 같이 말하고 있다.

'그들에게는 전쟁과 평화도 없으며 선과 악의 개념도 불분명하다. 따라서 처벌하는 자와 처벌당하는 자도 없다. 그들에겐 늙은 추장이 한 사람 있긴 하지만 유럽의 왕과 국민처럼 지배와 복종의 관계에 있는 것은 아니다. 추장의 임무는 단 하나, 일 년에 세 번 있는 제사를 주관하는 것이다. 내게 그들은, 유럽은 결코 얻을 수 없는 이상향 속에서 살고 있는 것처럼 보였는데 무엇보다 그들이 우리와 다르기 때문이었다.'

이어서 그는 '그러나'라는 접속사로 다시 한 문장을 시작한다.

'그러나, 가톨릭 윤리가 지배하는 스페인에서 이른바 교양이란 것을 배웠던 나로서는 결코 이해할 수 없는 비인간적인 관습이 그들에게 있었다.'

라카엘라 일행이 원주민들의 마을에서 지내게 된 지 한 달이 되어갈 무렵, 그들은 먹이를 사냥하기 위해 총을 메고 숲 속으로 들어갔다. 그들이 가지고 있던 식량은 곧 바닥이 날 지경이었으므로 고기가 됨직한 것은 무엇이든 잡아야 할 상황이었다.

그들은 어렵지 않게 긴팔원숭이 두 마리와 나무늘보 한 마리를 잡았다. 밀림의 동물들은 인간을 보고도 도망을 가지 않았고 순순히 총알을 받아주었다. 얼마 지나지 않아 그들은 괴상하게 생긴 멧돼지 세 마리와 긴팔원숭이 한 마리를 더 잡을 수 있었다. 하지만 라카엘라는 그것만으로는 만족할 수가 없어 먹이를 찾아 더 깊은 숲 속으로 들어갔다.

마을에서 걸어 반나절 가량 떨어진 곳에 다다랐을 때 라카엘라는 그곳에서 커다란 움막 두 채를 발견했다. 마을에 있는 움막과 같은 모양이었지만 크기가 훨씬 크고 눈으로 보기에도 마을 것보다는 훨씬 튼튼한 나무로 만들어져 있는 듯했다. 그런데, 움막 쪽에서는 "우-와-우" 하는 사람 것 같기도 하고 동물 것 같기도 한 소리가 규칙적으로 들렸고, 가까이 다가갈수록 썩은 생선에서 나올 법한 지독한 냄새가 풍겨왔다. 호기심이 발동한 라카엘라가 그냥 지나칠 리 없었다. 그는 천천히 움막 바로 앞까지 다가갔다.

움막 앞 주변은 여러 동물들의 뼈다귀가 쓰레기처럼 어지러이 흩어져 있었다. 커다란 움막의 한 켠에는 마치 감옥처럼 나무로 된 창살이 만들어져 있어 실내를 들여다볼 수 있었는데 라카엘라는 유럽인들이 소나 돼지를 축사에서 기르듯, 이곳은 원주민들이 식량으로 사용할 원숭이나 오랑우탄을 가두어 기르는 곳이지 않을까라고 추측하였다.

하지만, 안에 갇혀 있는 것은 가축이 아니라 사람이었고, 그 모습을 본 라카엘라와 동료들은 한동안 아무런 말도 하지 못하였다.

라카엘라는 한참을 감옥 속의 사람들을 보고 있었다. 그런데 그 라카엘라의 묘한 눈빛을 역시 처음 접하는 것이라 신기하였는지 그들 역시 가만히 라카엘라와 그의 동료들을 바라보고 있었는데, 그중 하나가 짧은 적막을 깨고 비명을 질러대기 시작했다. 그러자 곧 모든 짐승, 아니 사람들도 덩달아 비명을 질러댔다. 그들의 비명은 긴팔원숭이의 귀를 찢는 듯한 괴성보다 더 지독한 것이었다.

그들은 모두 남자였다. 그들은 골격을 제대로 갖춘 성인으로부터 대여섯 살밖에 돼 보이지 않는 꼬마에 이르기까지 다양한 모습들을 하고 있었다. 이들이 마을에 사는 주민들과 다른 점이 있다면 코를 마비시킬 것 같은 썩은 생선 냄새를 풍긴다는 것과 머리카락이 없다는 것, 그리고 소름 끼치는 비명만 질러댔지 언어를 사용하고 있지 않다는 점이었다.

'이 신기한 땅에는 사람과 똑같은 모습을 한 동물이 살고 있는 것은 아닐까?'

라카엘라는 그런 생각까지 하였다.

라카엘라는 옆의 또 다른 움막으로 가보았다. 놀랍게도 그곳에는 여자만이 있었다. 마찬가지로 그들의 몸에서는 썩은 생선 냄새가 났고, 모두 머리카락이 없었으며, 언어를 사용하지 않고 있었다.

라카엘라는 그들이 죄를 지어 이곳에 갇혔으며 나이 어린아이들은 그들의 딸이거나 아들일 거라 추리해보기도 하였다. 또한 라카엘라는 범죄와 형벌제도가 없을 줄 알았던 이곳에도 유

럽과 똑같은 감옥이 있다는 것에 대해 조금은 다른 생각을 갖게
되었다.

그러나, 그들은 인간과 똑같은 모습의 동물이거나 죄를 짓고
서 갇힌 사람들이 아니었다.

'그들은 죄인이 아니라 제사에 쓰일 희생양들이었다. 그들이
태어난 이유는 제물이 되기 위해서였고, 일정 나이의 성인이 되
면 제물로 사용됨으로써 생을 마친다. 제사를 통해 부족의 신념
이 유지되고 부족 전체에게 평화가 주어진다.'

라카엘라가 숲 속 움막에 갇혀 사는 사람들을 발견하고 한 달
이 지난 후 그와 동료들은 원주민들이 벌이는 괴상한 축제를 보
게 되었는데, 이 축제는 움막에 갇혀 사는 사람들과 관련이 있는
것이었다. 그의 여행기는 축제를 다음과 같이 묘사하고 있다.

'어느 날 밤, 나는 원주민들이 벌이는 희한한 축제를 보게 되
었다. 이 축제의 장면을 나는 결코 잊을 수 없다. 비가 오는 날이
었다. 주민들이 횃불을 하나씩 들고 앉아 마을 중앙에 커다란 원
을 만들었다. 원 한가운데에는 열다섯 살 가량 되어 보이는 한
소녀가 무릎을 꿇고 앉아 있었다. 주민들은 주문과도 같은 이상
한 노래를 불러대고 있었는데 그것을 대략 한 시간쯤 했다. 그들
은 횃불을 양손으로 움켜잡은 채 허리를 연신 굽혀대고 있었다.

이윽고, 한 움막에서 늙은 추장이 모습을 드러냈다. 평소와는
달리 추장의 가슴에는 태양 모양의 그림이 그려져 있었고, 팔과
다리에는 밀림에 살고 있는 다양한 동물들의 그림들이 그려져
있었다. 추장은 원 안으로 들어가 소녀에게로 다가갔다.

추장의 성기가 잔뜩 발기한 걸 보고서 나는 이후 예사롭지 않은 일이 빌어질 것임을 예상했다. 그리고, 그 예상은 바로 적중했다. 늙은 추장과 소녀의 성행위가 시작된 것이다. 나는 잠들어 있던 동료들을 서둘러 깨웠고 우리 모두는 이 그로테스크한 축제를 끝까지 볼 수 있었다.

성행위가 진행되는 동안에도 원을 이루고 있던 주민들의 노래는 그치지 않고 계속되었다. 소녀는 누운 채 비가 내리는 하늘을 보며 그저 잠자코 있었는데 유럽의 여자들처럼 괴상한 소리를 내지르진 않았다. 밤, 비, 주민들의 노래, 추장과 소녀의 성행위, 횃불, 그림자의 일렁거림, 이런 것들이 아주 오랜 시간 동안 어울려 아주 묘한 분위기를 자아냈는데, 아편을 복용하고서 침대에 누우면 사물이 두 개, 세 개로 보여 제대로 분간이 되지 않는 것처럼 나는 마치 꿈 속의 한 장면을 보는 듯한 느낌을 받고 있었다.

약 삼십 분 후 추장은 소녀의 몸속에 사정을 했다. 사정하는 순간 추장은 팔을 활짝 벌리고 이상한 주문을 큰 소리로 외워댔고, 그때서야 주민의 노래는 그쳤다. 이후 추장과 주민은 각자의 움막으로 돌아갔다. 한 동료의 말에 의하면 추장과 성행위를 한 그 소녀만은 다음 날 동이 틀 때까지 비를 맞으며 그렇게 누워 있었다고 했다.'

라카엘라가 나중에야 알게 된 것이지만, 그들이 본 밤의 축제는 일 년에 두 번 치러지는 것으로 바로 제사에 쓰일 '희생양'을 낳기 위한 것이었다.

마을의 무당에게 특별히 뽑힌 소녀는 일정한 나이가 되면 축제의 주인공이 되어야 하는데 상대는 언제나 추장이다. 아이가 태어나면 그 후 삼 년 간은 마을 안의 움막에서 자라게 된다. 그 아이의 엄마가 되는 소녀가 주로 함께 있고, 가끔 마을의 다른 여자들이 먹이를 줄 때도 있다. 음식물은 여느 아이와 똑같이 제공되지만, 마을 사람들이 반드시 지켜야 할 철칙이 한 가지 있다. 그것은 장차 희생양이 될 아이 앞에서는 절대 말을 해서는 안 된다는 것이다. 세 살이 되면 아이는 곧바로 숲 속에 있는 움막으로 보내지는데, 그곳에서 스무 살이 될 때까지 가축마냥 자라게 되어 있었다.

밤의 축제 팔 개월 후, 라카엘라는 바로 그 '희생양'이 죽임을 당하는 끔찍한 광경까지 목격하게 되었다. 라카엘라는 이렇게 쓰고 있다.

'역시 비가 오는 날을 택해서 그들은 제사를 지냈다. 하늘을 향해 제사를 지내는 이들 종족은 아마도 비를 신의 목소리쯤으로 생각하고 있는 듯했다.

팔 개월 전의 축제처럼 마을 주민들은 밤이 되자 횃불을 하나씩 들고 나와 커다란 원을 만들었다. 마찬가지로 그들은 주문 같은 괴상한 노래를 한 시간 가량 불러댔다. 원 한가운데에는 소녀 대신 두꺼운 붉은색 나무판자가 돌을 받치고 놓여 있었는데 그것이 제단이었다. 제단에는 아무것도 놓여 있지가 않았다.

마을 주민들의 주문이 끝나자 마침내 제물이 될 희생양이 나타났고, 그는 원 중앙에 세워졌다. 그는 남자였다. 그는 마치 새

로운 주인을 만난 개나 고양이처럼 주변을 두리번거리기도 하고
이상한 신음소리를 내기도 했다.

　제물은 나무판자 위에 눕혀졌고, 그의 양팔과 다리를 네 명의
장정이 붙잡아 움직이지 못하게 하였다. 그리고, 추장이 나타났
다. 밤의 축제 때와 마찬가지로 그의 가슴에는 붉은색의 태양 무
늬가 그려져 있고, 팔과 다리에는 문신을 한 것처럼 여러 동물들
의 모습이 그려져 있었다. 한 가지 다른 점은 그의 오른손에 돌
로 만든 날카로운 단도가 쥐어져 있다는 것이었다.

　추장은 제단 앞에 다다랐다. 그는 제물을 향해 절을 하고 일어
나 짧은 주문을 한 번 외웠다. 그리고, 제물의 왼쪽 허벅지에 칼
을 대고 팔에 힘껏 힘을 주었다. 제물의 몸부림과 비명이 있었지
만 그는 꼼짝할 수 없게끔 붙들려 있었다. 힘겹게 한쪽 다리를
자른 추장은 나머지 오른쪽 다리마저 잘라버렸다. 나무판자와
주변의 땅은 순식간에 제물의 피로 뒤덮였다. 이어 그의 아버지
임에 분명한 추장은 아들의 양팔을 모두 자르고 그의 성기까지
잘라버렸다(이곳 원주민은 몸통에서 뻗어나온 모든 신체기관을
악의 근원이라 생각한다. 그렇게 믿으면서도 유독 제물의 신체
만을 절단하는 것은 그가 바로 '희생양'이기 때문이다). 결국 추
장은 비명을 질러대는 그의 목까지 잘라버렸다. 제물의 비명이
사라지자 빗소리 외에는 아무 소리도 들리지 않는 무서운 침묵
이 잠시 이어졌다.

　얼마 지나지 않아 원을 만들고 있던 주민 중 한 명이 횃불을
들고 제단으로 다가가 토막난 시체에 불을 붙였다. 그리고 다시

마을 주민들의 주문이 시작됐다. 비고 오고 있음에도 불구하고 시체는 앙상하게 뼈만 남을 때까지 활활 잘 타올랐다. 제단과 함께 제물이 타는 그 순간이 제사의 절정이었다. 원주민들은 땅에 엎드린 채 주문을 외며 이전보다 더 큰 소리로 노래를 부르다가 마침내 불이 꺼지자 조용해졌다.'

라카엘라는 다툼이란 걸 모르고 평화롭게만 사는 이 선량한 종족에게 이처럼 비인간적인 관습이 있다는 것을 이해할 수가 없었다. 더욱이 제물을 잔인하게 산 채로 토막내어 죽이는 것을 보고 구역질을 느낀 라카엘라와 그의 동료들은 마을을 떠나 마침내 유럽으로 돌아갈 것을 결심했다.

'그들이 세속에 물들지 않은 선량한 마음을 가지고 있다는 이유만으로 모든 것을 용납할 수는 없다. 나의 탐험을 한 권의 책으로 만들어 모든 유럽인들이 분노하게끔 만들리라. 분명 유럽인들은 신의 이름으로 그곳에 군대를 보내게 될 것이다.'

라카엘라는 고국으로 돌아가는 배 안에서 이렇게 생각했다. 하지만, 이후 네그로스 섬에 스페인의 군대가 파견되어 원주민들을 내쫓거나 학살하는 일은 일어나지 않았다. 오히려 라카엘라는 『여행』의 마지막 장에서 다음과 같이 쓰고 있다(라카엘라가 책을 쓰는 과정에서 그에게 어떤 정신적인 변화가 일어났음이 분명하지만, 그 계기가 무엇인지는 책에 나타나 있지 않다. 소수의 어떤 이들은 이 같은 변화가 라카엘라가 유럽으로 돌아온 뒤 집필 도중 떠난 지중해 여행 때문이라고 하는데, 라카엘라는 몰타Malta 섬 근처에서 상어에 물렸다고 한다).

'희생양은 정확히 어떠한 목적을 위하여 제단에 바쳐지는 것일까? 아마 원주민들만의 종교적인 혹은 미신적인 이유가 존재할 것이고, 단 한 사람이 가지고 있는 악을 제거함으로써 부족을 구성하는 모든 이들이 구원받을 수 있다고 믿고 있을 것이다. 안타깝게도 나는 그것을 자세히 확인할 수 없었다. 그런데, 유럽은 어떠한가? 유럽인은 과연 그들보다 확실히 더 인간적인 사회에서 살고 있는가? 문학, 음악, 미술, 성당이 〈인간적〉임을 증명하는 것일까?

유럽인들은 하늘에 제사 지내지도 않고, 인간을 제물로 사용하지도 않는다. 원을 만들고 횃불을 들고서 소름 끼치는 주문을 외우지도 않는다. 제물을 토막내어 죽여서 불사르는 일도 없다. 차이가 있다면 그것뿐이다. 네그로스 섬의 원주민들은 일 년에 단 한 명의 희생양을 필요로 하지만, 유럽은 그 수를 헤아릴 수 없을 만큼의 희생양을 요구한다. 유럽의 군주는 평화를 위해서 전쟁에 참여하라고 한다. 이처럼 비인간적인 말이 또 어디 있겠는가? 그 비인간성으로 인해 유럽에선 일 년 동안에 수만, 수십만의 희생양들이 죽임을 요구당하고 있다.'

2. 존의 희망과 절망

21세의 영국 청년 존 워는 프랑스의 모파상처럼 위대한 작가가 되는 것이 꿈이었다. 그 꿈을 이루기 위해 그는 학창시절부터 수많은 책을 섭렵했다. 그에게 강한 인상을 심어준 작가로는 프랑스의 플로베르나 졸라, 모파상, 러시아의 투르게네프, 체르니

세프스키 정도였는데 그중에서도 특히 모파상을 숭배했다. 『여
자의 일생Une vie』를 원어로 읽어보기 위해 프랑스어를 공부할
정도로 그의 모파상에 대한 숭배는 대단했다.

　18세가 되던 1913년, 존 워는 습작 단편 몇 편을 완성해 출판
사로 보내보았다. 「아름다운 세상Beautiful World」, 「구름Clouds」,
「피쉬가드의 아침The Morning of Fishguard」이란 제목이 붙은 것들
이었는데 모두가 자연을 찬미하는 서정적인 작품들이었다. 하지
만, 결과는 실패였다. 그렇다고 존 워가 좌절한 것은 결코 아니
었다.

　존 워의 단편을 심사한 출판업자는 친절하게도 그에게 편지를
보내주었다.

　'매우 흥미로운 글이긴 하지만 문장력이 다소 부족한 것 같습
니다. 하지만, 몇 편의 습작을 더 쓰게 되면 훌륭한 작품이 탄생
하리라 믿습니다. 우리 출판사도 당신의 다음 작품을 기다리고
있겠습니다. 언제나 노력하십시오.'

　편지를 읽은 존 워는 마치 기성작가로 인정이라도 받은 듯이
들뜬 기분이 되었고, 그의 꿈은 더욱 커져만 갔다. 용기를 얻은
존은 그때부터 더 많은 책을 읽었고 더 많은 글을 쓸 수 있었다.
그 이듬해 대규모의 전쟁이 일어나기 전까지 말이다. 그는 다른
또래 청년들처럼 국가에 의해 징집이 되었고 존 워의 꿈은 잠시
보류되는 듯했다.

　존 워는 1914년과 1915년에 뉴포트Newport에 있는 군수 기지
의 조그만 사무실에서 사무업무를 보았다. 그의 임무는 창고에

보관된 군화의 끈 숫자를 체크하는 것이었다. 창고에는 수도 없이 많은 끈늘이 있었지만 그것들은 모두 규격화된 상자 안에 일정한 개수로 보관돼 있어 관리에 애를 먹진 않았다.

존 워는 전시에는 펜조차 들 수 없게 될 것이라 생각했는데, 오히려 그는 일 년 반 동안 여섯 편 가량의 단편을 더 완성할 수 있었다. 숙소에서만 말이다. 존 워에게 간단한 사무업무가 맡겨진 것은 기막힌 행운이었던 것이다.

하지만, 그 행운도 오래가지 않았다. 1916년 1월, 새해의 태양이 뜨고 며칠 지나지 않아 존 워는 프랑스에 있는 보병연대의 보병으로 차출되고 말았다. 전방에서는 치열한 격전이 연일 계속되고 있었고, 이에 전투원의 손실이 증가하게 되자 본국에 있는 많은 사무요원들이 전선의 전투원으로 투입된 것이다.

프랑스로 건너 간 존 워는 영국 제27보병연대 32중대 소속의 전투원이 되었다. 그때부터 그는 하루도 빠짐없이 이어지는 연대장의 검열과 고된 행군으로 아무런 작품도 쓸 수 없게 되었다.

존 워는 1916년 2월 루앙Rouen에서 첫 전투를 경험했다. 전투는 승리로 끝났다. 존은 적군의 시체를 그곳에서 처음으로 보았다. 첫 전투를 치르고, 그리고 죽어 나자빠진 독일군을 보고 존 워는 전쟁의 경험이 오히려 자신의 작품을 더욱 훌륭하게 만들어낼 수 있는 거름이 되어줄 수도 있다고 생각하게 되었다. 바로 모파상이 그러했던 것이다. 모파상이 쓴 『비곗덩어리Boule de Suif』는 그가 참여한 프러시아와의 전쟁을 경험으로 한 것이었다.

이후 1916년 4월, 그는 프랑스와 벨기에 국경지역에 위치한 릴Lille의 전투에 참여했다. 1916년 4월 5일 새벽 3시, 영국군은 릴의 삼림지역에서 독일군와 마주쳤고 안타깝게도 존 워의 비극은 여기서부터 시작되었다.

운이 나빴는지 영국군이 맞부딪힌 독일군은 그 유명한 발터 마이히가 지휘하는 이른바 '죽음의 기갑부대Panzer of Death'였다. 독일군은 그 유명세를 입증하기라도 하듯, 전투가 개시된 지 한 시간도 채 안 되어 영국군의 선두를 맡고 있던 27, 34중대를 전멸시켰고, 곧이어 2진에 포진해 있던 8중대와 31중대 전투원 전원을 살해하거나 포로로 만들어버렸다. 그 와중에서도 독일군은 단 한 명의 사상자도 내지 않았는데 그것이 바로 '죽음의 기갑부대'의 힘이었다.

한편, 존 워가 소속돼 있던 32중대의 지휘관 이블린 피셔는 전방의 긴박한 상황을 전해 듣자마자 즉각 후퇴를 결정했다. 32중대와 함께 주변에 있던 11, 19중대가 행동을 함께 했다.

칠흑 같은 어둠 속에서 이루어진 급박한 후퇴에 질서가 있을 리 없었다. 고작 4킬로미터를 행군하는 과정에서 열두 명의 병사가 행방불명되었다. 그들이 사망했는지, 적군의 포로가 되었는지 아니면 탈영을 한 것인지는 끝내 밝혀지지 않았다. 문제는 여기서 그치지 않았다. 후방을 지키고 있던 33 기관총 중대가 후퇴하는 이 세 중대를 독일군으로 오인하여 집중 사격해버린 것이다. 아군 간의 치열한 전투가 한동안 계속되었다.

결국, 이 전투에서 영국군 130명은 적군인 독일군이 아니라 같은 영국군에 의해 죽임을 당하고 말았다. 다행히 그 130명에 존 위는 포함되지 않았다. 그는 모파상과 프랑스의 영혼에 감사의 기도를 올렸다.

소식을 접한 연대 지휘부의 분노는 대단했다. 연대 단위의 행군 와중이었으므로 그 피해가 클 수밖에 없었던 것도 있었으나, 무엇보다 연락 체계의 느슨함으로 인한 아군 간의 어처구니없는 살육을 연대 지휘부는 간과할 수 없었다. 즉시 군사재판이 열렸고 재판에 회부된 제11, 19, 32, 33 중대장은 종신형에 처해져 알 수 없는 곳으로 이송되었다. 하지만, 연대장 허버트 레이는 여기에 만족치 않고 아군을 향해 발포한 사병 다섯을 뽑아 공개 총살시킬 것을 명령했다. 연대장에게는 연대의 사기를 진작시킬 수 있는 계기가 필요했는데, 그의 머리는 다섯 명의 희생양을 생각해냈던 것이다.

새로 선임된 중대장들은 연대장의 통고를 받고서 매우 난감한 처지에 빠지고 말았다. 그도 그럴 것이 죽임을 당할 다섯 명의 사병을 무엇을 근거로 선택할 수 있단 말인가. 모든 중대원들이 가해자임과 동시에 피해자인데 그중 다섯 명만을 뽑아 사형장으로 보낸다는 것이 과연 있을 수 있는 일인가?

중대장들은 그렇게 생각을 했지만, 그 누구도 연대장에게 명령의 철회를 요청하진 못했다. 연대 지휘부의 분위기는 이미 다섯의 희생양을 결정한 상태라는 걸 그들도 알고 있었다.

결국, 중대장들은 중대의 병사들이 지켜보는 가운데 희생양 다섯을 제비뽑기로 결정하기로 합의를 보았고 신으로부터 저주받은 사병 다섯이 '선택' 되었다.

여기에 불행히도 존 워가 뽑히고 말았다. 130명이 사망한 비극 속에서도 살아남은 존이 다섯 명만을 뽑는 제비뽑기에 걸려든 것이다. 존이 죽음의 제비를 뽑아든 순간 그는 한동안 눈만 껌벅거렸다고 하는데 당시의 순간을 더 구체적으로 설명할 필요는 없을 것이다.

존은 형식적인 재판 절차를 밟고 본국으로 후송되었다. 그로부터 한 달 간 존은 이스트 서섹스East Sussex주의 루이스Lewes에 있는 군형무소에서 수감생활을 하였다.

그는 짧은 수감기간 동안 일기를 썼고 감옥의 간수는 존에게 펜과 종이를 제공해주었다. 책 한 권 분량에 달하는 그의 일기는 자신의 삶에 대한 저주와 꿈의 상실에 대한 절망, 그리고 다가올 죽음을 두려워하는 인간적인 공포로 가득 채워졌다.

존 워가 한 달 간 쓴 일기는 그로부터 사십 년 후 전 유럽에서 베스트셀러가 될 한 책의 기초가 되었다. 그의 일기 중 이런 부분이 있다.

'나는 희생양이 되기 위해 이 세상에 태어났는가?'

평소 존 워는 이 세상의 모든 생명체와 사물은 마땅한 존재의 이유가 있다고 생각하고 있었다. 강가에 있는 돌멩이들이나, 인간과는 아무런 관계도 없는 잡초들도 모두 태어나야 할 이유가 있기에 이 세상에 존재하는 것이라 생각했다. 하물며 인간은 어떠하랴.

'나는 유명한 작가가 되고 싶었고, 그 꿈을 이루기 위해 나는 많은 노력을 했다. 하지만, 이젠 모든 것이 물거품이다. 내가 죽음으로써 우리 부대가 더 강해질 수 있다 하여도 내게 돌아오는 것은 결국 무엇인가? 아무것도 없다. 나는 저주받았을 뿐이다. 세상에서 가장 중요한 것은 한 인간으로서의 나 자신뿐이다. 조국이 무엇이고 애국이 다 무어란 말이냐. 나는 앞으로 어디로 가고 나의 꿈은 어찌 될 것이며, 이 억울한 삶은 누가 보상해줄 수 있단 말인가?'

존 워는 한 달 간의 수감생활을 끝내고 다시 프랑스로 건너왔다. 그 며칠 후 존 워는 제27보병연대의 병사들이 지켜보는 가운데 다른 네 명의 희생양들과 함께 나무기둥에 묶여 총살되었다.

그가 쓴 일기는 1955년 영국의 메이드스톤 출판사에 의해『전쟁의 피해자들Casualties of the War』이라는 제목의 책으로 출간되었는데, 당시 영국의 타임지는 서평란을 통하여 '우리에게 이보다 더 강한 반전 메시지를 안겨준 책은 지금까지 없었다' 라고 호평하였다.

대를 위해 소를 희생해야겠다는 허버트 레이의 판단이 옳았느냐 하는 것은 여전히 문제로 남아 있다. 당시 제27보병연대는 무고한 병사 다섯을 처형하고 난 후 얼마 지나지 않아 아미앵 Amiens전투에서 큰 승리를 거두었다고 한다. 그것도 '죽음의 기갑부대'를 상대로.

그렇다면 결과적으로 존 워의 죽음은 영국과 제27보병연대를 위해 필요했던 것일까?

대는 무엇이고 소는 무엇일까?

3. 마녀가 된 엘레나

서기 1647년, 남아메리카 칠레 왕국의 수도 산티아고에서는 수천 명의 인명을 앗아간 놀라운 대지진이 있었다. 19세기 초의 독일 작가 하인리히 폰 클라이스트는 그의 소설 「칠레의 지진 Das Erdbeden in Chili」에서 당시의 상황을 묘사하고 있는데, 이 작품은 자연의 참화라는 특이한 상황 아래 일어나는 두 남녀의 애틋한 사랑과 모성애, 그리고 그들을 죽음으로 몰고 가는 인간들의 광기를 그리고 있다. 지진이라는 참사 속에서도 살아남은 주인공이 미치광이가 되다시피 한 사람들에 의해 살해당하는 장면은 자연의 정당함과 평등함에 비해 너무도 무가치한 인간들의 이기심과 비열함을 보는 것만 같아 읽는 이를 못내 씁쓸하게 만든다.

하지만, 그 당시 지진이 있었다는 것 외에는 모두가 작가 클라이스트의 특별한 상상력이 만들어낸 허구에 불과할 뿐 실제의 사건은 아니다. 작품 속에는 호세페라는 수녀가 임신을 하여 처형대로 끌려가는 장면이 나오는데 그것도 물론 작가가 지어낸 허구이다. 그러나, 이제부터 전개되는 이야기는 실제의 사실을 기록한 것이다. 바로 엘레나 모아녜즈(Ellena Moáñez, 1617~1647)라는 여성에 관한 이야기인데, 그녀는 우리의 마지막 '희생양' 이야기를 채워줄 것이다.

엘레나는 불행한 여자였다. 그리고 대지진이 일어나자 그녀의 삶은 더욱 불행해지고 말았다. 이야기는 그녀의 어린시절로 거슬러 올라간다. 엘레나는 산티아고 외곽의 산기슭에 자그마한 사탕수수 농장을 가지고 있던 부모 밑에서 1남 2녀 중 첫째딸로 태어났다. 엘레나는 당시의 여자아이들과 똑같은 성장 과정을 거쳤는데, 그녀가 일곱 살이 될 때까지 그녀는 해가 뜨고서 두 시간이 지나면 잠에서 깨어나 식구들과 함께 밥을 먹었고, 동생 들과 함께 언덕을 오르고 냇가에서 개구리를 잡기도 하고, 점심 을 먹고선 사탕수수밭에서 이리저리 뛰어다니다가 저녁 무렵엔 붉은 하늘과 붉은 구름을 보고 소릴 내지르고, 지는 해를 보며 두 눈을 깜박이고, 그러다가 저녁을 먹고 해가 넘어간 지 네 시 간이 지나 잠이 들었다. 잠 속에서도 엘레나는 여느 아이랑 똑같 은 꿈을 꾸었고, 다음 날 아침 또다시 해가 뜨고 두 시간이 지나 면 눈을 비비고 일어나 식구들과 함께 밥을 먹었다. 엘레나는 아 주 평범한 아이였다.

그렇게 살던 그녀가 일곱 살이 되던 어느 여름날 엉뚱한 사고 를 당했다. 어떠한 나무든지 줄기 이곳저곳에는 자질구레한 상 처가 나 있듯 사고라는 것은 어린아이들의 성장 과정에 언제나 끼여 있게 마련이지만 엘레나가 경험한 그 사고는 대수롭지 않 게 별 탈 없이 끝나주지 못하고 그녀의 삶을 좀 묘하게 바꿔버 렸다.

여느 날처럼 아침을 먹은 엘레나는 동생들과 함께 집 뒤편의 언덕에서 시간을 보내고 있었다. 그들은 평소 그곳에서 벌레들 을 잡아 죽이거나 꽃들을 채집하였는데 그날도 마찬가지였다. 점심때쯤 되어 여동생 레오노라가 엘레나에게 한 가지 제안을 하였다. 벌레도 꽃도 더 이상 보이지 않으니 절벽을 오르자는 것

이었다. 절벽은 아이들 키보다 네 배 정도 되는 가파른 돌무덤이
었는데 사실 그건 절벽이 아니었다. 좌우지간, 엘레나는 동생의
말을 따르기로 하였다. 먼저 레오노라가 오르기로 하고 두 번째
로 그녀의 남동생 미구엘, 그리고 마지막으로 자신이 오르기로
했다.

　엘레나보다 두 살이 적은 레오노라가 손과 다리에 앙팡지게
힘을 주더니 돌무덤을 오르기 시작했다. 레오노라는 계집아이
답지 않게 겁도 안 먹고 돌이 튀어나온 부분과 틈이 있는 곳을
요령 있게 잘 짚어가며 아주 손쉽게 꼭대기까지 올라갔고 아래
를 내려보고선 빨리 올라오라며 언니와 오빠를 향해 손짓했다.
그 뒤를 곧 미구엘이 따랐다. 여섯 살 먹은 미구엘은 동생과 달
리 처음엔 겁을 잔뜩 먹었다. 그러나 미구엘은 이내 돌무덤 아
래의 뾰족 튀어나온 화강암을 잡더니 두 손에 힘을 주어 조금씩
올라가기 시작했다. 자기도 여동생처럼 할 수 있을 것이라 생각
했다. 허나 그렇지가 못했다. 미구엘은 자기 키보다 조금 높은
돌무덤의 중간 부분에서 벽에 붙은 듯이 멈춰버리고 말았다. 미
구엘의 두 손은 카이만(남아메리카에 사는 악어의 일종)의 주
둥이처럼 툭 튀어나온 돌을 움켜잡고 있었고, 두 다리는 그보단
조금 넓은 돌 위에 놓여 있었는데 그 상태에서 그는 더 이상 올
라갈 엄두를 못낸 채 꼼짝 못하게 되었던 것이다. 그 모습을 아
래서 올려다보던 엘레나는 "미구엘, 못하겠으면 아래로 내려와.
내가 다릴 잡아줄게."라고 말했고, 꼭대기에서 밑을 내려다보던
레오노라는 "오빠, 조금만 더 올라와. 내가 손을 잡아줄게."라

고 하였다. 그래서 미구엘은 더더욱 꼼짝할 수가 없었다. 한참을 그렇게 있던 미구엘은 밥시간이 가까워짐을 알고 결국은 용기를 내어 어떻게 해서든지 레오노라가 있는 꼭대기에 오르기로 마음먹었다. 그런데 거기서 문제가 발생했다. 조마조마하며 두 손을 옮기던 미구엘이 균형을 잃은 채 비틀비틀대다가 바닥으로 떨어져 머리를 땅에 부딪치고 만 것이다. 그와 동시에 엘레나도 쓰러지고 말았다.

미구엘이 부상을 당했을까? 그렇지 않다. 오히려 밑에 있던 엘레나가 다쳤다. 엘레나는 미구엘이 비틀거리며 떨어질 때 그 요동으로 돌무덤에서 빠져나온 얼굴 크기만 한 돌덩이에 이마를 찍히고 말았다. 그것이 불행의 시초였다. 엘레나는 그 자리에서 기절하고 말았고 누나가 죽은 줄 알고 절망에 빠진 미구엘은 크게 울며 이웃집에 사는 열일곱 살의 벙어리 호아킨을 부르러 갔다. 곧 호아킨이 언덕에 올라왔지만 그는 엘레나의 모습을 보고 놀란 나머지 괴상한 신음소리를 내기만 하다가 아이들을 남겨둔 채 아버지가 있는 사탕수수밭으로 헐레벌떡 달려갔다.

엘레나는 얼마 지나지 않아 깨어났으나 이마에 상처를 갖게 되었다. 이마 한중간에 그녀의 주먹만 한 크기의 흉터가 생겼고, 그것은 마치 종달새를 닮은 모습이었다. 그녀의 아버지와 어머니는 예쁘기만 하던 딸의 얼굴에 흉측한 상처가 난 것을 보고 슬퍼했지만, 그나마 그것도 다행이라며 성모 마리아께 감사의 기도를 올렸다. 그리고 아버지는 엘레나를 침대에 눕혀 놓고 딸을 위로하기 위해 이렇게 말했다.

"사랑스런 엘레나, 사탕수수의 줄기가 이리저리 복잡하게 얽히고설킨 것도 모두가 하나님이 미리 계획한 거란다. 너는 종달새처럼 순수하고 즐거운 삶을 살 것이고 모든 사람들이 널 사랑할 것이며 넓은 세상을 자유롭게 왕래할 것이다."

운명이란 슬픈 것이다. 아버지의 따뜻한 위로에도 불구하고 엘레나의 삶은 아버지의 소망과 정반대가 되고 말았다. 그것조차 하나님의 뜻이었는지는 알 수 없지만.

엘레나는 기록에 의하면 1626년, 그러니까 그녀가 아홉 살이 되던 해에 학교에 들어갔다. 그리고 삼 년 뒤인 1629년에 스스로 학교를 그만두었다. 이유는 이마의 흉터와 그녀의 외모 때문이었다. 엘레나의 예쁜 외모는 돌에 충격을 당한 뒤부터 급속히 달라지기 시작했다. 볼이 불규칙하게 튀어나왔고 턱이 아래로 늘어지는가 하면 귀와 눈, 콧구멍이 짝짝이가 되고 말았다. 그것이 미구엘이 떨어뜨린 돌 때문이라고 말하기엔 어딘가 설명이 부족한 점이 있지만 어쨌든 당사자인 엘레나나 그의 가족들, 심지어 호아킨까지도 그렇게 믿고 있었다. 그리고 어느 순간 그녀의 흉터는 종달새 모습에서 쥐 모양으로 변해버렸다. 상태가 악화된 것이다. 산티아고의 장난꾸러기들이 엘레나를 가만둘 리없었다. 아이들은 엘레나를 손가락질하며 "못생긴 쥐야!"라고 놀려댔고, 일부 남자아이들은 흉터의 생김새가 쥐가 아니라 바퀴벌레 모습으로 보였는지 "널 콱 밟아 죽이겠다."고 했다. 점점 엘레나는 말이 없어졌고 고개를 숙인 채 코를 훌쩍거리며 집으로 올 때가 많았다. 그러던 엘레나가 언제부턴가는 아예 학교를 가지도 않고 하루 종일 돌무덤에만 올라 앉아 산티아고 시가지를 마냥 바라볼 때가 많았는데 딸을 불쌍히 여기던 아버지는 한동안 한숨만을 쉬다가 결국은 학교를 그만두게 하였다.

그 후로 엘레나는 아버지의 일을 도와 사탕수수 농사를 짓게 되었다. 엘레나는 아침을 먹고 나면 낫을 들고 아버지의 뒤를 따랐고 하루 종일 밭 속을 헤매며 죽은 가지를 치고, 거름을 주고, 벌레를 잡고, 수수를 따고, 잠시 쉬다가 다시 밭을 갈고, 땀을 닦고, 새들을 쫓고는 노을을 보며 집으로 돌아왔다. 그리고 그녀는 열네 살이 되고, 열다섯 살이 되고, 열여섯 살이 되었다.

열일곱이 되던 해 아버지는 엘레나를 시집보내기로 결심했다. 그러나 아버지는 걱정이 많았다. 엘레나의 얼굴은 그동안에도 점점 더 추하게 변해 있었던 것이다. 엘레나의 입술은 한쪽으로 삐뚤어졌고 덧니가 밖으로 튀어나온 채 억양도 투박스러워졌다. 그녀의 볼은 곰보로 뒤덮였고, 머리카락이 빠지기 시작했다. 더군다나 그녀는 항상 우울하였다. 엘레나는 학교를 그만둔 후 단한 번도 시내에 간 적이 없었는데 그래서 그녀는 친구도 없었고 세상물정이란 것도 몰랐다. 아버지는 딸을 정상적인 남자에게 시집보내는 것은 불가능하다고 생각할 수밖에 없었고, 결국 이웃집에 아직도 홀로 사는 벙어리 호아킨을 남편으로 맞기로 했다. 그러나 엘레나가 반대했다. 엘레나는 호아킨뿐만 아니라 그어떤 남자하고도 같이 살 생각이 없다고 말했다. 이미 엘레나는 자기 자신을 싫어하고 있었던 것이다. 언제부턴가 엘레나는 잠자리에 들며 '날 빨리 죽게 해주세요' 라거나 '세상이 망하게 해

주세요'라고 성모 마리아를 향해 기도하고 있었는데 그 사실을
아버지는 모르고 있었다.

그녀가 스물두 살이 되던 해 동생 레오노라는 발파라이소 시
청에서 서기 일을 하는 페르난도라는 사람에게 시집을 갔다. 그
리고 이듬해에는 미구엘이 탈카에 있는 처녀에게로 장가를 가
멀리 떠나버렸다. 아버지는 아들이 사탕수수 농사일을 함께 해
주길 바랐지만 미구엘은 죽으면 죽었지 농사일은 하지 않겠다고
말하였다. 결국 집에는 엘레나와 그녀의 부모만이 남게 되었다.
점차 말이 적어지고 있던 엘레나는 동생들마저 떠나자 거의 벙
어리가 되다시피했다.

"엘레나, 불쌍한 엘레나야. 아버지가 죽고 내가 죽으면 넌 어
떻게 살 거냐. 불쌍한 내 딸아."

어머니는 엘레나의 얼굴을 보다듬으며 그렇게 울부짖을 때가
많았다. 아버지도 마찬가지였다. 아버지는 그녀가 스물여섯이
되던 해, 그때까지도 혼자 살던 벙어리 호아킨을 사위로 삼으려
했지만 결코 엘레나의 고집을 꺾을 수 없었다. 그리고 아버지와
어머니는 약속이나 한 듯 이듬해 모두 세상을 떠나버렸다. 엘레
나는 홀로 남게 되었고 혼자 사탕수수밭을 갈며 먹을 것을 해결
할 수밖에 없었다. 그녀는 어두운 집에서 홀로 잠들기가 싫었지
만 이 세상엔 함께 있어줄 사람이 없다는 것을 그녀 자신이 잘
알고 있었다. 엘레나는 밭에서 일을 하면서도 줄기 사이에 쭈그
리고 앉아 언제까지고 훌쩍훌쩍 울어대며 자신의 신세를 한탄할
때가 많았다.

그러던 엘레나가 서른 살이 되던 해 도미니끄 성당의 재판소에서 화형선고를 받았다. 그 불쌍한 엘레나가 말이다. 갑작스레 무슨 말이냐고 독자들은 놀라겠지만 어떻게 된 것인고 하니…… 지진 때문이었다.

클라이스트가 작품 속에 묘사했던 산티아고의 대지진은 그녀가 서른 살 때 일어났는데 서두에도 언급했듯이 그 지진은 수천 명의 인명을 앗아갈 만큼 참혹한 것이었다. 또한 당시의 지진은 요동을 멈춘 뒤에도 자연에게 목숨을 빼앗기지 않고 용케도 살아 있던 백여 명의 무고한 사람들을 죽음으로 몰아넣음으로써 그 악명을 한껏 드높였다.

지진이 일어나는 순간 엘레나는 여느 때처럼 밭에서 일을 하고 있었다. 엘레나는 천지를 뒤흔드는 요동과 굉음에 몸을 가누지 못한 채 두려움에 떨었지만 곧 그녀는 드디어 올 것이 왔다고 생각하며(그녀는 그때까지도 세상이 망해주길 기도했다) 낫을 놓아두고 언덕으로 달려갔다. 언덕에서 바라본 산티아고는 이미 깡그리 무너져 있었다. 멀쩡한 건물이 몇 안 되었고 사람들의 울부짖음과 곳곳에서 치솟는 불길로 도시는 생지옥이나 다름없었다.

"그래, 무너져라, 무너져! 다 없어져라아—!" 엘레나는 펄쩍펄쩍 뛰며 그렇게 소릴 질렀다고 한다. 지진으로 엘레나가 당한 피해는 없었다. 고작해야 헛간이 한쪽으로 기울었고 그리고 어린시절부터 있어 왔던 돌무덤이 무너진 것 외에는 변화가 없었다. 그건 참으로 놀라운 일이었다. 엘레나에겐 아무런 변화가 없는데 다른 이들은 고통에 쌓여 있다니.

다음 날, 때가 왔다고 생각한 엘레나는 밭에 나가지 않고 하루 종일 집에 들어앉아 성모 마리아의 목상 앞에서 기도를 올렸다. 밥도 먹지 않은 채 그녀는 어두운 방 안에서 무릎이 아프지도 않은지 눈을 꼬옥 감고만 있었다. 시간 가는 줄도 모르고 말이다. 한편 바로 그때 산티아고 시내의 도미니끄 성당에서는 앞으로의 불행의 방지를 하늘에 비는 생존자들의 엄숙한 미사가 열리고 있었고, 미사가 끝난 뒤 주교의 방에서는 지진의 원인을 규명하는 회의가 있었다. 회의에는 열두 명의 성직자가 참석하였는데 그 이름 하나하나를 모두 언급할 필요는 없을 것이다. 하지만 단한 사람, 성당의 주교 돈 비쎈떼 루이스 블라스코(Don Vicente Luis Blasco, 1584~1666)의 이름은 밝혀야겠는데 그는 회의를 끝내며 다음과 같은 결론을 내렸다.

"파리도 아니고 로마도 아니고 바르셀로나도 아닌 이곳 산티아고에 소돔과 고모라의 저주가 내린 것은 모두가 하느님의 뜻인 바, 이는 그동안 산티아고에 만연했던 무신론자들의 강도질과 강간, 그리고 창부들의 추잡한 가랑이와 마녀들의 악랄한 선동에 대한 대가이니, 이를 근절치 않으면 조만간 또다시 하늘의 심판이 있을 것이다."

블라스코 주교가 결론을 내린 뒤 한 시간도 지나지 않아 산티아고에서는 지진보다 더 끔찍스런 인간사냥이 시작되었다. 성당 측의 요청을 받은 당국, 그중에서도 경찰이 행동에 나섰다. 물론 그 시간에도 엘레나는 어두운 방에서 홀로 기도를 하고 있었다. 산티아고의 경찰들은 우선, 지진의 충격 속에 아무 대비도 없이 방치되어 있는 상점을 약탈 중이던 강도들의 검거에 나섰다. 경찰들은 순식간에 사십 명의 강도를 붙잡았는데 그중엔 일곱 살 먹은 꼬마가 있는가 하면 칠십을 넘은 노파도 있었다. 경찰은 몇몇 강도의 이빨을 집게로 뽑아버렸고, 일부는 손가락을 절단했으며 다섯 명의 여자는 화형에 그리고 나머지는 즉결처분해버렸다. 사료를 뒤져보면 그저 '즉결처분'을 했다는 기록이 있을 뿐인데 그것이 처형을 했다는 것인지 아니면 체포하여 감옥에 보냈다는 것인지는 정확히 알 수 없다. 다음으로 경찰은 강간자의 체포에 나섰고 세 시간 동안 시내를 뒤진 끝에 아홉 명의 범법자를 붙잡았다. 그중 네 명은 혼란을 틈타 평소 짝사랑하던 이웃집의 여자를 범했고, 또 다른 네 명은 말세가 왔다고 생각하고 최후의 쾌락을 찾던 끝에 길 가던 여자를 완력으로 유괴하여 자기 욕심을 채웠다. 그리고 나머지 하나는 지진에 놀라 기절해 있던 열 살짜리 남자아이를 강간했다. 이들 모두는 체포되는 대로 거리에서 목이 잘렸다.

지진이 일어나기 전에도 산티아고에는 강도와 강간이 있었다. 그들은 심각한 경우를 제외하고는, 예를 들면 아버지가 친딸을 강간하거나 노예가 주인의 물건을 훔치는 경우처럼 용서할 수 없는 경우 이외에는 오 년이나 십 년의 감옥생활이 그 형벌의 전부였다. 그런데, 지진이 일어나고 붙잡힌 범법자에게 이처럼 무거운 처벌이 내려지는 데는, 모두가 흥분한 상태였기 때문이기도 했지만 무엇보다도 블라스코 주교의 말, 즉 "평소의 범법자와 달리 하느님의 심판이 내려지는 순간에 모습을 드러내는 범법자야말로 하느님이 처벌하시길 원하는 자."라는 말이 한몫을 했다.

다른 한 무리의 경찰들은 산티아고 서쪽 변두리에 있는 유곽을 뒤져 삼백 명에 달하는 창녀들을 체포했다. 그리고 여기에도 블라스코 주교의 말이 중요한 역할을 했다.

"시청과 프란체스코 성당, 성인들의 공동묘지가 무너졌음에도 유곽이 건재하다는 것은 그것이 악마의 소굴이라는 것을 증명하는 것 외에 무엇이란 말이냐."

만약 지진이 그의 말대로 하늘의 심판이라면 하느님은 바로 그 시청과 프란체스코 성당, 성인들의 공동묘지에 벌을 내렸다고 봐야 할 것이다. 하지만 당시의 상황에서 블라스코 주교의 말에 이의를 다는 자는 단 한 사람도 없었다. 삼백여 명의 불쌍한 창녀들은 처참한 몰골로 떼죽음을 당하게 된 것이다. 그러나 마지막에 가선 다행히도 그들 중 팔십 명의 여자들만이 화형에 처해졌는데 그것은 시청에 근무하는 고위직의 관리들과 산티아고의 유지들이 유곽 자체를 없애는 것에 반대했기 때문이었다. 갈등이 없진 않았으나 블라스코 주교는 결국 그들의 의견을 받아들일 수밖에 없었고, 그는 서른 살 이상 먹은, 나이 든 창녀들만을 선택하여 극형에 처하였다.

또 다른 한 무리의 경찰들은 주교의 명령에 따라 마녀사냥에 나섰다. 그리고 여기에 우리의 주인공 엘레나가 걸려들고 말았다. 처음에 경찰들은 도대체 마녀가 어떻게 생겼는지, 어디서 살고 있는지, 세상에 그런 게 있기나 한 것인지 알 수가 없어 임무

수행에 회의를 느끼기도 하였다. 그럼에도 그들은 반드시 마녀를 붙잡아야만 했는데 그것은 블라스코 주교가 "강도와 강간, 매춘이란 것은 선량하게 태어난 인간들이 자기 의지로 행하는 것이 아니라 모두가 마녀의 선동에 의해 저질러지는 것이니 궁극적으로 마녀들이 사라지지 않는다면 산티아고의 재난은 극복될 수 없을 것"이라며 특별히 강조했기 때문이었다.

고심 끝에 경찰들은 '마녀는 당연히, 여자다!' 라는 것에 합의를 보았고 산티아고의 절반을 차지하는 남자들을 제외시켰다. 또 과거 유럽의 마녀사냥 예를 들어 마녀는 비정상적인 여자, 그중에도 특히 결혼할 나이가 지났음에도 불구하고 혼자 살고 있는 여자 가운데에 있을 것이라 단정했다. 마녀는 전통적으로 독신이라는 것이다. 산티아고에는 혼자 사는 여자 수만큼의 혼자 사는 남자가 있었지만 그들은 절대 마녀가 될 수 없다는 이유로 제외됐다는 것은 두 말할 필요도 없었다. 그렇게 해서 경찰은 모두 이백팔십 명의 여자를 추슬러낼 수 있었다. 하지만 그것이 많다고 생각했는지 마녀는 남편도, 자식도 없이 혼자 살뿐더러 이웃도 없이 변두리에서 고립된 채로 살 것이라 생각하게 되었고 결국 경찰은 관청에 보관돼 있던 호적을 뒤진 결과 혐의자를 스물한 명으로 좁힐 수 있었다. 이런 과정을 거쳐 일단의 경찰들이 엘레나의 집으로 향하게 된 것이다.

경찰들이 엘레나의 집을 덮쳤을 때 엘레나는 무릎을 꿇고 성모 마리아의 목상 앞에서 기도하고 있었다. 엘레나는 그때까지도 "부디 가련한 저의 소원을 들어주세요."라고 기도하고 있었는데 그 말을 들은 경찰은 엘레나 모아녜즈는 마녀임이 확실하다고 판단하여 곤봉으로 문을 때려 부수고 방 안으로 들어가 엘레나를 체포하였다. 머리를 잡힌 채 마당까지 끌려나와 땅바닥에 내팽개쳐진 엘레나는 그들이 경찰인 줄도 모르고 성모 마리아께서 사자를 보내어 자신의 생명을 거둬가는 줄로만 알았을 것이다. 엘레나는 자신을 둘러싼 경찰들의 얼굴을 올려다볼 뿐 아무런 말이 없었다.

"저 눈매 좀 봐라. 마녀는 경찰을 보고도 두려워하지 않는구나." 그중 대장이란 놈이 말했다.

"이 추악한 얼굴을 보십쇼. 마녀도 악의 균들이 바글거리는 자기 얼굴만은 속이지 못하는군요." 또 다른 한 놈이 말했다.

"이마의 흉터는 어떻습니까? 보십쇼, 저 쥐새끼 모양을. 저것이야말로 마녀임을 분명히 증명하고 있잖습니까?" 말에 올라타 있던 한 작자가 말했는데, 쥐가 사탄이나 마녀를 상징하는 동물이라는 것은 성경에도 없는 내용이었다. 하지만, 그들은 어릴 적부터 그런 얘기를 들어왔다는 듯이 모두 고개를 끄덕거렸다.

이윽고 대장이 말했다.

"자, 서둘러라. 이년이 죽기 전에 무슨 짓을 저지를지 모른다. 괴상한 주문을 외우기 전에 어서 이년을 끌고 가자."

그때 부하 하나가 그의 곁으로 다가오더니, 주문을 외우지 못하게 하려면 당장 마녀의 혀를 뽑아야 되지 않겠느냐는 주장을 내세웠고 대장은 그의 말에 천천히 고개를 끄덕거렸다. 사실, 이 대장이란 사람은 겉과는 조금 달라서 과연 엘레나라는 여자가 마녀일까, 아니 그게 아닐 수도 있지 않을까라는 생각을 내심 하고 있었는데 그의 한쪽 머릿속을 채우고 있는 블라스코 주교의 얼굴은 이내 그의 모든 잡념을 떨쳐버리게 만들었다. 어쨌거나 그런 대장의 속마음을 조금만이라도 자극시킬 수 있는 무엇인가가 그녀에게 있었더라면, 가령 엘레나의 얼굴이 아름답기만 하였더라도 그녀는 불행을 당하지 않았을지도 모른다.

결국 두 녀석이 칼을 들고 덤벼들어 엘레나의 입 속에서 혀를 뽑아버렸고 엘레나는 피를 토하며 얼굴을 감싼 채 고통에 찬 비명을 질러댔다. 그 순간, 엘레나가 무슨 생각을 했는지 불행히도 그것만은 도저히 확인할 수가 없다. 그녀가 말이라도 할 수 있었다면 기록이 되어 내려오는 얘기가 있을 것이지만 엘레나는 그 순간부터 죽는 순간까지 단 한 마디의 말도 할 수가 없었다. 자신이 처한 고통의 순간을 성모 마리아의 뜻이라 생각하며 받아들였을지도 모르고, 어쩌면 뭔가 일이 잘못되어간다고 느꼈을지도 모른다. 어쨌거나 그건 알 수 없는 일이다.

경찰이 엘레나를 말에 매어 끌고 가려할 때 비명소리에 놀란 호아킨이 허겁지겁 마당으로 달려왔다. 언제까지나 혼자 살고 있던 호아킨은 피투성이가 된 엘레나의 비참한 모습을 보고 경찰들 주변으로 뛰어와 손을 휘저으며 이상한 신음소리를 내었다. 이를 수상히 여긴 대장이 호아킨을 가까이 오게 하였고 대장은 곧 그가 이웃해 사는 사람이며 벙어리임을 알았다. 그리고 옆에서 이를 지켜보던 그의 부하는 호아킨을 가리켜 엘레나와 이웃해 살며 말을 못하고 혼자 사는 것으로 보아 필시 마녀와 관련이 있는 놈이라 주장했다. 마녀의 하인이라든가 마녀가 만들어 낸 허수아비 같은 것 말이다. 하지만 대장은 호아킨이 남자라는 점을 들어 부하의 말을 부정했고 그는 단지 바보 병신일 뿐이라고만 했다.

"날이 지기 전에 어서 가자. 이년은 해가 지면 어떻게 변할지 모른다. 얼른 블라스코 주교님 앞에 데리고 가 정당한 심판을 받게 하자. 하늘은 널 벌하기 위하여 심판을 내린 것이다. 따라 오너라. 가자, 바비에카!"

바비에카는 대장이 타고 있던 말의 이름이었다. 경찰들은 엘레나의 손을 말꼬리에 묶고서 기슭을 떠났고 마당에는 호아킨만이 남아 멀어져가는 그들의 뒷모습을 보고 있었다.

엘레나는 즉각 재판에 회부되어 블라스코 주교와 성직자들에 의해 마녀임이 증명되었고 화형이 결정되었다. 화형은 재판이 끝나자마자 이루어졌다. 처형장으로 가는 도중 엘레나는 만틸랴(성당에서 기도할 때 머리에 얹는 천)를 쓴 산티아고 시민들이 던지는 숱한 돌멩이에 머리며 가슴, 다리를 다쳐야 했다. 그녀를 아는 사람이 산티아고에 없었기에 그녀를 동정해줄 사람도 없었다. 이윽고 나무기둥에 묶인 엘레나의 몸에 닭기름이 뿌려졌고 주변엔 마른 장작더미들이 잔뜩 놓였다. 그 와중에도 산티아고의 시민들은 온갖 욕설을 퍼부으며 돌멩이를 던졌는데 엘레나는 그 돌 세례를 피할 수도 막을 수도 없었고 그들을 향해 무어라 말을 할 수도 없었다. 어쩌면 엘레나는 자신이 불에 타기 전 돌에 맞아 기절해주길 바랐을지도 모르고, 어쩌면 저주받은 삶으로 태어났으니 신의 뜻대로 불에 타 죽길 원했을지도 모른다. 또 어쩌면 익울하게 마녀의 누명을 뒤집어쓴 채 비참한 죽음을 맞게 된 데 대해 마음속으로 통곡을 하며 시민들을 향해 자신의 무죄를 항변하고 있었을지도 모른다. 안타깝게도 그 모든 것은 그녀의 혀가 사라지고 난 뒤였으니 알 수 없는 일이 되고 말았다.

블라스코 주교가 그들 앞에서 성호를 긋고(마녀로 지목된 여자는 엘레나 외에 다섯 명이 더 있었다) 뭐라 중얼대며 뒤돌아서자 곧 장작에 불이 붙었고 불은 순식간에 기둥에 묶인 몸들을 새까만 숯으로 만들어버렸다.

마녀의 처형을 구경한 산티아고의 시민들은 곧장 귀가하여 지진으로 무너진 집을 수리하고 상점을 다시 여는 등 다시 일상생활로 돌아갔다고 한다. 그리고 블라스코 주교의 말대로 마녀를 처형하자 하늘의 심판은 더 이상 내리지 않았고 심지어 범죄도 줄어들어 그에 대한 시민의 존경심은 높아만 갔으며 이후 도미니끄 성당은 칠레 공화국에서 가장 많은 신도를 보유한 성당으로 발전했다고 한다. 그녀의 죽음을 끝으로 산티아고가 안정을 되찾았고 시민들은 하늘의 심판이라는 불안에서 벗어나 생계를 유지해 나갈 수 있었으니 엘레나의 죽음이야말로 살아남은 자들에겐 다시없는 축복으로 여겨졌을 것이다.

※ 두 번째 에피소드 「존의 희망과 절망」은 스탠리 큐브릭 감독의 1957년 작 〈영광의 길 Paths Of Glory〉에서 모티브를 얻었음을 밝힙니다.

기억의 배면을 응시하는 시선

정재림 | 문학평론가

1

　신인작가의 소설을 대할 때 품게 마련인 몇 가지 편견이 있다. 자극적이고 엽기적인 소재가 등장하거나, 전통적 기법에서 일탈한 새로운 서사문법이 시도되거나, 솔직하고 발랄한 화자를 만나거나, 황당하지만 웃기는 이야기가 나올 것이라는 편견 말이다. 하지만 『마녀가 된 엘레나』에 실린 8편의 소설은 신예작가의 소설에 대한 편견이 말 그대로 편견에 불과함을 입증한다. 양유정은 낯설고 새로운 소설을 써야 한다는 강박증을 보이지 않는다.

　그럼에도 소설이 낯설게 느껴지는 것은 다양한 시공간이 활용되기 때문이다. 소설을 읽다보면 한국전쟁의 격전지에서(「지평리」, 「지평리 가는 길」, 「팔미도 등대」), 아프리카의 지부티와 시에라리온으로(「9월, 시에라리온」, 「Djibouti」), 프랑스와 필리핀 세도의 섬, 칠레로(「희생양」), 숨가쁘게 이동하는 자신을 발견하게 된다. 그러나 낯선 시공간은 낯설게 하기를 염두에 둔 설정이 아니라, '지금-여기'의 문제를 전략적으로 탐색하기 위한 장치에 가깝다. 특히, 작가는 개인과 전체의 갈등이란 주제를 탐색하기 위해 전쟁공간을 전략적으로 활용한다. 개인과 전체의 첨예한 대립을 보여주기에 전쟁의 한복판보다 더 적합한 공간이 없기 때문이다.

2

「지평리」와 「지평리 가는 길」은 한국전쟁의 지평리 전투를 중심 모티프로 차용하고 있다. 한국의 중심부라는 지정학적 요인 때문에, 전쟁 당시 지평리에서는 중국군과 미군 사이에 격렬한 전투가 치러졌었다. 「지평리」는 중국군 '첸'의 눈으로, 「지평리 가는 길」은 미군 '베렛'의 시각으로 전쟁 상황을 기술하고 있다는 점이 흥미롭다. 전쟁 당사자가 아닌 이방인의 시각으로 한국전쟁을 서술하게 함으로써, 다각적으로 한국전쟁에 접근할 가능성을 얻게 된 것이다. 그러나 소설은 한국전쟁에 대한 객관적 조망이 가능하리라는 독자의 기대를 배반한다.

'첸'과 '베렛'은 서로에게 총부리를 겨눈 적군임에도 불구하고 전쟁에 대한 둘의 태도는 크게 다르지 않다. '첸'은 자신의 의지와 무관하게 끌려나와 "남의 땅에서 처음 보는 인종들과 싸우는 이 전쟁"에서 어떤 의미도 찾아내지 못한다. 그런데 "단뚱 丹東의 어느 군사학교에서 단 육일 간 전차방어훈련을 받은 적"이 있다는 이유로 '첸'에게 "절체절명의 위기 속에서 죽음의 기로"에 선 중국군을 구해내는 막중한 임무가 맡겨진다. 막중한 임무란 전군이 안전하게 후퇴할 시간을 확보하기 위해 '첸'을 포함한 4명의 사병이 미군의 전차부대의 방패막이가 되라는 명령에 불과하다. '첸'은 전체를 위한 개인의 희생을 정당화하는 상부의 명령이나, "큰 것을 위해 자기 자신을 무조건 희생하려"는 동료들의 광기에 동의하지 못한다. 동료들이 죽음의 길을 선택한 순간, "자신의 생명이 원치 않는 것에 이용될 수 없다"고 생각하며 탈영한다.

「지평리 가는 길」의 '베렛' 대위 역시 전쟁과 조직에 대해 회의적이기는 마찬가지이다. 백육십 명의 L중대원은 자신들이 "무엇을 위해 탱크 위에 있는 것인지 도모지 알고 있지를 못했다". 중국군을 돌파하기 위해 기갑부대의 신속한 전진이 필요했는데, 탱크의 피해를 최소화하기 위한 특수부대로 L중대가 차출된 것이다. 전체의 안위를 위해 L중대를 희생시키는 미군이나, 미군의 포위망에서 벗어날 시간을 벌기 위해 네 명의 병사를 희생시키는 중국군이나, "소수를 희생시켜 전군全軍을 보호하겠다"는 전략을 구사하고 있는 셈이다. 백육십 명의 중대원의 목숨을 보호해야 할 중대장이라는 책임감 때문에 '베렛'의 고민과 회의는 한층 심각할 수밖에 없다. '베렛'은 "켄터키 훈련장에서의 고된 훈련을 떠올렸고, 병사가 그처럼 훈련을 열심히 하는 이유는 전투의 목표를 이루기 위해 반드시 있어야 하는 희생양을 키워내기 위함이 아닐까라는 생각까지 하게 되었다." '베렛'은 작전의 불합리함에도 불구하고 전진하라는 명령 앞에 속수무책일 수밖에 없고, 전후에 비인간적인 작전의 전말을 증언하리라 결심하지만 탱크 위에서 전사하고 만다.

전쟁이란 특수 상황에서는 개인의 존엄성이 무시되고 수평적인 의사소통이 불가능해진다. 인격이 아닌 군번으로 존재할 뿐인 군인에게는 명령에 복종할 의무만이 주어진다. "SCR-300" 무전기는 소통의 장치가 아니라 상부의 명령을 하달하는 장비에 불과하다. 또한 대大를 위한 소小의 희생이라는 전체주의적 논리가 판을 치고, 전체를 위한 개인의 희생이 미화되기 쉽다. 두 편의 소설은 개인의 자유를 억압하는 전체의 논리에 의문을 제기한다.

3

세 개의 에피소드로 이루어진 「희생양」은 전체가 개인에게 가하는 폭력의 기원을 폭로하고 있다. 〈라카엘라와 네그로스의 축제〉는 문명에 노출되지 않은 원시부족의 축제에 대한 이야기이다. 스페인의 탐험가 '라카엘라'는 필리핀 제도의 네그로스 섬을 탐험하다가 원시 상태를 그대로 유지하고 있는 한 부족을 만나게 된다. 형벌제도가 없음에도 완벽한 평화를 이루고 사는 이 섬이 '라카엘라'에게는 "이상향"으로 비춰진다. 그러나 "그로테스크한 축제"를 목도하자 아름답던 이상향은 끔찍한 미개종족으로 전락한다. 야만적인 풍습은 일 년에 세 차례 열리는 마을 축제와 관련이 있었다. 축제일이 되면 주인공인 소녀가 뽑히는데, 추장과 소녀는 마을 사람들이 지켜보는 가운데 성행위를 한다. 소녀와 추장 사이에서 태어난 아이는 마을에서 떨어진 움막으로 보내지고 언어를 배우지 못한 상태에서 동물처럼 사육된다. 일정한 나이가 되면 아이는 "축제의 희생물"로 사용된다. 추장은 자신의 아들인 제물의 사지와 성기, 머리를 자르고, 마을 사람들은 토막난 시체를 불에 태우며 제사를 지낸다.

'네그로스의 축제'는 부족의 평화를 기원하는 일종의 희생제의이다. 르네 지라르René Girard는 사법제도를 갖추지 못한 고대 사회의 경우, 폭력이 발생하면 폭력이 전체로 퍼져나가게 되어, 집단이 존폐의 위기에 처하게 된다고 설명한다. 그래서 폭력모방을 예방하기 위해 인류가 고안한 문화적 장치가 '희생제의rite sacrificial'이다. 네그로스의 축제는 발생할 수 있는 폭력을 미연에 방지하고, 부족의 신념과 일체성을 강화하기 위해 고대사회에 존재했던 희생제의의 원형적 모습을 보여준다.

그런데 비인간적이고 폭력적이라는 네그로스 축제에 대한 문명인의 비판은 온당한 것일까. 나머지 두 개의 에피소드는 희생제의와 폭력의 메커니즘이 변이된 형태로 중세를 관통해 현대에도 엄존하고 있음을 증명한다. 17세기 칠레를 배경으로 하는

〈마녀가 된 엘레나〉는 한 평범한 여성이 마녀로 몰려 희생되는 과정을 보여준다. '엘레나'는 돌부덤에서 떨어지는 사고를 당한 후, 외모가 기형적으로 변하기 시작하여 외톨이가 되어 집안에만 처박혀 있게 된다. 부모님도 돌아가시자 농장일을 하며 지내는데 수천 명의 인명을 앗아간 대지진이 발생하자 그녀는 마녀로 지목되어 화형을 당한다.

'엘레나'는 왜 마녀로 지목되었을까. 주교는 대지진을 하늘의 심판으로 해석하고 죄의 근원이란 명목으로 범법자와 창녀들을 잡아들이라고 명령한다. 대지진으로 인해 내부의 폭력과 무질서가 심각해지자 죄를 전가시킬 희생양이 필요했던 것이다. 강간범, 창녀, 마녀는 재앙이 덮쳤을 때 모든 죄를 뒤집어쓰고 희생의 제물이 되었던 고대의 '파르마코스pharmakos'와 다르지 않다. 독신여성, 추악한 얼굴, 기형적인 신체는 '엘레나'를 마녀로 결정짓는 훌륭한 표지가 되어준다. '엘레나'의 집을 덮친 수색대가 제일 먼저 한 일은 그녀의 혀를 뽑아버린 것이다. 네그로스의 부족이 희생물에게 언어를 가르치지 않았던 이유, 수색대가 먼저 '엘레나'의 혀를 제거했던 까닭은 무엇일까. 희생양에게 어떤 죄도 없다는 사실을 은폐하고, 희생제의의 밑바닥에 도사리고 있는 폭력을 숨기기 위해서이다. 희생물에게 폭력을 가하는 박해자들은 먼저 그들의 언어를 빼앗음으로써, 희생양이 거대한 폭력에 항변할 기회를 원천적으로 봉쇄한다. 항변의 가능성을 제거했기 때문에, 희생제의나 마녀사냥은 희생의 메커니즘을 성공적으로 은폐하게 된다.

〈존의 희망과 절망〉의 '존'은 위대한 작가를 꿈꾸던 평범한 청년인데 대규모 전쟁이 발발하자 징집명령을 받고 전방에 배치된다. 독일군대에 대패하여 후퇴하던 깜깜한 밤, '존'의 운명을 바꾸어놓는 결정적인 전투가 벌어진다. 후퇴하던 중대를 독일군으로 오인한 기관총 중대의 집중사격을 시작으로 아군 간의 치열한 전투가 벌어져 백삼십 명의 영국군이 사망한 것이다. 아군 간에 빚어진 참사는 폭력의 기원과 그 모방성에 대한 비유라고 볼 수 있다. 기관총 중대의 집중사격이라는 폭력이 발생하자, 걷잡을 수 없는 모방폭력이 생겨났고 이로써 영국군 전체가 존폐의 위기에 처했다고 해석할 수 있기 때문이다(전쟁에서 아군과 적군을 혼동하는 것만큼 총체적인 위기도 없을 것이다). 그러므로 다섯 명의 사병을 공개처형하기로 결정한 연대 지휘부는, 위기의 책임을 희생양에게 집중시켜 폭력을 잠재우려는 희생양 메커니즘의 수순을 밟은 셈이다. "연대의 사기를 진작시킬 수 있는 계기"를 마련해줄 희생자는 제비뽑기로 선택되었는데, '존'이 희생자로 "결정된다"(라틴어로 '결정하다decidere'라는 말은 '희생물의 목을 자르다'라는 뜻이기도 하다).

희생양 메커니즘의 목표는 위협받던 질서를 재건하고 일체감을 고취하여 공동체의 결속을 강화하는 데에 있다. 네그로스의 축제를 통해 부족의 신념이 강화되고, 마녀사냥 이후 산티아고가 안정을 되찾으며, 다섯 명의 사병이 총살된 후 영국군이 큰 승리를 거두었던 것도 이 때문이다. 그러므로 지평리 전투에서 희생된 '첸'과 '베렛' 역시 현대판 희생양이라 할 수 있다. 왜냐

하면 무고한 병사의 목숨과 교환된 것이 바로 전체의 안위였기 때문이다. "나는 희생양이 되기 위해 이 세상에 태어났는가?"라는 '존'의 절규는 '엘레나', '첸', '베렛'에게도 동일하게 적용될 수 있다. 희생양이 된 이들은 나름대로 집단에 저항하지만, 존의 항거만이 성공적이었다고 말할 수 있다. 왜냐하면 군법을 어긴 '첸'은 공식적 저항이 불가능한 형편이며, 크롬베즈를 고소하려던 '베렛'의 결심은 그의 전사로 무산되고 말았기 때문이다.

'존'은 사형집행을 앞두고 한 달 동안 수감되어 있으면서 책 한 권 분량의 일기를 쓰는데, 후에 『전쟁의 피해자들』이란 제목으로 출간되어 베스트셀러가 된다. 위대한 작가가 되고자 한 '존'의 꿈은 사후에 역설적으로 이루어졌다. 뿐만 아니라 '존'의 저서는 희생양 메카니즘이 은폐했던 사실을 효과적으로 드러낸다. 네그로스 축제나 엘레나의 이야기가 드러내지 못한 진실, 즉 희생양은 무고한 희생자이며 거대한 폭력에 봉헌된 제물임을 폭로한다. "내가 죽음으로써 우리 부대가 더 강해질 수 있다 하여도 내게 돌아오는 것은 결국 무엇인가? 아무것도 없다. 나는 저주받았을 뿐이다. 세상에서 가장 중요한 것은 한 인간으로서의 나 자신뿐이다."라는 1인칭의 진술로, 희생자의 입장에서 쓰여진 텍스트였기 때문에 가능한 일이었다.

그렇다면 '라카엘라'가 제기했던 다음과 같은 의문은 이 시대에도 여전히 유효한 것이 아닐까.

유럽인들은 하늘에 제사 지내지도 않고, 인간을 제물로 사용하지도 않는다. 원을 만들고 횃불을 들고서 소름 끼치는 주문을 외우지도 않는다. 제물을 토막내어 죽여서 불사르는 일도 없다. 차이가 있다면 그것뿐이다. 네그로스 섬의 원주민들은 일 년에 단 한 명의 희생양을 필요로 하지만, 유럽은 그 수를 헤아릴 수 없을 만큼의 희생양을 요구한다. 유럽의 군주는 평화를 위해서 전쟁에 참여하라고 한다. 이처럼 비인간적인 말이 또 어디 있겠는가? 그 비인간성으로 인해 유럽에선 일 년 동안에 수만, 수십만의 희생양들이 죽임을 요구당하고 있다.

「희생양」 중에서

전체의 평화를 내세워 폭력을 정당화하는 아이러니를 어떻게 설명해야 할까. 자국의 승리를 위해 무고한 병사의 생명을 희생시키는 현대의 문명을, 잔인하고 비인간적인 축제를 벌이던 원시사회보다 도덕적이고 인간적이라 말할 수 있을까. "단 한 사람이 가지고 있는 악을 제거함으로써 부족을 구성하는 모든 이들이 구원받을 수 있다"는 원시부족의 믿음과, 희생자의 피가 국가의 정체성을 강화한다는 현대문명의 신념은 매한가지인 셈이다. 「희생양」은 오히려 현대문명은 제도적 법률의 힘을 빌어 희생양의 메커니즘을 더욱 정당화시키지 않았느냐고 반문한다.

4

양유정은 「지평리」, 「지평리 가는 길」, 「희생양」에서 전체의

논리가 갖는 허구성과 맹점을 예리하게 포착해낸다. 그런데 '불
온한 사회'와 '희생당한 개인'이라는 이항대립적 인식이 내포한
위험성을 간과할 수 없지 않을까. 왜냐하면 이러한 인식은 개인
을 피박해자로(혹은 선), 사회를 박해자로(혹은 악) 치환하는
오류를 범하기 쉽기 때문이다. 그렇지만 정치적, 역사적 현실을
초월하여 존재한다는 것은, 언어로 만들어진 텍스트 안에서나
가능한 일이며, 이러한 탐색은 공소한 유희로 그칠 공산이 크다.
하지만 양유정은 「발굴」과 「팔미도 등대」에서 환멸과 혐오로 귀
결되지 않는 역사적 균형을 보여준다.

「발굴」의 김 차장은 자신의 집과 외동딸이 세상의 전부라고
생각하는 사람이다. 그는 사회보다는 개인에 무게 중심을 두고
있는 '집' 중심의 인간이라고 할 수 있다. 그런 점에서 택지개
발공사 차장이라는 그의 직업은 상당히 상징적이다. 그런데 공
사 도중 군인의 유골이 발견되면서, 집 밖의 일에 무관하고자
하는 김 차장의 삶이 꼬이기 시작한다. "왜 하필 나란 말이야?"
라고 항변하지만 차장이라는 직책 때문에, 그는 유골발굴과 관
련된 보고서 작성을 떠맡게 된다. 발굴된 세 개의 해골과 녹슨
세 자루의 권총을 해명하기 위해 각계의 전문가 열한 명과 신문
기자가 몰려오지만 유골의 주인이 누구인지, 왜 대구 땅에 묻혀
있는 것인지 알 도리가 없다. 유품에서 발견된 수첩과 가족사진
한 장이 유일한 단서이다. 수첩에는 마치 암호와 같은 문자와
숫자가, 그것도 몇 개는 지워진 채 적혀 있다. "民, 解, 第二十
七-八一···四一, 六--二-三" 전문가의 의견과 역사서적을

298

참조한 결과, 이것이 "인민해방군 제27군단 81사단 241연대 6
대대 12중대 3소대"라는 수첩 주인의 소속부대를 가리키고 있
음을 알게 된다. 하지만 병사의 소속부대는, 그가 왜 여기에 죽
어 묻히게 되었는지를 설명해주지 못하기 때문에 무력한 지식
에 불과하다.

그는 "가장 핵심이 될 수도 있는 중요한" 부분인 "마지막 추
론"을 완성하기 위해 자료를 찾으러 도서관에 간다. 38,000건에
달하던 자료는 세 권의 역사서와 한 권의 소설로 압축된다. 중국
장성 출신의 홍쉐즈가 쓴 『항미원조전쟁회억』, 미군 마틴 러스
의 『브레이크아웃』, 중국 참전군인 쑨오우지에의 『압록강고소
니』와 소설가 박완서의 『목마른 계절』이 그것. 일종의 전쟁 회고
록인 세 권의 역사서는 한국전쟁을 각각의 입장에서 서술하고
있었다. 그렇지만 핵심적 사건을 중심으로 한국전쟁을 기술한
책이든, 전쟁터의 참상을 사실적으로 묘사한 책이든, 27군단 소
속의 병사가 대구 땅에 묻히게 된 경위를 밝히는 데는 도움이 되
지 않는다. 마지막으로 "전쟁을 통해 우여곡절을 겪는 가족의
이야기"인 박완서의 『목마른 계절』을 찾아본다. 소설에서도 별
다른 도움을 받지 못한 김 차장은 "애초부터 소설은 참고할 가
치가 없"었다고 말한다. 하지만 정말로 "소설은 참고할 가치가
없"었던 것일까.

소설책을 본 직후, 진열대 밑에서 누군가 떨어트리고 간 연두
색 형광펜을 우연히 발견한다는 사실에 주목할 필요가 있다. 형
광펜을 주워 사진 하단에 긋자 "上海", "魯迅公園"이란 지워졌

던 글자가 나타난다. 한 장의 가족사진과 사진에 적힌 글자를 토
대로 그는 이런 사실을 추론해낸다.

사진은 분명 상하이의 노신공원 근처 어느 사진관에서 찍혔을 것
이다. 그가 상하이에서 살았다는 것은 불분명하다. 중국의 27군단을
직접 방문하여 과거의 병적부를 뒤져보지 않는 이상은 알아낼 수 없
을 것이다. 더 추리를 한다면 그는 화창한 날을 골라 누이로 보이는
사람들과 노신공원에 나들이를 갔을 것이다. 그리고 공원을 둘러본
뒤 우연히 사진관을 발견하고는 누군가의 제의에 따라 기념사진을
찍었을 것이다. 그 당시로는 교통편이 수월치 않았을 것이니 먼 곳에
서 공원을 보기 위해 오지는 않았을 것이다. 추론일 수밖에 없지만
그는 상하이 사람이거나 상하이에서 아주 가까운 조그만 시골동네에
서 살았을 것이다.

「발굴」 중에서

그렇다면 "애초부터 소설은 참고할 가치가 없다"는 김 차장의
발언과는 정반대로, 문학이야말로 공식적 역사에 진입하지 못한
역사적 진실을 담아내고 있는 것이 아닌가. 소설『목마른 계절』
과 낡은 가족사진은 동일한 진실을 말해주고 있다. 왜냐하면
『목마른 계절』이 전쟁으로 인한 가족의 비극을 보여주는 것처
럼, 한 장의 가족사진 역시 이국 땅에서 일어난 전쟁에서 동생을
잃어야 했던 한 가족의 비극을 웅변하고 있기 때문이다. 문학은
무미건조한 객관적 진실의 뒷면, 공식적 기억의 배면에 감추어

진 진실의 세목을 드러내주는 형광펜과 같은 것이 아닐까. 「발굴」은 정치적, 사회적 현실에서 자유롭고자 하는 개인의 소망과 무관하게, 개인은 무의식의 심층에 자리한 역사라는 "유골"과 조우할 수밖에 없는 '사회적 동물', '역사적 동물'임을 말해준다. 또한 공식적 기억이 배제하고 망각한 역사적 진실이 문학에 의해 "발굴"될 수 있음을 보여준다.

「팔미도 등대」의 '나'는 "등대 설치 100주년 기념" 우표를 구입한다. 한국 최초로 세워진 팔미도 등대와 관련된 역사적 사실은 다음과 같다. 등대가 일본의 계획과 기술에 의해 만들어졌다는 것, 일본으로 물자를 실어 나르던 일제의 배를 비추어주는 역할을 했다는 것, 그리고 인천상륙작전에 결정적인 기여를 했다는 사실. 이러한 사실은 도서관에 비치된 자료에서 확인할 수 있는 공식적인 기억들이다. 공식적 기억이 망각한, 혹은 공식적 기억에 의해 주변화된 사실이 있지 않을까라는 의문에서 소설은 시작한다.

등대지기 '백도수'의 이야기가 그러한 경우이다. '백도수'는 팔미도 등대지기라는 아버지의 직업에 자부심을 갖고 성장하였으며 아버지의 뒤를 이어 등대지기가 되었다. 그런데 해방이 되자 "조선의 쌀과 광물들을 실은 일본 배가 인천항에서 무사히 일본으로 갈 수 있도록 길을 비추어주었다"는 이유로 부자는 일제의 앞잡이라는 지탄을 받는다. 등대지기의 직업에 충실했을 뿐인 부자에게, 마을 사람들의 비난은 당혹스러울 수밖에 없었다. 한국전쟁이 한창이던 어느 날 백씨에게 미군 소속 정보장교가 찾아온다. 그는 백씨에게 "민족을 위해" 등대의 불을 밝히고 성조기를 걸어줄 것을 부탁한다. 백씨는 자신이 민족의 해방에 기여할 수 있다는 사실에 고무되어 조수 '종민'에게 동참할 것을 권한다. 하지만 '종민'은 "난 형님 아버지처럼 일본 배를 비추지도 않을 거고, 형님처럼 미국 배를 비추지도 않"겠다고 말한다.

　'첸', '베렛'과 달리, '종민'과 '백도수'는 개인의 자유를 절대화할 수 없는 형편이다. 남북으로 갈라져 싸우고 있는 한국 땅에서 아무 데도 속하지 않겠다는 논리는 더 큰 불이익을 초래하기 때문이다. 물론 백씨에 비하여 '종민'의 태도가 미온적인 것이 사실이지만, 마지막에서 보듯 그 역시 "대부도의 인민군 중대에 이 사실을 알려야 한다고" 생각하는 중이다. 그런데 흥미로운 것은 백씨와 관련된 이야기가 기념우표를 보다 잠든 '나'의 꿈이라는 점이다. '꿈은 소망의 충족이다'라는 프로이트의 명제를 수용한다면, '나'의 꿈은 어떤 소망을 충족시키고 있는 것일까. '나'의 꿈은, 공식적 기억에 억압되어 무의식의 지층으로 밀려난 것들을 복원하려는 욕망을 보여주는 것이 아닐까. 때문에 '나'의 백일몽은 공식적 기억에 대한 도전이며, 망각의 늪에서 역사적 진실을 건져내고자 하는 욕망의 표현이라고 볼 수 있다.

5

　양유정은 역사나 기록과 같은 공식적인 기억을 신뢰하지 않는다. 오히려 공식적인 기억이 억압하고 있는 것, 공식적 기억에 의해 망각된 것에 관심을 갖는다. 희생제의나 전쟁의 희생자로 하여금 말하게 하는 것도 배면의 진실을 찾아내기 위함이다. 그러나 공식적 기억에 대한 불신이 탈역사, 탈정치의 행로로 이어지지는 않는다. 사회 역사적 현실을 초월해 존재한다는 것이 불가능함을 알기 때문이다. 은폐된 기억에 대한 집요한 관심은 문학에 대한 긍정으로 귀결된다. 왜냐하면 문학 행위는 전체의 야만성을 폭로하는 작업이고, 탈각된 문자를 복원하는 수고이며, 망각의 늪에 빠진 기억을 건져 올리는 과정과 유사하기 때문이다.

　『마녀가 된 엘레나』에 실린 소설들은 양유정이 유행과 시류에 휩쓸리지 않는 작가임을 확인하게 해준다. 개인과 전체라는 해묵은 주제에 천착할 수 있는 저력도, 문학의 가능성을 타진해볼 수 있었던 힘도, 시류에 편승하지 않겠다는 작가의 용기에서 비롯된 것이 아닐까. 문학과 삶에 대한 작가의 진중함이 어떤 새로운 지평을 열어갈지 기대해본다.

마녀가 된 엘레나

지은이   양유정
펴낸이   양숙진

초판 1쇄 펴낸날   2005년 12월 2일

펴낸곳   ㈜현대문학
등록번호   제1-452호
주소   130-905 서울시 서초구 잠원동 41-10
전화   516-3770
팩스   516-5433
E-Mail   book@hdmh.co.kr
홈페이지   www.hdmh.co.kr

찍은곳   대한교과서주식회사

값 9,000원

ISBN 89-7275-339-4 03810